国家社科基金
GUOJIA SHEKE JIJIN HOUQI ZIZHU XIANGMU
后期资助项目

黄庭坚的佛禅思想与诗学实践

Huang Tingjian's Buddhist Thoughts and Poetic Practice

孙海燕 著

中华书局
ZHONGHUA BOOK COMPANY

图书在版编目(CIP)数据

黄庭坚的佛禅思想与诗学实践/孙海燕著. —北京:中华书局,2019.10（2024.4重印）
（国家社科基金后期资助项目）
ISBN 978-7-101-14090-3

Ⅰ.黄⋯　Ⅱ.孙⋯　Ⅲ.黄庭坚(1045~1105)-诗歌研究
Ⅳ.I207.22

中国版本图书馆 CIP 数据核字(2019)第 188328 号

书　　名	黄庭坚的佛禅思想与诗学实践
著　　者	孙海燕
丛 书 名	国家社科基金后期资助项目
责任编辑	樊玉兰
责任印制	陈丽娜
出版发行	中华书局
	（北京市丰台区太平桥西里 38 号　100073）
	http://www.zhbc.com.cn
	E-mail:zhbc@ zhbc.com.cn
印　　刷	三河市中晟雅豪印务有限公司
版　　次	2019 年 10 月第 1 版
	2024 年 4 月第 2 次印刷
规　　格	开本/710×1000 毫米　1/16
	印张 14½　插页 2　字数 280 千字
国际书号	ISBN 978-7-101-14090-3
定　　价	66.00 元

国家社科基金后期资助项目
出版说明

　　后期资助项目是国家社科基金设立的一类重要项目,旨在鼓励广大社科研究者潜心治学,支持基础研究多出优秀成果。它是经过严格评审,从接近完成的科研成果中遴选立项的。为扩大后期资助项目的影响,更好地推动学术发展,促进成果转化,全国哲学社会科学工作办公室按照"统一设计、统一标识、统一版式、形成系列"的总体要求,组织出版国家社科基金后期资助项目成果。

全国哲学社会科学工作办公室

目　录

序

　　孙海燕博士这本《黄庭坚的佛禅思想与诗学实践》,乃是一部出自参禅有年而自得其乐者之手的学术成果,以其佛禅中人的特殊性情,自有不同于一般局外人的感悟"亲切"处和认识"真切"处。

　　禅,本来是通脱之物。但,学术需要一丝不苟。作者通检黄庭坚关乎佛禅的文献资料,如黄庭坚与佛教界法师、居士的书信等,又克服黄庭坚涵涉佛禅之诗作大都被编入《外集补》《别集补》,且相对缺乏注释或注释不尽准确的现状,为其涉及佛禅内容的诗歌作出补注,可见用力之勤,值得肯定和赞许。

　　一般来说,人们追询中国禅宗思维之源头的学术眼光,大都投向魏晋南北朝佛教大传播时期,殊不知,一些至为关键的"问题",中国先贤如老、庄,已经有所思考。所以,学界早有"庄禅"一语,而本书也凸显了庄子与佛禅的特殊关系。缘乎此,当我们将禅宗确认为中国化的佛教派别时,有必要明确说明其"中国化"的思想根源和思想路向究竟是什么。与此同时,基于人类普遍的思维经验,禅宗"佛祖西来意"的实质,最终似乎是要给人一种方法,一种"此岸与彼岸有条件通行"的方法,而人世间的大学问恰恰就在这里的"有条件"究竟如何把握上。要之,禅的智慧以及参禅者的智慧,是一个涵涉广泛而思理精深的重大问题和微妙问题,而黄庭坚在这方面的修养是值得再三品味的。海燕博士在这部专著中所表述的有关佛禅性质和特质的学术观点,自然有待于学界同仁的关注和评说,尤其期待着禅诗和诗禅研究领域的专家评说。但无论如何,发掘黄庭坚其人其诗的禅意真实,引起众人再次贴近从而感受其佛禅妙思及诗意呈现的兴致,海燕博士的专著是做得到而且做到了的。

　　在宋代思想文化的特定语境中考察黄庭坚的思想境界和思想方法,海燕博士认为黄庭坚以"明心见性"的禅修手段补充儒家"尽心知性"在方法论上的不足,又将庄子的无待思想与佛教般若空观结合起来,以实现精神之自由。我想,这可能就是人们所说的庄禅智慧的核心精神吧。我们何不具体而微地体味一番呢！

　　黄庭坚赞誉周敦颐人格高尚、胸怀洒落如"光风霁月"。深入领会者自将发现，这分明是一种寄托着世道清明与精神洒落双重意蕴的人格理想，在审美物化为"光风霁月"这一含蕴着"雨雪放晴"之特殊意味的直觉形象时，充分表现出身处阴霾者忽见晴光明月之际的精神愉悦，以及对"出淤泥而不染"之清浊比较视域下的清明高洁之美的追求。倘若说二程见周敦颐"吟风弄月"而领悟其有夫子"吾与点也"之意，是一种对原始儒家之"孔颜乐处"的重新阐释，是把孔儒原生的安贫乐道襟怀与魏晋以来流连自然山水的情趣巧妙地结合了起来，那么，和"吟风弄月"相比，"光风霁月"这一人格意象，除了带有黄庭坚特有的性情格调之外，又呈现出"举世皆浊我独清"式的人格构型特征，并因此而赋予高明清远的人格理想以入世而务实的思想精神。恰恰是这一点，最为精切地触及到新儒学生成之际士大夫文人的中枢神经。不仅如此，黄庭坚用以形容周敦颐人格意象的"光风霁月"景象，令人不禁想到其词作《念奴娇·断虹霁雨》：

　　　　断虹霁雨，净秋空，山染修眉新绿。桂影扶疏，谁便道，今夕清辉不足。万里青天，姮娥何处，驾此一轮玉。寒光零乱，为谁偏照醽醁？

　　　　年少从我追游，晚凉幽径，绕张园森木。共倒金荷，家万里，难得尊前相属。老子平生，江南江北，最爱临风曲。孙郎微笑，坐来声喷霜竹。

试问读者，此词中心意象，是不是有点"光风霁月"的美感滋味？其实，人们完全可以将"断虹霁雨"与"光风霁月"组合成一个完整的审美意象，足见其彼此融洽之美。而恰恰是这一点在提醒我们，千万不要浅会了黄庭坚以此而形容周敦颐人格之高的诗学寓意。一片禅意的"断虹"呈现在雨晴之际的"晚凉"时刻，"最爱临风笛"的清越之声，又该传达出怎样一种"天籁"消息！最是难忘，那"断虹霁雨"之际回首一笑的澄澈清远与妩媚妖娆，这是否正是禅机为诗的特点呢？基于如此这般的诗学兴致，我也相信，读者诸君对于海燕此著中"文学意象的禅学内蕴"以及"禅意的造境艺术"等章节内容，将拥有浓厚的阅读兴趣。

　　"不立文字与不离文字——句中有眼的语言艺术观"，如是概括，简洁明了。讨论诗禅和禅诗问题，不可避免地要涉及到"以文字表达不立文字之旨趣"这样的哲思难题,参考学界围绕"活法夺胎换骨"而展开的有益探讨,一种和"活泼泼"思想意态相呼应的语言艺术观,既不是不即不离,也不是不离不弃,反倒是有点像以"不离"为"离",故而"不立文字"处话语灿烂吧!结合此书关于"黄庭坚在诗歌中运用的观物方式与他在禅修中的观照方式是一致的"的结论,然后将"不立文字与不离文字"的有无相生,视为诗禅一体之思维方式的典型特征,从而由黄庭坚的个案推进到整个"诗禅相生"的思想文化世界,包括本书作者在内,"接着说"的空间是非常宽阔和深远的。缘此,相信海燕博士定会在与此相关的学术领域取得越来越多的研究成果。

韩经太
2019 年 7 月 27 日,北京酷暑中

前　言

　　黄庭坚（1045—1105）是宋代著名大诗人，与苏轼并称，后人认为"苏黄"代表了宋诗的最高成就。黄庭坚有着非常自觉的创作意识，不断探索着诗歌的创作理论与实践技巧，诗风鲜明而又有法可依，不但开出"江西诗派"，而且对后世诗坛影响深远。近年来，学术界对黄庭坚的诗风诗艺注目较多，而且多从文学的角度来研究。但同时我们不能忽视的是，黄庭坚又是一名虔诚的佛教徒，他阅藏、参禅、静坐，与佛教各派的法师来往频繁，沉醉禅悦之风，深解般若义趣，佛禅义理对他的思想有着非常重要的影响。如果仔细、全面地阅读他的诗文，我们会发现佛禅思想不但深深地影响着他的诗词创作，也进入了他的诗学理论。而目前学界对这一点重视得还不够。

　　佛禅思想与诗歌之间的关系，历来为学界所关注而又被视为难题，因为这属于跨学科研究，涉及宗教（佛教）、文学两大领域，对研究者的学术素养是一个挑战。首先，佛教在流传过程中，典籍浩瀚，义理宏富，宗派众多，特别是禅宗，既要求不立文字，又需用文字来传法，禅师语录经常意在言外，让人难以捉摸。所以能准确理解佛禅内涵，又能把握其在中国化发展过程中不同时期与本土儒、道文化结合的不同方式，需要有长时间的学术储备，非一时功夫所能奏效；其二，宗教是如何进入文学的，这个论题蕴含着方法论。目前大部分的成果都是直接研究信仰与作品的关系，具体到佛教与文学，一般的做法是先探讨作者的信仰情况，宗派所属，乃至人生态度所受影响，然后从作品所用佛教典故、所体现的哲理入手进行研究。这样的研究方法并无不可，但是笔者在研究过程中发现，其实佛禅思想对作家的影响是多层次的，可以从思想—价值观—文学观—创作的递进化层面来进行探索，多层次的考量会有助于我们更加深入地把握宗教与文学关系这一论题。

　　具体到个案研究，以黄庭坚为例，笔者发现，在前辈学者研究成果的基础上，还有着一定的研究空间。以往的研究成果，基本以单篇论文为主，篇幅所限,只能做相对宏观的概括,或者侧重诗禅关系的某些方面来谈;在研究对象上,往往只关注山谷的诗歌,或研究佛禅思想对其诗学观的影响,或是对诗歌创作的影响,能够对诗学观与诗歌创作作全面关照的比较少。笔者认为,对于黄庭坚这样诗学观念鲜明、创作异常自觉的诗人来说,这两者应该是并重的。此外,对黄庭坚佛禅思想的研究,大部分是从山谷的诗歌或有限的一些文章中来探寻其佛禅思想的内容和特色,但是,笔者认为,这些文献资料还是不够全面的。笔者检阅了黄庭坚全部的诗、词、文、赋和杂著,发现尚有许多未被关注的资料,如山谷与佛教界法师、居士的书信,他为佛教寺院或法师作的疏文、碑文、赞、颂、铭、偈等,这些对于我们研究其佛禅思想具有重要的参考价值。尤其是黄庭坚富含禅意佛理的诗歌大量被编入《外集补》与《别集补》,没有注解,已有的《山谷诗集注》(任渊注)、《山谷外集诗注》(史容注)、《山谷别集诗注》(史季温注)在注解中又更偏重于对儒家文献的征引,对诗歌中所涉及佛教与禅宗的典故,有很多未作标注,甚或出现错误,这也成为黄庭坚研究尤其是佛禅思想影响研究中的一个障碍。有鉴于此,笔者花费相当精力,拾遗补阙,从山谷全集中选出与佛禅相关的全部诗文,查阅大量的佛教典籍,为其涉及佛禅内涵的诗歌作了补注,对诗词中涉及的佛禅典故、思想进行了解读。

基于以上思考,笔者决定全面梳理黄庭坚接触佛教的过程及其佛教信仰的特点,剖析其佛禅思想的内容与特色,以及其思想中儒释道融合的个性化特征,在此基础上,深入研究佛禅思想对黄庭坚诗学思想与诗歌创作的影响。本书以问题意识为导向,以大量的文献资料和细致的文本解读为基础,企图解决一个个重要而实际的问题。

本书分为四个部分:

一,首次对黄庭坚的思想抉择、佛教信仰作了历时性的研究,总结其信仰的特点,以及在佛教史上的影响。

本书将黄庭坚一生分为五个阶段,研究其学佛的心路历程,分析其佛教信仰发展、变化的特点。其中,试图解决三个重要的问题:其一,他是何时成为一名坚定的佛教徒的?其二,黄庭坚习禅达到了什么水平?对他的人生态度有何影响?其三,宋代学佛的文人很多,黄庭坚的佛教信仰又有哪些与众不同的特点?

笔者通过研究发现,黄庭坚在元丰七年(1084)写有一篇愿心宏深的发愿文,标志着他正式成为一名佛教徒;黄庭坚受诸位禅师的影响,习禅方法以参话头为主,其间经历了一个从小悟到大悟的过程,绍圣期间,他从自己的内心观照中体悟到"心是幻法",这是他参禅过程中一个巨大的突破。黄庭坚从此不仅在面对人生际遇时有了更多的从容,对心和境的关系也有了更为明彻的悟解。这对他在文学创作中处理心物关系、构建诗境、凸显理想人格精神等方面都有着重要影响。

本书还研究了黄庭坚佛教活动的特点。他确立信仰后,还有静坐、参禅、供养,为佛寺和禅师撰写偈、颂、赞、铭等许多宗教性行为,并参与寺主选拔等佛教内部事务,被黄龙派禅师明确列为法嗣,他还指导别人修禅,甄别禅师们的修行水平,甚至担当护法,为佛教辩护,并因此而遭贬谪,这些行为与苏轼、苏辙接触佛教的方式都很不相同。所以他被视为当时的大居士,在藏经中被提及近八十处,在十三部佛教典籍中有传,可见其地位和影响。

二,深入研究黄庭坚的佛禅思想,阐述其思想中儒、释、道结合的方式与特点,揭示黄庭坚佛禅思想的个性化特征。

对于黄庭坚的佛禅思想,此前也少有专门而全面的研究成果,黄庭坚阅读了哪些佛教经典,从中吸取了哪些思想? 在佛教宗派中,他倾向于何宗何派? 他的佛禅思想又有什么特色? 在其思想中,儒、释、道的影响分别集中在哪个层面,又是以什么方式互补与融合的?

本书分析黄庭坚所阅读的主要经典,并重点考察他与临济宗黄龙派三位僧人的交游以及所受的影响。在此基础上,笔者深入剖析了黄庭坚的佛禅思想,将之总结为"毕竟空的般若思想"、"念念观空的禅观方式"、"心性论"、"随缘任运的生活态度"四个方面,特别是心性论,笔者对之进行了深入的辨析。笔者通过研究指出,黄庭坚在诗文中明确标举"心"的重要性,提倡"心性本净"的思想,以"返观自心"、"净心"、"无心"自修并以之勉励友人,对心的本质、作用、意义皆有清晰的表述与分析。他以佛教禅宗的理论为基础,融合了儒家与老庄的部分观点,以心作为本体,衍生出修行解脱论、日用论、境界论,形成了较为系统的佛教思想。

宋代是儒释道三家思想高度融合的时代,黄庭坚处在儒家思想融佛入儒与佛家以佛合儒两种思想的"合流"之处,本书全面考察了其佛禅思想与儒、道思想的融合方法,总结出其个性化的特征:以儒家思想为主,为官注重仁政,有民本思想,平日以孝友忠信为做人根基,特别突出的是"节义"思想,讲求"临大节而不可夺"。然而,儒家在道德修养方面,本体论与方法论都不足,所以黄庭坚用禅宗"心性本净"思想补充儒家本体论的不足,超越善恶,又以"明心见性"的禅修手段补充儒家"尽心知性"在方法论上的不足。同时,黄庭坚把庄子的无待思想与佛教的般若空观结合起来,实现精神自由境界,不为外物所扰,以此超越生活中的一切困境——而此种功夫,又是山谷"临大节而不可夺"的内在支撑。

三、从主体论、观物方式、语言艺术观等方面全面研究佛禅思想对黄庭坚诗学观的影响。

以往的研究者,经常绕过山谷的诗学观,从思想跳到作品,直接研究佛禅思想对黄庭坚诗作的影响,或者仅研究佛禅思想对于山谷某一文学理念的影响。虽无不可,但是对于黄庭坚这样一位文学观念明确、创作异常自觉的诗人来说,这样的研究还是略显简单,也不能见其全貌。那么佛禅思想对山谷的诗学是否有全面的影响?这些影响又呈现在哪些重要的方面?这些问题的明确,有助于我们更加透彻地研究其艺术创作。

本书将黄庭坚诗学思想的构成总括为本于心性之术的般若空观,呈现为观化与阅世的观物方式,并及于文字不立不离的语言方式,有高度的辨析力。黄庭坚对道艺根本关系的认识,大框架是与儒家思想一致的,但是由于受到其心性论以及用佛教心性哲学来补充儒家思想倾向的影响,他特别注重创作主体的精神修养,并把文章当作作家心灵世界的投影,认为诗歌要体现理想人格"合道"的精神境界。心物关系是决定诗歌创作风格的重要因素,经研究,笔者指出,黄庭坚在诗歌中运用的观物方式与他在禅修中的观照方式是一致的,并较为详细地分析了其"观化"与"阅世"的独特观物方式。黄庭坚孜孜钻研艺术创造规律,尤为重视诗歌语言艺术,总结了点铁成金、夺胎换骨等多种语言技巧,但同时他又十分讲求语言对言外之意的表达。笔者认为,这是受到禅宗不立文字与不离文字语言观的影响。这个论点为全面把握黄庭坚的语言艺术观提供了一种新的解读方式。

四、深入研究黄庭坚诗歌创作中禅意化意象、禅意意境的特色,首次对黄庭坚佛教文体创作作了研究。

本书从意象与意境两个方面切入,分析了黄庭坚从佛教经典与禅宗诗偈中吸收的文学因素。在研究佛禅思想对黄庭坚诗歌创作的影响这一研究领域,以往的学术成果大都集中于佛禅用典及语言技巧等比较表层的方面。从意象与意境进行分析,是相对比较新颖的角度。本书重点分析了黄诗中的"月"、"松"、"竹"、"莲"等诗歌意象,指出,黄庭坚沿用了古典诗歌中的传统寓意,又在其内涵上有所开拓,以俗为雅,以故为新,添加了禅的超脱精神,富有佛禅意韵,不但深化了中国传统诗歌意象的内涵,也以禅心点化诗境,使诗歌意境透露着浓浓的禅意,清晰地勾勒出传统意象在黄庭坚笔下的禅意化演进之轨迹。本书通过分析,还总结了黄庭坚诗歌中所呈现的禅意诗歌意境类型,如:本来现成,花光竹影;羁旅愁客,一念归心;满船明月,任运自在;饥餐困眠,道在日用等。禅意化倾向给黄庭坚的诗歌带来了超逸绝尘的美感。这不但表现了黄庭坚个人对超逸诗境的爱好,反映了文人创作中以禅意提高诗歌意境的努力,也代表了宋人在诗禅融合方面所呈现出的与唐人风采不同的审美取向与艺术技巧。本书还将禅宗思想对黄庭坚的影响研究延伸到茶诗与词创作领域,弥补了此前研究的不足。

宋代很多文人,如苏轼、黄庭坚等,由于与佛教界交往密切,经常以笔墨为佛事,应邀给法师或佛寺创作专门的佛教作品,既有佛教内涵,又富有文学性,但以往这些作品并未受到学术界的重视。本书引用了多首黄庭坚所创作的偈、颂、赞、铭,并对之进行了比较详细的解读。在这些专门为佛教创作的作品中,我们可以更清晰地看出,黄庭坚对于般若空观和心性思想的重视,以及对于禅宗机锋的借鉴。

佛禅思想对诗歌的影响是一个复杂的论题,黄庭坚的佛禅思想非常丰富,其诗学思想与诗歌创作所受的影响也非常广泛,本人虽然有意在诗禅互通之处作深入的探讨,但由于学力所限,对所发现的问题只是尽己所能地做了一些尝试性的研究,未必全面、准确,期待各方专家批评指正。

第一章　黄庭坚学佛参禅的过程及
其信仰确立

　　黄庭坚从少时就开始接触佛教,但是从接触到接受,直到成为一个信仰坚定的佛教徒,这其间他经历了一个漫长的思想抉择过程。信仰确立后,他的思想又随着人生际遇的转变有了深化和发展。我们说,一个人的信仰选择,是以他的内心需求为基础的,而内心需求则立足于现实人生问题的存在。黄庭坚在人生的每一阶段,由于仕途的沉浮、时间的迁逝与环境的改变,所遇到的人生问题都是不同的。到底佛教帮助他解决了哪方面的人生困惑,给他提供了怎样的精神支柱? 他在每一阶段佛禅思想的侧重点是否有所不同? 这些都需要详细解析。如此,我们才能对他的佛教信仰有一个深入而完整的把握,也才能在此基础进一步分析他的思想构成以及佛禅思想对其诗学与创作的影响。笔者将分阶段研究黄庭坚学佛的心路历程,分析他佛教信仰发展、变化的过程与脉络。

第一节　早年及初仕时期:与佛教的接触期

一、家乡佛教氛围浓厚及早年思想倾向

　　黄庭坚,字鲁直,宋仁宗庆历五年(1045),出生于江西分宁县双井村。江西是禅宗非常活跃的地区,黄庭坚的家乡更是禅风炽盛之地,所以他从小就被浓郁的佛教氛围包围。唐至五代的百余年间,由南岳、青原两系派生出禅宗五家,江西是其重要的根据地。行思与怀让都是禅宗六祖慧能的弟子,行思曾在吉州青原山弘法,开青原一系,这一系中的曹洞宗即因其在江西吉水曹山与高安洞山而得名;怀让虽住湖南衡山,但其弟子道一将活动中心移至洪州,即今江西南昌周围及赣西北地区,开创了影响深远的"洪州禅"。道一传怀海,住新吴(今江西奉新)百丈山,怀海传灵佑(在潭州沩山,今湖南长沙宁乡县西)、慧寂(在袁州仰山,今江西宜春县之南),是为沩

仰宗;又传希运,住高安黄蘗山,希运传义玄,在镇州(今河北正定)临济院传法,形成临济宗。义玄六传至楚圆,临济宗的活动区域开始南移,楚圆传慧南,常住洪州黄龙山(在今江西修水境内),由他开出了黄龙派。而在江西境内,禅院为集中之处,又是与湖北接壤的赣北和赣西北地区。苏辙谪官筠州(今江西高安),作《筠州圣寿院法堂记》,文中记述当地丛林盛况时说:"唐凤仪中,六祖以佛法化岭南,再传而焉兴于江西。于是洞山有价,黄蘗有运,真如有愚,九峰有虔,五峰有观。高安虽小,而五道场在焉。则诸方游谈之僧,接迹于其地。至于以禅名精舍者二十有四。此二者皆他方之所无。"①后来,黄庭坚在《送密老住五峰》一诗中也说:"我穿高安过萍乡,七十二渡绕羊肠。水边林下逢衲子,南北东西古道场。"实际上,自洪州城向西,还有永修云居、靖安宝峰、高安圣寿、宜丰三峰诸处,的确是禅寺名僧,遍布丛林,赣西北成了南宗禅的圣地。

　　黄庭坚家乡分宁,是黄龙派的发源地,仅分宁一地禅院便有十余所。自分宁往东南则与靖安、永修、奉新、宜丰、上高、高安相邻。从史料的记载看,这都是唐宋著名禅寺的所在地。除奉新百丈之外,宜丰的洞山、黄蘗山和五峰,更被尊为禅宗的"三大祖庭"。这无疑地为黄庭坚的礼佛参禅提供了一个得天独厚的环境。黄庭坚在《洪州分宁县云岩禅院经藏记》里写道:"江西多古尊宿道场,居洪州境内者以百数。而洪州境内禅席居分宁县者以十数。……分宁县中,惟云岩院供十方僧。山谷道人自为童儿时数之。"②可见,他少时即在浓郁的佛教气氛围影响下,经常出入佛寺。胡仔《苕溪渔隐丛话后集》第三十一卷云:"鲁直少喜学佛,遂作发愿文云……可谓能坚忍者也。"

　　黄庭坚的祖母刘氏(人称仙源君,私谥桃源太君)虔信佛教,黄庭坚少时曾受她的影响。在她去世后,黄庭坚在其忌日都是按照佛教的仪轨进行纪念,斋僧设供,希望仰仗佛与僧的力量,为其增加冥福,助其超升③。黄

---

① 《苏辙集》,陈宏天、高秀芳点校,中华书局,1990年,第401页。
② 《黄庭坚全集》,刘琳、李勇先、王蓉贵校点,四川大学出版社,2001年,第444页。《黄庭坚全集》以光绪义宁州署本《宋黄文节公全集》为底本,分为《正集》《外集》《别集》《续集》《补遗》。为免繁琐,以下仅标注该书书名、页码,不注集名、卷次。
③ 《黄庭坚全集》之《外集》卷二四有《祖母桃源太君刘氏忌日斋僧疏》一篇,文曰:"伏愿瓜瓞有初,简在夫人之德;风枝不静,实惟先君之恩。爰属讳辰,式追冥福。恭惟大觉证知。"(《黄庭坚全集》,第1444页)还有《祖母远忌疏二篇》:"……敬依梵刹,延饭众僧。冀此妙因,傥为冥助。""昔尝逮事,早缠风树之悲;尚忆分甘,莫致冰鱼之养。式逢讳日,更切哀诚。爰集芝菀之僧,躬设伊蒲之馔。冀凭慈力,仰助超升。伏愿不昧本来,承兹法施。"(《黄庭坚全集》,第1445页)

庭坚的舅舅李公择虽是儒士，却也耽味禅悦①，其为人为学对庭坚的影响甚大。

在接触佛教的同时，黄庭坚也受到儒家思想与老庄思想的影响。宋代儒释道三教都比较兴盛，儒家文化的发展尤显突出。黄庭坚早年在家乡期间，可能是受其叔父隐士黄襄的熏染，喜欢庄子、陶渊明隐逸的思想。及其长成，又随舅父李公择修习儒业。他的佛教信仰之形成，是经过生活经历的历练与思想上的再三考虑而最终确立的。

黄庭坚父亲辞世早，他在父亲去世后随李公择游学淮南，其《跋王子予外祖刘仲更墨迹》云："某十五六时游学淮南间。"②这时他受到孙觉的赏识。嘉祐八年(1063)黄庭坚赴京参加翌年的礼部省试，但却落榜。到了治平四年(1067)，他终于金榜题名，被任为汝州叶县县尉，同年与孙觉之女成婚。

从黄庭坚早期诗文中可以看出，他对佛教的典故、禅宗语录中的常用语都比较熟悉，对《庄子》的内容引用得也很多。他在十六岁时作《溪上吟》③，从其序文及诗中可以看出他当时的思想倾向。《序》曰：

> 临沧波，拂白石，咏渊明诗数篇，清风为我吹衣，好鸟为我劝饮。当其潦然无所拘系，而依依规矩准绳之间，自有佳处。乃知白莲社中人不达渊明诗意者多矣。过酒肆则饮，亦无量也，然未始甚醉。盖其所寓，与毕卓、刘伶辈同，而自谓所得与二人异，人亦殊不能知也。

诗曰：

> 短生无长期，聊暇日婆娑。出门望高丘，拱木漫春萝。试为省鬼录，不饮死者多。安能如南山，千岁保不磨。在世崇名节，飘如赴烛蛾。及汝知悔时，万事蓬一窠。青青陵陂麦，妍暖亦已花。长烟淡平川，轻风不为波。无人按律吕，好鸟自和歌。杖藜山中归，牛羊在坡陀。本自无廊庙，政尔乐涧阿。念昔扬子云，刻意师孟轲。狂夫移九

---

① 黄庭坚作有《六舅以诗来觅铜犀用长句持送舅氏学古之余复味禅悦故篇末及之》一诗，谈及李公择耽味禅悦，见《山谷诗集注》，〔宋〕任渊、〔宋〕史容、〔宋〕史季温注，黄宝华点校，上海古籍出版社，2003年，第977页。《山谷诗集注》包含《山谷诗集注》《山谷外集诗注》《山谷别集诗注》《山谷诗外集补》《山谷诗别集补》。为免繁琐，以下仅标注该书书名、页码，不注集名、卷次。
② 《黄庭坚全集》，第1633页。
③ 《山谷诗集注》，第507页。

鼎，深巷考四科。亦有好事人，时能载酒过。无疑举尔酒，定知我为何。

全诗围绕着饮酒之乐展开。本诗起首一段颇似古诗十九首的意境，叹息人生短暂，追问终极价值所在，与永恒的自然相比，世间的名节是异常短暂的，以有限的人生追求虚无的名节，只能留下后悔。那么，到底要执持一种什么样的人生态度呢？黄庭坚在陶渊明身上看到了答案，那就是：远离官场，徜徉野趣，自得其乐，无所拘束，成为和谐自然的一分子，饮酒正是达到这种境界的一种手段。而这里的好饮又不与竹林七贤辈同，七贤饮酒，往往喝得烂醉，境界还不够高远。而黄庭坚饮酒的目的是要达到精神上的一种自由状态，乐饮又不放纵，可谓"从心所欲而不逾矩"，这正与夫子自道之老年境界相仿佛。黄庭坚此时的思想颇值得留意，他显然很向往陶渊明的精神境界，但其着眼点与历代文士所欣赏于渊明者有所不同。酒是佛教徒五戒之一，据佛教史料记载，慧远法师"持律精苦"，过午不食，当然奉持酒戒。据说当年慧远法师招渊明入庐山白莲社，被渊明以不能饮酒而拒绝。黄庭坚认为白莲社中之人拘拘于戒律，不能理解酒中真趣、陶诗佳处，自己才是渊明的知音①。

二、黄庭坚早期佛教交游与诗作中的佛禅内容

从已收录的黄庭坚诗作来看，最早引用佛禅用语的是其二十二岁时所写的《次韵十九叔父台源》："闻道台源境，锄荒三径通。人曾梦蚁穴，鹤亦怕鸡笼。万壑秋声别，千江月体同。须知有一路，不在白云中。"②其中的"万壑秋声别，千江月体同"，就运用了"月映千江"这个佛教尤其是禅宗中常用的比喻。如《永嘉真觉禅师证道歌》③：

　　　一性圆通一切性，一法遍含一切法。一月普现一切水，一切水月一月摄。诸佛法身入我性，我性同共如来合。

---

① 不过后来黄庭坚对此又做了翻案文章，写了《戏效禅月作远公咏》："邀陶渊明把酒碗，过陆修静送虎溪。胸次九流清似镜，人间万事醉如泥。"（《山谷诗集注》，第416页）诗意认为慧远法师内心清醒，外在随缘，不受戒律束缚，可以邀请渊明饮酒了。

② 《山谷诗集注》，第512页。

③ 《景德传灯录》卷三〇，收于〔日〕高楠顺次郎等编：《大正新修大藏经》卷五一，日本大正一切经刊行会，昭和五十四年（1979）再版。以下简称《大正藏》。

以月比喻佛性，以月现一切水比喻佛性在世间万象中都有体现，而一切水中所映的月，显影或有不同，但月之本体却是一样的。后来禅宗经常以此来说明心的体用关系。"白云"通常是指修仙学道之士。本诗运用这个典故的意思是代叔父申说田园归隐的意趣，不用去修仙，在田园中也可以体道。

与此诗同时所作的《叔父钓亭》：

> 槛外溪风拂面凉，四围春草自锄荒。陆沉霜发为钩直，柳贯锦鳞缘饵香。
>
> 影落华亭千尺月，梦通岐下六州王。麒麟卧笑功名骨，不道山林日月长。①

此诗全以对比贯穿，利用垂钓展开联想，用了船子和尚②与姜太公的典故，钩直比喻没有机心，无人赏识，所以白发而陆沉；而鱼之上钩正缘于饵香，象征天下士人为名利所驱，不得自由。一为世间，一为出世间，自然永恒与功名虚幻（生命短暂）形成尖锐的对比，最后完成了价值的选择：与山林日月终其老，推崇叔父的归隐态度。这首诗用典非常巧妙，正反相对，蕴味深长，是山谷探索用典技巧的开端。

比较集中地引用佛教用语的是山谷于熙宁元年所作的《何造诚作浩然堂陈义甚高然颇喜度世飞升之说筑屋饭方士愿乘六气游天地间故作浩然词二章赠之》③：

> 公欲轻身上紫霞，琼靡玉馔厌豪奢。百年世路同朝菌，九钥天关守夜叉。
>
> 霜桧左纽空白鹿，金炉同契漫丹砂。要令心地闲如水，万物浮沉共我家。
>
> 万物浮沉共我家，清明心水遍河沙。无钩狂象听人语，露地白牛看月斜。
>
> 小雨呼儿蘸桃李，疏帘帏客转琵琶。尘尘三昧开门户，不用丹田

---

① 《山谷诗集注》，第 513 页。
② 参见本书第四章第四节。
③ 《山谷诗集注》，第 519 页。

养素霞。

这首诗的主旨是以禅宗高妙的境界来劝说喜好修炼道教的朋友,有点较量禅、道境界高下的意味。史容注曰:"诗意劝以释家三昧,勿学道家修养之法。"道家的修炼往往注重身体,希望通过炼丹等方法求得长生。本诗第一首的首六句是描述道家的修炼境界。后二句是庄子里的境界,要把心地修炼得像水一样广阔、无为,万物平等,皆在一心。第二首着重描述佛教中"心"的妙用。人的心本来就是光明寂照的,可以遍及宇宙一切处①。但是,这是人的真心,而不是妄心。"无钩狂象"和"露地白牛"分别比喻妄心以及妄心被调伏之后的心灵状态。在佛经中,将妄心之狂迷譬之狂象,《大般涅槃经》②卷二九曰:

> 不修心者,不能观心。轻躁动转,难捉难调,驰骋奔逸,如大恶象。

同经卷二五曰:

> 譬如醉象,狂骏暴恶,多欲杀害。有调象师以大铁钩钩斲其顶,实时调顺,恶心都尽。一切众生亦复如是。贪欲瞋恚愚痴醉故欲多造恶,诸菩萨等以闻法钩斲之令住,更不得起造诸恶心。

用佛教的修炼手段把妄心调伏之后,它就会听从主人的使唤。同样的,牛本来爱犯人稼禾,被驯顺了之后就是"露地白牛"③。内心清静之后,去除了执着,随遇何种境界都十分自在,任运而转。"小雨呼儿"以形象的语言描绘了这种心境,在常人眼里,"艺桃李"、"转琵琶"不过只是寻常生活,但是其中却体现着禅意。《华严经》称一尘之中现无量刹,入一微尘中三昧,即表示一切诸法事事无碍之理。《华严经·贤首品》偈曰:"以佛华严三昧力,一微尘中入三昧,成就一切微尘定,而彼微尘亦不增,于一普现难思刹。"④后来云门文偃禅师在回答什么是"尘尘三昧"里,以"钵里饭,桶里

---

① "遍河沙"一句出自禅宗语录。《续传灯录》卷三三记载:"僧问,云门问僧:光明寂照遍河沙,岂不是张拙秀才语。僧云:是。门云:话堕也,未审那里是这僧话堕处?"(《大正藏》卷五一)

②《大正藏》卷一二。

③ 露地,为门外之空地,喻平安无事之场所;白牛,意指清净之牛。《景德传灯录》卷九《大安禅师传》记载:"(福州大安)在沩山三十来年,吃沩山饭屙沩山屎,不学沩山禅。只看一头水牯牛,若落路入草便牵出,若犯人苗稼即鞭挞。调伏既久,可怜生受人言语。如今变作个露地白牛常在面前,终日露迥迥地。趁亦不去也。"(《大正藏》卷五一)

④《大正藏》卷一〇。

水"答之，"云门尘尘三昧"成为著名的禅宗公案①。所以"尘尘三昧开门户"是指人清净自心之后，在任何事情、境界上都可悟入最高的法味，"事事无碍"，所以不用执着于炼丹养寿，涵养心灵比滋润色身更为重要。

这是研究山谷早期佛教思想非常重要的一首诗。宋代士大夫阶层生活高雅闲适，养身也是他们生活的重要内容，黄庭坚和苏轼等人对道教、医家各种养生术都比较熟悉，对道家的"心斋""坐忘"境界也非常欣赏，但是从这首诗歌来看，山谷本人并不欣赞朋友进行"度世飞升"的修炼，而是认为禅宗在日常生活中融入禅心之境界更高一着。从这首诗我们可以看出，黄庭坚在年轻时期就对禅宗语录非常熟悉，在他的心中，佛教的境界是高于道教(不是道家——事实上，他很欣赏庄子的思想)的。而且，尤为重视心地法门，认为佛法修行的中心是净化心灵，到最后达到万物一如，无分别，心摄万法，理事无碍的境地。这与他以后的佛教思想都是相一致的。

作于治平四年(1067)《病懒》一诗则体现了黄庭坚早期对诸家思想的基本态度，与寻常儒士不同。诗曰：

> 病懒不喜出，收身卧书林。纵观百家语，浩渺半古今。
>
> 空蒙象外意，高大且闳深。闻有居覆盆，岂能逃照临。
>
> 一马统万物，八还见真心。乃知善琴瑟，先欲绝弦寻。②

黄庭坚读书纵观百家，但他认为读书不能拘于字句，要得意忘言，去理解、体会高深的象外之意。而这象外之意从哪里去体会呢？"覆盆"之语，来自佛经③，又屡被禅师们引用，如《景德传灯录》卷二二韶州净法章和尚禅想大师语录："僧问，日月重明时如何？师曰：日月虽明，不鉴覆盆之下。"④指人的内心如果自我封闭的话，就不能开放地接受更多的智慧。"一马"来自《庄子·齐物论》中的"天地一指也，万物一马也"⑤，在这里是指"道通为一"，"万物与我为一"；"八还"是佛教著名经典《楞严经》里所揭示的"八还

---

①后记录于宋代圆悟禅师所作《碧岩录》第五十则，收于《大正藏》卷四八。

②《山谷诗集注》，第1142页。

③《大乘本生心地观经》卷三："菩萨声闻化众生，如大河水流不竭。众生无信化不被，如处幽冥日难照。　如来月光甚清凉，能除众暗亦如是。犹如覆盆月不照，迷惑众生亦如是。法宝甘露妙良药，能治一切烦恼病。有信服证菩提，无信随缘堕恶道"。(《大正藏》卷三)

④《大正藏》卷五一。

⑤〔清〕郭庆藩：《庄子集释》，王孝鱼点校，中华书局，1961年，第66页。

辨见",据《楞严经》卷二记载,阿难不知"尘有生灭,见无动摇"之理,而妄认缘尘,随尘分别,如来遂以"心"、"境"二法辨其真妄,将外境即现象界的种种变化之因进行还原,旨在探明其本质①。在佛经的论述中,八种境界可以各还其本因,而人之"见性"即认识的能力是不能还原的。也就是说,现象界是生灭变化的,用佛教的观点来看是"虚幻"的,只有人的认识能力是真实的,强调了人心的重要作用,以此引出诗人的观点。最后两句是全诗诗意的落脚点,要想弹琴弹得好,要从弦外下功夫,而这个弦外的功夫就在人的心地法门上②。这就解答了前面提出的问题:寻求象外之意,要从心上体会——读书的重点在于用自己的心去体会。此诗之意正好可与《读书呈几复二首》中的"不随当世师章句,颇识扬雄善读书"、"吾欲忘言观道妙,六经俱是不完书"③相呼应。黄庭坚写此诗是有感而发的,因为北宋前期,儒学之流孜孜于章句之学,不能"心通性达",转化为内在的修养。所以,他在《论语断篇》中说:

> 论语者,义理之会也。……学者傥不善于领会,恐于义理终不近也。近世学士大夫,知好此书者已众,然宿学者尽心,故多自得;晚学者因人,故多不尽心。不尽其心,故使章分句解,晓析诂训,不能心通性达,终无所得。④

从这首诗我们可以看出,黄庭坚很早就树立了以庄佛治心之术来融合儒学的观念。

熙宁元年(1068),黄庭坚开始与惠南禅师等僧人交往。在那些与禅僧来往、出入佛寺的诗歌中,黄庭坚就更加大量地运用佛教和禅宗的典故了。如《戏题葆真阁》:

> 真常自在如来性,肯繁修持只益劳。十二因缘无妙果,三千世界起秋毫。
>
> 有心便醉声闻酒,空手须磨般若刀。截断众流寻一句,不离兔角

---

①参见本书第二章第二节。
②他在《觉民对问字说》里也以琴艺引导觉民对心灵修养的重视:觉民曰:"我始于何治,而可以比于先民之觉?"问之曰:"若善琴,何自而手与弦俱和?"曰:"心和而已。"……曰:"然则求自比于先民之觉,独不始于治心乎?"(《黄庭坚全集》,第 633 页)
③《山谷诗集注》,第 1244 页。
④《黄庭坚全集》,第 505 页。

与龟毛。①

题为"戏题"，山谷此处用了反面破斥的遮诠法，这是禅宗的惯用手法，通过"不是什么"的否定法让人去思考"是什么"。阁名"葆真"，意为保全真性，在山谷看来，这个真性是本自现成的，不需用有为法去修持，一旦有心，便落入声闻小乘的窠臼；只有运用"般若"之智，才能体解真常自在如来性，也即万法之空性。从这个角度来说，十二因缘的修习也无丝毫妙果可得，而大千世界等万象也不出乎"秋毫"②之外。因此在禅门，"秋毫"亦代指"心性"。如《圆悟佛果禅师语录》卷十开示云：

> 师乃云：重圆僧相复方袍，优钵罗华未易遭。恩重丘山何以报，辄提纲要一秋毫。尽十方世界若长若短若纵若横，以至香水海不可说不可说无边刹海，尽在个一秋毫。有时现无边身，东涌西没南涌北没中涌边没，作无量无边神通变化，也只不出此一秋毫。有时冷啾啾地，如枯木朽株、寒灰死火，一念万年万年一念，也只不出此一秋毫。乃至作为无量无边殊胜奇特难行苦行，转化一切成佛作祖，亦不出此一秋毫。诸人还知此一秋毫么？若知去，未开口已前，未举意已前，生佛未兆已前，空劫已前，好荐取。既荐得，则卷而怀之，任任运运如兀如痴，不妨是一个决量大人。如或未然，却须返照回光，若动若静若住若行若坐若卧，须是究他根源始得。③

"截断众流"④，乃著名的禅宗"云门三句"之一，旨在让学人超越名言概念、意想分别，体悟真常。若人仍停留于心思口议，则犹如兔角、龟毛⑤，名有而实无，与真常如来性不能相应。从这首诗的寓意来看，黄庭坚对般若思

---

① 《山谷诗集注》，第 1242 页。
② 《楞严经》云：于一毛端，遍能含受十方国土。又云：于一毛端现宝王刹，坐微尘里转大法轮。（《大正藏》卷四八）
③ 《大正藏》卷四七。
④ 云门宗有三句"转语"示人。〔宋〕普济编《五灯会元》卷一五："（德山缘密禅师）我有三句语示汝诸人：一句函盖乾坤，一句截断众流，一句随波逐流……"收于〔宋〕释晓莹著，〔日〕前田慧云、中野达慧等编：《卍新纂大日本续藏经》，日本京都藏书院，明治三十八年至大正元年（1905—1912），第 80 册。以下简称《续藏经》。"截断众流"，即一法不立，为"真如门"。
⑤ 愚人误以兔耳为角，实则无角也，以比喻物之必无。《楞严经》曰："无则同于龟毛兔角。"《大智度论》一曰："有佛法中方广道人言：一切法不生不灭，空无所有，譬如兔角龟毛常无。"同书十二曰："又如兔角龟毛，亦但有名而实无。"（《大正藏》卷二五）

想的了解相当深入。

山谷这一段时期与惠南禅师、持正禅师等交好,写有多首来往诗章,多用禅语。其《戏赠惠南禅师》:

> 佛子禅心若苇林,此门无古亦无今。庭前柏树祖师意,竿上风幡仁者心。
>
> 草木同沾甘露味,人天倾听海潮音。胡床默坐不须说,拨尽寒灰劫数深。①

以"苇林"形容心之密集多样。其后有诗《赠赵言》:"轻谈祸福邀重糈,所在多于竹苇林。"②亦是此意。"庭前柏树"用了赵州禅师的禅语:

> (僧)问:如何是祖师西来意?师曰:庭前柏树子。曰:和尚莫将境示人。师曰:我不将境示人。曰:如何是祖师西来意?师曰。庭前柏树子。③

此公案中,赵州以"庭前柏树子"教人会取眼前者即是,而截断学人别觅佛法之思路。即以超越人、境相对等分别见解之本来风光,拈提达摩要旨之真风。"竿上风幡仁者心"来自禅宗的著名经典《六祖坛经》,通过"风动"、"幡动"还是"心动"启发学人思考心与境的关系,意思是,不是境有差别,而是心有差别,启示禅者把修行的重点放到心之清净上。《六祖大师法宝坛经》中有这样一段故事:

> (惠能)至广州法性寺,值印宗法师讲涅槃经。时有风吹幡动。一僧曰风动,一僧曰幡动,议论不已。惠能进曰:"不是风动,不是幡动,仁者心动。"一众骇然。④

此语也经常被后代禅门弟子当作话头来参悟,如《禅宗无门关》:

> 非风非幡,六祖因风扬刹幡,有二僧对论……无门曰:不是风动,不是幡动,不是心动,甚处见祖师?若向者里见得亲切,方知二僧,买铁得金。祖师忍俊不禁,一场漏逗。颂曰:风幡心动,一状领过,只知

---

① 《山谷诗集注》,第 1243 页。
② 《山谷诗集注》,第 697 页。
③ 《五灯会元》卷四,《续藏经》第 80 册。
④ 《大正藏》卷四八。

开口,不觉话堕。①

山谷诗中"草木"两句说明南禅师度化众生的功劳。"海潮音",指音之大者,譬如海潮;一般喻指佛菩萨优美之音声,或指佛菩萨之应化。《大佛顶首楞严经》卷二曰:"佛兴慈悲,哀愍阿难及诸大众,发海潮音,遍告同会。"②此系喻佛之音声如同海潮。最后两句是说南禅师修行境界的高深,"默坐"是《维摩诘所说经》里的维摩诘大居士与文殊菩萨演示法悟高下的"沉默",号称"一默如雷"。"拨尽寒灰",指点拨禅人开悟。《景德传灯录》卷九记载了潭州沩山灵佑禅师的传记,其文曰:

> 一日侍立,百丈问谁? 师曰:灵佑。百丈云:汝拨炉中有火否。师拨云:无火。百丈躬起深拨得少火,举以示之云:此不是火? 师发悟礼谢。③

山谷《翠岩悦禅师语录序》里也用了这个典故:"后则劝祖心禅师,拨大愚寒灰,而见黄檗。""劫"是印度的一个很长的时间单位。"劫数深"是形容用了很长的时间。

《寄新茶与南禅师》表达了山谷对南禅师的情谊,诗云:

> 筠焙熟香茶,能医病眼花。因甘野夫食,聊寄法王家。
> 石钵收云液,铜铛煮露华。一瓯资舌本,吾欲问三车。④

"三车"来自《妙法莲花经》里的故事,佛以羊车、鹿车、牛车比喻声闻乘、缘觉乘、大乘的差别。

《赠清隐持正禅师》一诗更是引用了许多禅宗的典故,诗中赞颂了清隐开山的功德以及参禅的境界:

> 清隐开山有胜缘,南山松竹上参天。擗开华岳三峰手,参得浮山九带禅。
> 水鸟风林成佛事,粥鱼斋鼓到江船。异时折脚铛安稳,更种平湖

---

① 《大正藏》卷四八。
② 《大正藏》卷一九。
③ 《大正藏》卷五一。
④ 《山谷诗集注》,第 1243 页。

十顷莲。①

"浮山九带禅"指宋代禅僧浮山法远(991—1067)一门的禅法,学人将他提示学人之宗门语句编集为"佛禅宗教义九带集",略称浮山九带。"水鸟风林"本自《阿弥陀经》,在西方极乐世界,水鸟树林悉皆念佛念法。后有禅师因此而有所悟:

> (洞山)径造云岩,……师曰:无情说法该何典教?岩曰:岂不见《弥陀经》云:水鸟树林悉皆念佛念法。师于此有省,乃述偈曰:也大奇也大奇,无情说法不思议。若将耳听终难会,眼处闻时方可知。②

意思是,佛法在一切事上皆有体现。"粥鱼斋鼓"乃佛寺之中平常生活,但是这些法事却是为了打造度化众生的"到江船",因为佛教出世的最终目的无非是为了将众生由痛苦的此岸度往解脱之彼岸。"折脚铛"也是禅宗用语,本指缺去一脚之铛。"折脚铛安稳"是指禅人生计安定。

《再留几复》"鄙心须澡雪,莲藕在淤泥"③之中的莲藕、淤泥之语来自《维摩诘所说经·佛道品》:

> 譬如高原陆地不生莲华,卑湿淤泥乃生此华。如是见无为法入正位者,终不复能生于佛法。烦恼泥中乃有众生起佛法耳。……是故当知一切烦恼为如来种。譬如不下巨海不能得无价宝珠,如是不入烦恼大海,则不能得一切智宝。

《书舞阳西寺旧题处》一诗中的"我似昔人非昔人"④是黄庭坚在此后的岁月中一再引用的佛教典故,本自魏晋时僧肇所著《物不迁论》,文曰:

> 则庄生之所以藏山,仲尼之所以临川,斯皆感往者之难留,岂曰排今而可往。是以观圣人心者,不同人之所见得也。何者?人则谓少壮同体,百龄一质,徒知年往,不觉形随。是以梵志出家,白首而归。邻人见之曰:昔人尚存乎?梵志曰:吾犹昔人,非昔人也。邻人皆愕然,

---

①《山谷诗集注》,第 1339 页。

②《洞山大师语录序》,《大正藏》卷四七。

③《山谷诗集注》,第 1288 页。

④全诗为:"万事纷纷日日新,当时题壁是前身。寺僧物色来相访,我似昔人非昔人。"(《山谷诗集注》,第 1281 页)

非其言也。所谓有力者负之而趋,昧者不觉。①

《物不迁论》是一篇从佛教的角度认识变化与永恒命题的文章,义理深刻,梵志之语,阐述了人的生命变化无常的思想。山谷此处引用这个典故,说明了他对时间流逝、世事无常、身心变化的感受与认知。他在七年之后,重观自己在舞阳西寺所书,心有感叹,在诗序里写道:"浩浩七年,其间兴废成坏所更多矣。自其究竟言之,谁废谁兴? 谁成谁坏? 非见无我,非我无见,故曰无所见见。""谁废"二句说明在无常的变化中,并没有一个变化的主体,这就是"无我"的思想;"非见"二句,说明外境与认识主体的密不可分,"无所见"即是空性,一切事物的外相呈现都是暂时的因缘和合的假相,虽有而无(变化),没有永恒不变的事物,正如诗中第一句所言:"万事纷纷日日新。"从中我们可以看出,黄庭坚对于般若思想的空性见已经有了很深刻的认识。

黄庭坚与祖心禅师的弟子晓纯禅师也有交往,晓纯赠送他衲袜,黄庭坚作诗谢之。《谢晓纯送衲袜》诗曰:

> 划草曾升马祖堂,暖窗接膝话还乡。赠行百衲兜罗袜,处处相随入道场。②

首二句是说晓纯的禅学源流是马祖一派的洪州禅,"划草"来自丹霞天然禅师的故事,指剃度③。"还乡"是禅宗的特用语,指人人皆有佛性,只要返观自心,明心见性,即是还乡。如洞山大师的《新丰吟》:

> 古路坦然谁措足,无人解唱还乡曲。清风月下守株人,凉兔渐遥春草绿……④

其他还有几首诗,如《客自潭府来称明因寺僧作静照堂求予作》《听崇德君鼓琴》等也引用了一些佛教或禅宗的典故。

从以上分析我们可以见出,黄庭坚在很年轻的时候就阅读了佛教一些

---

①〔东晋〕僧肇:《肇论》,《大正藏》卷四五。
②《山谷诗集注》,第541页。
③"邓州丹霞天然禅师……乃直造江西见祖……霞礼谢入行者房,随次执爨役凡三年。忽一日石头告众曰:来日划佛殿前草。及期,凡大众诸童行备锹镢划草。霞独以盆水洗头跪石头前,石头笑而为之剃落。"(《释氏稽古略》卷三,《大正藏》卷四九)
④《大正藏》卷四七。

重要经典,如《楞严经》《妙法莲华经》《维摩诘所说经》《华严经》等等,并且对其中的名相、义理相当熟悉;另外受到家乡禅风炽盛的影响,他也阅读了大量的禅宗语录,并接触了一些禅门人士,如惠南禅师、持正禅师等。

但是,涉及佛禅典故的只占其诗作中少量的一部分,基本上只是其诗文中的"点缀"。他只是在游历佛寺或与僧人交往时,才在诗中运用佛禅典故。

黄庭坚此时还是比较倾向于庄子那种不受世俗名利所牵系的自由心态,以及陶渊明归隐山林、纵情林泉的怡然生活。他在面对人生重要境遇,如官场的无奈以及妻子离世的悲哀时,大量地在诗文中引用了《庄子》不为物役,泯灭差别的思想,作为精神支撑,如《悼往》中之:"待外物而造适兮,固不若放之自得之场。"[1]不过,黄庭坚经常会在同一首诗里并用庄、禅的典故与意境,如《再留几复》中的"鄙心须澡雪,莲藕在淤泥",认为《庄子》"澡雪"功夫与佛教莲花不染的精神相仿佛;在《书舞阳西寺旧题处》的序言中也将《庄子》"天枢"[2]之言与佛教"无常"、"无我"之义并举,二者皆有穿越事物外相,把握本源的意思。

有意思的是,他的诗文还透露出了有意将佛教信仰与儒家入世思想作一比较的倾向——也许,比较是为了更好的抉择吧。请看这两首诗《送张子列茶》:"斋余一椀是常珍,味触色香当几尘。借问深禅长不卧,何如官路醉眠人?"[3]《戏赠王晦之》:"栖苴世上风波恶,情知不似田园乐。未知嵩阳禅老之一言,何似黄石仙翁之三略?"[4]其中,"官路醉眠人"是指黄庭坚自己,他当时颇沉溺于酒中之乐;"嵩阳禅老"指中国禅宗初祖达摩,他曾于嵩山少林寺面壁九年。

第二节　大名及留京待官时期:思想的苦闷期

一、北宋政治形势与黄庭坚的思想苦闷

这一段时间北宋的政治形势发生了重大变化。宋神宗在熙宁年间

---

[1]《黄庭坚全集》,第 1355 页。
[2]其文曰:"故古人尝眇万物,以为言,以谓枢,始得其环中,以应无穷。"
[3]《山谷诗集注》,第 1300 页。
[4]《山谷诗集注》,第 1173 页。

（1068—1077）重用王安石变法，变法失利后，又在元丰年间（1078—1085）从事改制。就在变法到改制的转折关头，发生了苏轼乌台诗案。"乌台诗案"是元丰二年（1079）发生的文字狱，御史中丞李定、舒亶等人摘取苏轼《湖州谢上表》中语句和此前所作诗句，以谤讪新政的罪名逮捕了苏轼。苏轼的诗歌确实有讥刺时政的内容，尤其是对变法中出现的问题进行了揭露，但诗案一事纯属政治迫害。黄庭坚也因此受到了牵连。

　　熙宁五年（1072）正月，黄庭坚通过学官考试，担任北京（今河北大名）国子监教授一职。虽然学官一职比管理治安的县尉更能用其所长，但是，这是一个没有实权的闲职，俸禄微薄。黄庭坚的心里时时感到苦闷、孤单、无聊，只能与意气相合的朋友以诗酒相娱，一浇胸中之块垒，所谓"少年气与节物竞，诗豪酒圣难争锋"[①]。酒，似乎成为了他逃避世间痛苦、麻醉自我的重要手段，在其诗歌中出现的频率也最高。在国子监中度过了六年时光，黄庭坚不但没有得到升迁，反而在元丰二年因为与苏轼有诗往来，受"乌台诗案"牵连，坐罚铜二十斤，并在学官任满，将任著作佐郎之时，改知吉州太和县，遭到了仕途上的第一次打击。他在诗中写道：

> 我今废书迷簿领，鱼蠹笔锋蛛网砚。六年国子无寸功，犹得江南万家县。客来欲语谁与同，令人熟寐触屏风。窃食仰愧冥冥鸿，少年所期如梦中。江头酒贱樽屡空，南山有田岁不逢。相思夜半涕无从，千金公亦费屠龙。

在六年中的学官生涯中毫无建树，没有升迁。本来自负于自己的才华，却没有用武之地，让少年时的理想像梦一样不得实现，就像千金学得屠龙术，却在现实中用不上。在这六年间，黄庭坚牢骚抱怨的诗作较多，与佛禅内容相契的诗咏较少。

　　他的心情郁闷也与当时王学兴起、强势夺人有关。熙宁八年（1075），朝廷颁王安石《三经新义》于学官，有司据此取士，先儒之传注尽废。很多读书人放弃了从前所学，专攻新学，以期进用。而黄庭坚坚守"旧典"，与时不合。他自云："有器可深川，吾未之学也。"[②]成为反对新法、日后被贬的证据之一。从《奉和王世弼寄上七兄先生用其韵》一诗我们可以较为详尽

[①]《和舍弟中秋月》，《山谷诗集注》，第 1185 页。
[②]《同尧民游灵源庙廖献臣置酒用马陵二字赋诗二首》，《山谷诗集注》，第 666 页。

地了解黄庭坚此时的行迹与心情：

> ……庭坚薄才资,行又出町畦。浮云与世疏,短绠及道浅。匠伯首暂回,大樗终偃蹇。学官尸廪入,奉养阙丰腆。学徒日新闻,孤陋犹旧典。小材渠困我,持斲问轮扁。大材我屈渠,越鸡当鹄卵。未能引分去,恋禄幸苟免。平生报一饱,从事极黾勉。岂如不见收,放身就闲散?思伯卧江南,无心趣轩冕。庞翁迹颇亲,黄檗门屡款。斋余佛饭香,茶沸甘露满。逢人问进退,余事寄一莞……①

“匠伯”二句以《庄子》中无用的樗树自况,虽受知于诸公,终无心于进取。“学徒日新闻,孤陋犹旧典”,“日新闻”指当时科举以王氏新学取士,学人趋之若鹜,而自己“不识时务”,内心里真正认可的是旧时的经学。他在学馆里本来得英才而育之,应该很有成就感,但是,他觉得小材无法沟通,大材又不够资格去教。本来应该挂职而去,但是由于家境贫寒,需要官禄来求得温饱,所以只能勤勉地干着一件与自己理想相去甚远的工作。相比之下,他很羡慕七兄的生活状态。七兄显然是一名生活清雅的佛教徒,与居士和禅师交往密切。庞翁指庞蕴,唐代非常有名的大居士,为马祖道一禅师之法嗣。开悟后,庞蕴终生不变儒形,在家而举扬方外之风,为诸方之所仰慕,与梁代之傅大士并称为“东土维摩”,遗有百余首诗偈与诸多禅门答问语录,机锋甚利。他“在家而行禅”的生活方式与禅宗思想对后世居士影响颇为深远。“黄檗”指希运禅师,此地代指禅门。“斋余”二句描写了佛门之中清茶淡食那种自足悠闲的生活。黄庭坚在诗中表达了对这种生活方式的向往。

　　这一阶段的黄庭坚处于痛苦彷徨之中,可谓“百忧生火作内热”。他不耻众人曲学阿世、全无道德底线的那种卑劣行径,这种外在情势对追求道德高洁、有用于世的他来说无疑是“漫漫黄尘浣白鸥”②。所以只有自叹:“自是鹤长足,难齐凫胫短”③、“楚客虽工瑟,齐人本好竽”④,这实在不是自得而是一种无奈。更无奈的是在出处之间他已无可选择:“出身世丧道,解绶饥驱我。杯中得醉乡,去就不复果。”⑤

---

① 《山谷诗集注》,第553页。
② 《戏答李子真河上见招来诗颇夸河上风物聊以当嘲云》,《山谷诗集注》,第569页。
③ 《丙寅十四首效韦苏州》,《山谷诗集注》,第570页。
④ 《寄南阳谢外舅》,《山谷诗集注》,第614页。
⑤ 《丙寅十四首效韦苏州》,《山谷诗集注》,第570页。

二、无常之感，向往平静

新党旧党交替之时，浮沉于世事之波，山谷深深地体会到了无常之感。他感叹道："云兴碧山留，云散清江去。斯须成苍狗，皆道不如故。至人观万物，谁有安立处。"①为了排解心中之块垒，他与朋友们醉于酒、放于诗，用知己间的友情慰藉自己。清醒之时，佛教的梦幻观与庄子的齐物论给了他消解现实痛苦的妙方。这两种思想皆消解了世间"立功"事业的意义感，纾解了作者入世建功立业的理想不能实现的焦虑。《杂诗四首》②反映了他这一阶段的思考与感悟。第一首："扁舟江上未归身，明月清风作四邻。观化悟来俱是妄，渐疏人事与天亲。"江湖归舟，是山谷永远的梦想，但是由于现实的困境一直未能实现。在观察自然变化、人事变更之后，他有了深刻的虚妄感，所以不再为世事荣辱烦恼，而是心向自然。在第三首中分析了小德之人与至人神人的差别："小德有为因有累，至神无用故无功。须知广大精微处，不在存亡得失中。"小德之人因为有执着，所以有目的性地去作为，而至人、神人并不追求有用于世，所以内心里"为而不恃"，没有了对"立功"的执着。存亡得失只是世间俗人的衡量标准，与"至广大而极精微"的道是不相干的。所以内心之中无须以这种虚妄的得失为虑。第三首说的是佛道两种修行方式，"佛子身归乐国遥，至人神会碧天寥"。佛教徒希望通过修行能在离开人世时往生西方极乐世界（乐国），但这是很遥远的；庄子笔下的至人神会于碧天之上，这是很寥落的。后二句"劫灰沉尽还生妄，但向平沙看海潮"，意指通过漫长时间的修行，也不能断尽妄想，与其这样，还不如以轻松潇洒的态度去看潮起潮落，感悟自然中所蕴含的大道。第四首："黄帝炼丹求子母，神农尝药辨君臣。如何苦思形中事，忧患从来为有身。"黄帝炼丹、神农用药，都是执着于身体，而老子言："吾有大患，为吾有身。"人生各种忧患皆从有身而来，所以不要再在自身的穷通荣泰上花费精力。

因烦恼而求解脱，黄庭坚对儒、道、佛的思想及人生导向进行了深入的思考与辨析，由此渐渐明确了自己的人生态度。如何才能排除外境的起落对自己的影响，从种种人生苦痛中解脱出来？在世间不可预期的境遇之

①《次韵吴可权题余干县白云亭》，《山谷诗集注》，第431页。

②《山谷诗集注》，第1309页。

中,唯一能把握的也只有自己的心。在随波逐流、追求名利的世风之中,在浮沉起伏的人生境遇面前,黄庭坚选择了心灵的坚守,金石其心,淡泊自持。这从此成为他一生所执持的信念。诗言志,于是,在境的变化中凸显心之坚定,也成为他诗歌中常见的主题。

其《赋未见君子忧心靡乐八韵寄李师载》曰:

> 白雪非众听,夜光忌暗投。古来不识察,浪自生百忧。
> 三月楚国泪,千年郢中楼。无因杭一苇,浊水拍天流。
>
> 河南李茂彦,内蕴迈俗心。浚冲有泾渭,一顾重千金。
> 事亲知色难,胜己又勇沈。外物既难必,求之首阳岑。
>
> 飘风从东来,雨足尽西靡。万物逐波流,金石终自止。
> 渭因泾使浊,菲以葑故毁。智所无奈何,谁能为樗里。①

本诗之意颇有些沉重,诗人以阳春白雪、卞和之玉自比,可惜在这个世界上却曲高和寡,明珠投暗,无人顾赏。但是,即使在浊水拍天的世态下,也不能随波逐流,而要坚定沉着,超迈世俗。《次韵盖郎中率郭郎中休官二首》亦言:"世态已更千变尽,心源不受一尘侵。"②这虽是褒扬盖郎中二人之语,又何尝不是诗人自己人生态度之彰显!又如《次韵子真会灵源庙下池亭》:

> 十年风烟散,邂逅集此亭。悲欢更世故,谈话及平生。
> 折腰督邮前,勉强不见情。世味曾淡薄,心源留粹精。
> 晴云有高意,阔水无湍声。谁言王安丰,定识阮东平。③

与朋友分别十年之间,经历种种世事变化,黄庭坚对于世间之事,内心更加淡漠了,但是内心里还一直保留着最纯粹的本质。"心源"是佛教用语,指心性,亦即真如。佛教非常重视心的重要性,认为心是万法之根源,故曰心源。《金刚顶瑜伽中发阿耨多罗三藐三菩提心论》曰:"妄心若起,知而勿随。妄若息时,心源空寂。万德斯具,妙用无穷。"④《华严经》卷二五云:

---

① 《山谷诗集注》,第 634 页。
② 《山谷诗集注》,第 657 页。
③ 《山谷诗集注》,第 1198 页。
④ 《大正藏》卷三二。

"如来亦不与珍宝,但以世尊清净语,决定利益无怨亲,涤除妄垢显心源。"①意为众生心源本来清净,而后蒙有垢污,以佛语洗涤之,则自显心源。禅宗就更重视心的作用,认为参禅打坐等种种方法无非是让人回归真心、本心。《大慧普觉禅师普说》卷一四言:"心源清净无忧喜,不作无喜无忧想。逢场作戏随世缘,而于世缘无所着。"②

不仅自身道德实践以保持心地清净为要,黄庭坚还对道德修养的方法作了系统的思考。他认为,道德的修养要落实在"本心"的回归上,其《赠谢敞王博喻》言:

> 高哉孔孟如秋月,万古清光仰照临。千里特来求骥马,两生于此敌南金。
>
> 文章最怨随人后,道德无多只本心。废轸断弦尘漠漠,起予惆怅伯牙琴。③

如何回到"本心"状态呢? 就要息心、去除妄心。《和李文伯暑时五首之扇》中指出要"无心分爱憎",对外境不作爱憎的分别。《都下喜见八叔父》一诗论述了息灭妄心的重要性:

> 自悲闻道晚,涉世如虚舟。虽无触物意,觉亦遭骂咻。稍窥性命学,未穷言行尤。息心待自信,渺如大河流。堤防小不密,一决败数州。安得心服礼,不见为疮疣。④

黄庭坚曾因与苏轼交往,而被牵连罚铜。所以他说,虽然没有触怒外界之心,还是不免于被责骂,诗人有了畏祸之心,息心之句,言防心之难也。《景德传灯录》有《息心铭》,梁末僧亡名⑤之作,山谷常手书之。其文有言:

---

① 《大正藏》卷一〇。
② 《大正藏》卷四七。
③ 《山谷诗集注》,第 1322 页。
④ 《山谷诗集注》,第 719 页。
⑤ 俗姓宋氏,不知其本名为何,世袭衣冠,才华出众,曾为梁末的元帝所重而受礼遇。因其"弱龄遁世,永绝妻孥,吟啸丘壑,任怀游处",所以在梁朝王室衰亡之后,即投兑禅师出家。嗣后北周武帝天和二年(576)大冢宰宇文护遗书邀其返俗做官,他却以"禀质丑陋,恒婴疾恼",固辞不赴,并谓:"乡国珍丧,宗戚衰亡,贫道何人,独堪长久,诚得收迹岩中,摄心尘外,支养残命,教修慧业,此本志也。寄骸精舍,乞食王城,任力行道,随缘化物,斯次愿也。"宇文护不能夺其志,反而以"不屈伯夷之节"赞叹他,迎其入咸阳。《息心铭》载《景德传灯录》卷三〇,《大正藏》卷五一。

> 多知多事,不如息意;多虑多失,不如守一。虑多志散,知多心乱;
> 心乱生恼,志散妨道。勿谓何伤? 其苦悠长;勿言何畏? 其祸鼎沸。
> 滴水不停,四海将盈;纤尘不拂,五岳将成。防末在本,虽小不轻……

黄庭坚认为,止息妄心的功夫在点滴之防护,堤防不固,决溃千里。

山谷希望自己的心像月亮一样明亮、清凉、寂静。"自状一片心,碧潭浸寒月。"①《和舍弟中秋月》:"百忧生火作内热,何时心与此月同。""德人天游,秋月寒江。"唐代诗僧寒山子有首著名的诗:

> 吾心似秋月,碧潭清皎洁。无物堪比伦,教我如何说?②

高远、明亮的秋月,映入碧绿的潭水中,以水之幽深更显月之皎洁,这种清寒明彻的美是无法形容的。诗用秋月的皎洁来比喻自性,自性如秋月映在碧潭中那么清澈而皎洁,是没有任何东西可以与之相比的,也是不可以用语言来刻绘的。他用很通俗的诗句,说明禅修进入了"言语道断"、"心行处灭"的境界。山谷的比喻,正从此中来。

元丰二、三年间,黄庭坚赴京,于吏部等候改官,王稚川亦于元丰初调官京师。他入京后与晏几道、王稚川几位志同道合的朋友在寂照房聚会,先后写了《次韵叔原会寂照房》《次韵答叔原会寂照房呈稚川》《同王稚川晏叔原饭寂照房》三诗。晏几道,黄庭坚称其"磊隗权奇,疏于顾忌。文章翰墨,自立规模。常欲轩轾人,而不受世之轻重";又称其平生有四痴:"仕宦连蹇,而不能一傍贵人之门,是一痴也;论文自有体,不肯作一新进士语,又一痴也;费资千百万,家人寒饥,而面有孺子之色,此又一痴也;人百负之而不恨,己信人,终不疑其欺己,此又一痴也。"③黄庭坚认为他与自己很相似:"人生如草木,臭味要相似。"④黄庭坚《次韵答叔原会寂照房呈稚川》⑤诗中前半铺陈了种种客愁,中间以友情的温暖转化之,后又叙述共同的志趣:

---

①《再和答为之》,《山谷诗集注》,第 693 页。

②项楚:《寒山诗注》,中华书局,2000 年,第 137 页。

③《小山集序》,《黄庭坚全集》,第 413 页。

④《自咸平至太康鞍马间得十小诗寄怀晏叔原并问王稚川行李鹅儿黄似酒对酒爱新鹅此他日醉时与叔原所咏因以为韵》,《山谷诗集注》,第 947 页。

⑤《山谷诗集注》,第 714 页。

　　……吾侪痴绝处,不减顾长康。得闲枯木坐,冷日下牛羊。坐有稻田衲,颇熏知见香。胜谈初亹亹,修绠汲银床。声名九鼎重,冠盖万夫望。老禅不挂眼,看蜗书屋梁。韵与境俱胜,意将言两忘……

表明了对禅僧自得之境的向往和欣赏。

　　这段时间,是黄庭坚的精神苦闷期,仕途不顺,新学强势,党争严重,因乌台诗案而受处罚;家事亦有不幸,继室介修县谢氏(谢师厚之女)去世。诸多烦恼,黄庭坚尝试以多种方法来解脱,醉于酒,放于诗,游于友,洗心于佛禅,深入思考人生价值,以期对自己的人生态度有一个明确的抉择。从此时的诗文来看,涉及佛禅的仍然不多,不过他喜欢到寺庙中去,在游览诗中也有意识地引用佛教的典故,试图以佛禅的教义来解决思想上的困惑,特别渴望获得内心的宁静,并意识到回归本心是道德实践的重点。

第三节　太和任职期间:趋心向佛的转折点

一、现实境遇与佛教交游

　　元丰三年(1080)秋,黄庭坚自汴京南归,知吉州太和县,自谓"又持三十口,去作江南梦"①。一家沿汴河东下,经南京、盱眙入淮水。在南京时他有可能拜谒了法秀法师。其《金陵》诗曰:

　　　　穷山虎豹穴,磨衲拥高年。青天行日月,坐揽磨蚁旋。
　　　　身将时共晚,道与世相捐。犹能揽壮观,巨浸朝百川。②

磨衲,谓法秀也。《禅林僧宝传》卷二六有记:"冀国大长公主,造法云寺成,有诏秀为开山第一祖。开堂之日,神宗皇帝,遣中使,降香并磨衲,仍传圣语,表朕亲至之礼,皇弟荆王,致敬座下。云门宗风,自是兴于西北。士大夫日夕问道。"③据元注,时秀禅师在钟山寺。吕汲公铭其塔曰:元丰二年,王荆公居金陵,以礼邀师居钟山之兴国寺。"青天行日月",这是仰望之辽阔;"坐揽磨蚁旋",以日月的循环联想到人事的忙碌与时光的流逝。下句

---

①《晓放汴舟》,《山谷诗集注》,第726页。
②《山谷诗集注》,第732页。
③宋代慧洪觉范(1071—1128)撰,收于《续藏经》第137册。

"身将时共晚,道与世相捐",取《庄子》"世丧道矣,道丧世矣,世与道交相丧也"之义。回想自身,在时间的流逝中,在世间道义的缺失中,诗人是如此的无奈。结尾二句,突兀振起。"巨浸"既是形容眼前长江的波澜壮阔,又象征人之心灵的纳藏丰富,可以发挥巨大的主体性作用。在如此艰难的情境下,诗人的心仍然没有颓丧,还可以欣赏壮观的山河! 心境交合,诗人从巨浸纳川的图景中体会到了心灵超越的力量。

经南京继续前行,诗人途中经过舒州与舅父李公择相聚,时公择为淮南西路提点刑狱。此时黄庭坚游览了潜山。山上有山谷寺,为南朝梁代宝志禅师所建。因其一隅有禅宗三祖僧璨大师塔,所以该寺又名三祖寺。山上还有道教祠祀场所"九命司命真君",故又名"司命山"。距山谷寺不远,有山洞如伏牛,名石牛洞,洞旁溪水称石牛溪。黄庭坚此游"行憩宝公井,瞻礼粲禅师塔"①,潜山的林泉幽致使他沉醉,寺庙道观的清静氛围也让他有了出尘之思,心入胜境。为此他作了《题山谷石牛洞》等三首诗纪念此行,并自号为"山谷道人"。这个称号从此伴随黄庭坚的终生。十二月,黄庭坚经过南康军,并到庐山一游,在落星寺留有赋咏。在路过南安时为云门宗的南安岩主大严禅师写有真赞,在虔州为东禅圆照师的御书阁题诗。

元丰四年春到元丰八年五月(1081－1085),黄庭坚在太和县任知县,后移监德平镇。这一段时间他有机会深入底层,体察民情。在任期间,黄庭坚勤政爱民,他的从政理念兼有儒家的民本美政思想、佛教的慈悲情怀与道家的无为而治的理想②。但是,作为一名只能执行政令的下层官僚,他在政策日益苛猛、民众日益穷苦的情势下,很难实现这种施政理想。

到太和任上,黄庭坚在努力做一个良吏的同时,内心里仍然向往着能摆脱羁绊,归隐江湖。作为一名地方官,他亲眼目睹了朝廷新政给百姓带来的痛苦,内心也更加苦闷,在诗作中也屡屡毫不掩饰地表达对现实的强烈不满。这时他的痛苦已经超越了个人仕途的不如意,而是体察到百姓的苦难,对现实有了更深的失望,《己未过太湖僧寺得宗汝为书寄山蓣白酒长韵寄答》作于元丰五年春,是诗人因公事到山区万岁乡征盐赋并搜查匿赋之家而作的,反映了新法实施以来食盐由官府专卖的弊病,吏曹扰民及所

①郑永晓:《黄庭坚年谱新编》,社会科学文献出版社,1997年,第100页。
②山谷屡屡提及无为而治,实际上是非常有针对性的,主要是针对当时新政苛民政策。

见山区穷困荒凉的景象,以纪实的手法描写了民不聊生的惨况:

> ……向来豪杰吏,治之以牛羊。我不忍敌民,教养如儿甥。荆鸡伏鹄卵,久望羽翼成。讼端凶凶来,谕去稍听从。尚余租庸调,岁岁稽法程。按图索家资,四壁达牖窗。抉目鞭扑之,桁杨相推捱。……苦辞王赋迟,户户无积藏……①

面对这样的情形,黄庭坚深为同情:"民病我亦病,呻吟达五更",他的内心犹如维摩诘居士一样充满了悲悯之情,"以一切众生病,是故我病"②。

现实的黑暗与不能归隐的痛苦,曾使黄庭坚处在一种去留"两难"的境地。但由于家境的困顿,又只能选择为薄俸而从仕,为此他形象地自嘲为"驽马恋豆糠"③。元丰三年,黄庭坚的第二位妻子谢氏病故,让他再次感到生命的无常:"百体观来身是幻。"④他在《发白沙口次长芦》一诗中从自然景观中起兴:

> ……晓放白沙口,长芦见炊烟。一叶托秋雨,沧江百尺船。反观世风波,谁能保长年。念昔声利区,与世阙周旋。大道甚闲暇,百物不废捐。谁知目力净,改观旧山川。⑤

在沧茫江河上,在风雨飘摇中,一叶孤舟显得是那样地无助,无法自保。由此来反观世间的风波,不也是如此吗?何况在往昔的名利场上,黄庭坚觉得自己本来就缺乏与世周旋的能力。如果能从世事上超脱出来,大道是本自现成,于人人都是平等的,何不回到自然的怀抱呢?

这一段时期,黄庭坚的佛教交游明显增多,"因行访幽禅,头陀烟雨外"⑥。从诗文中我们可以看出,他在所到之处,寻寺问禅,拜访了铜官县僧舍、长芦寺(真州)、落星寺(南康)、临江寺、承天寺(吉州)、慈云寺(虔

---

① 《山谷诗集注》,第827页。
② 《维摩诘所说经·问疾品》:"维摩诘言,从痴有爱,则我病生。以一切众生病,是故我病。若一切众生病灭,则我病灭。所以者何?菩萨为众生故入生死,有生死则有病。若众生得离病者,则菩萨无复病。譬如长者唯有一子,其子得病父母亦病,若子病愈父母亦愈。菩萨如是于诸众生爱之若子,众生病则菩萨病,众生病愈菩萨亦愈。"(《大正藏》卷一四)
③ 《己未过太湖僧寺得宗汝为书寄山蘋白酒长韵寄答》。
④ 《喜太守毕朝散致政》,《山谷诗集注》,第848页。
⑤ 《山谷诗集注》,第729页。
⑥ 《次韵叔父夷仲送夏君玉赴零陵主簿》,《山谷诗集注》,第722页。

州）、双涧寺（太和）、寂照房、清泉寺、广惠寺、普觉禅院等寺观。与惟清、法秀、楚金、圆照、修惠等交好，与郑交、张澄、时中、蒋颍叔、苏辙等居士有来往。佛教体验也异常丰富，他斋厨茹素、坐禅、阅经、答人问禅、为人抄写禅宗语录……并为寺庙和经藏创作了数篇题记，如《南康军都昌县清隐禅院记》《吉州隆庆禅院转轮藏记》《吉州西峰院三秀亭记》《吉州慈恩寺仁寿塔记》等等。这段时期成为了黄庭坚一心向佛的转折点。元丰七年，黄庭坚在泗州僧伽塔前皈依发愿，奉持佛戒，正式成为一名佛教徒。

在频频游览寺庙、咏诗作记时，黄庭坚已经从外在的描写深入到自己内心的反省。如《丁巳宿宝石寺》：

> 钟磬秋山静，炉香沉水寒。……观己自得力，谈玄舌本干。理窟乃块然，世故浪万端……①

他认为反观自性才会起到断除烦恼的作用，而谈玄说妙则无济于事。世事起起伏伏，变化万端，而真理是独处幽深的。

从《奉和孙奉议谢送菜》：

> 春蔬照映庾郎贫，遣骑持笼佐茹荤。却得斋厨厌滋味，白鹅存当鳖留裙。②

与《答余洪范二首》之二：

> 悬磬斋厨数米炊，贫中气味更相思。可无昨日黄花酒，又是春风柳絮时。③

可以看出山谷已开始茹素。苏辙在《答黄庭坚书》中亦曰："比闻鲁直吏事之余，独居而蔬食，陶然自得。……今鲁直目不求色，口不求味，此其中所有过人远矣，而犹以问人，何也？闻鲁直喜与禅僧语，盖聊以是探其有无耶？"④苏辙在《次烟字韵答黄庭坚》一诗中写道：

> 病卧江干须带雪，老捻书卷眼生烟。贫如陶令仍耽酒，穷似湘累

---

① 《山谷诗集注》，第 825 页。
② 《山谷诗集注》，第 811 页。
③ 《山谷诗集注》，第 813 页。
④ 《苏辙集》，第 392 页。

不问天。……比闻蔬茹随僧供，相见能容醉后颠。①

不仅如此，黄庭坚还坚持坐禅，他以诗向朋友乞蒲团，自谓："方竹火炉趺坐稳，何如矍铄跨征鞍。"②将安禅趺坐与马鞍征战相比，在诗人的眼里，两者都是"战斗"，不过战场上制伏的是敌人——外在的对象，而禅修对治的则是自己内心的烦恼。这不禁让人想起王维"安禅制毒龙"的诗句。

此时黄庭坚开始以佛教里那个智慧高妙、辩才无碍的大居士"维摩诘"自居。《寄袁守廖献卿》一诗中：

> 公移猥甚业生笋，讼牒纷如蜜分窠。少得曲肱成梦蝶，不堪衔吏报鸣鼍。已荒里社田园了，可奈春风桃李何。想见宜春贤太守，无书来问病维摩。③

再如《袁州刘司法亦和予摩字诗因次韵寄之》：

> 遥知吏隐清如此，应问卿曹果是何。颇忆病余居士否，在家无意饮萝摩。④

山谷于公案语录中浸淫日深，在品鉴人物时也喜以禅境作比。如"元明祖师禅，妙手发琵琶。已无富贵心，鼓吹一池蛙。天民服农圃，颇复秋敛赊。下田督未耘，入岭按新畬。悉力输王赋，至今困生涯。知命叔山徒，炉香严佛花。惟思芘刍园，脱冠着袈裟"⑤。对谢师厚也以"禅悦称性深，语端入理近"一语表示欣赏与仰慕。

黄庭坚佛教交游既广，"喜与禅僧语"，并且与同道的朋友之间经常探讨佛理，"罗侯相见无杂语，苦问沩山有无句"。与苏辙来往信札与赠诗和答中也多用禅语。黄庭坚此时的诗歌创作中，佛禅内容也占了很大一部分。从创作的内容来看，他阅读的佛教经典颇多，都是一些重要经典，如《维摩诘所说经》《华严经》等，而且很明显的，禅宗的语录和典故在其诗歌中被频频引用，比比皆是。

---

① 《苏辙集》，第 223 页。
② 《从时中乞蒲团》，《山谷诗集注》，第 865 页。
③ 《山谷诗集注》，第 806 页。
④ 《山谷诗集注》，第 808 页。
⑤ 《代书》，《山谷诗集注》，第 783 页。

在这些诗歌中，有的是通篇引用禅语，申说禅宗理念。如《赠王环中》①，尽用禅语，知见纯正，用语得当，已经到了炉火纯青的境地。

有的诗则似禅师们启发人开悟的禅诗。《戏赠水牯庵》就是一首用典巧妙密集而又思理曲折、意境浑圆的禅诗：

　　　　水牯从来犯稼苗，著绳只要鼻穿牢。行须万里无寸草，卧对十方同一槽。

　　　　租税及时王事了，云山横笛月轮高。华亭浪说吹毛剑，不见全牛可下刀。②

如前章所言，禅宗经常用"牧牛"表"驭心"之义。本诗所有的典故皆围绕着"牛"展开。心如水牯牛，到处犯人稼苗，所以需要用种种修行的方法拴住鼻绳。"万里无寸草"来自洞山禅师语录③，指心中没有任何烦恼及名词概念的束缚。"卧对"一句指人开悟了以后，心中没有好恶分别，宽容接物，任逢何境，皆不起烦恼。后句用租税和王事比喻人间的责任，等到大事已毕，就可以潇洒物外了。这与"痴儿了却公家事，快阁东西倚晚晴"同一境界，是儒佛相依、相兼无碍之境界。"吹毛剑"指华亭和尚的语锋凌厉，瞬间断除人的执着妄想，所谓"未启口时当头截，欲入门来劈面喝"④。但是，千说万说，不过是要人以心会取。《说者》曰："物以有而阂，道以虚而通。人之未闻道，则所见无非物也。犹其所解牛，所见无非牛也。人之既闻道，则所见无非道也。犹其三年之后，未尝见全牛也。方今之时，以神遇，不以目视，犹闻道者之以心契，而不以知知而识识也。"⑤"不见全牛可下刀"是指悟道之后，所见皆是道，而不是表面的物象，所以下刀之时能够切中肯綮。

---

① 诗云："丹霞不踢长安道，生涯萧条破席帽。囊中收得劫初铃，夜静月明狮子吼。那伽定后一炉香，牛没马回观六道。耆域归来日未西，一锄识尽婆婆草。"（《山谷诗集注》，第 922 页）

② 《山谷诗集注》，第 1333 页。

③ 《洞山大师语录》："夏上堂，曰：秋初夏末，兄弟或东或西，直须向万里无寸草处去。良久，曰：祗如万里无寸草处，作么生去？顾视左右，曰：欲知此事，直须如枯木花开方与他合。有僧到石霜。霜问：和尚有何言句示徒？僧举前话。霜曰：有人下语否？云无。霜曰：何不道出门便是草。僧回举似师。师曰：此是一千五百人善知识语，大唐国内能有几人？后明安曰：直是不出门，亦是草漫漫地。"（《大正藏》卷四七）

④ 《圆悟佛果禅师语录》卷二十："胜居禅人请赞：夜明符烛天，吹毛剑照雪。神威冷森森，红光阿刺刺。未启口时当头截，欲入门来劈面喝。体裁相似可克家，此地不容通水泄。"（《大正藏》卷四七）

⑤ 〔宋〕善卿编：《祖庭事苑》，《续藏经》第 64 册。

二、染净不二,解脱困境

在遭遇仕途的矛盾、生活的变迁后,如何从现实的痛苦中超脱出来,获得心灵的安顿?处在欲仕而不安,欲隐而不能的矛盾中,儒家入世的思想和道家的归隐风尚已经不能给他实在的支撑。此时,他阅读了大量的佛经和禅宗语录,从佛教思想中寻觅慰藉的良方。我们来看看佛法如何解决他思想的困境。

作于元丰五年的《赠别李次翁》云:

> 利欲熏心,随人翕张。国好骏马,尽为王良。不有德人,俗无津梁。德人天游,秋月寒江。映彻万物,玲珑八窗。于爱欲泥,如莲生塘。处水超然,出泥而香。孔窍穿穴,明冰其相。维乃根华,其本含光。大雅次翁,用心不忘。日问月学,旅人念乡。能如斯莲,汔可小康。在俗行李,密密堂堂。观物慈哀,莅民爱庄。成功万年,付之面墙。草衣石质,与世低昂。[1]

这首诗开头,不仅对利欲熏心之徒的丑恶嘴脸表示鄙夷,还对造成这种现象的统治阶级进行了批判。世界如此污浊,如何才能到达我们所向往的理想境界呢?有德之士,就是世俗通往至真至善的桥梁。其下描绘了德人超脱的精神特质。《庄子·外物》有这样的话:"胞有重阆,心有天游。室无空虚,则妇姑勃溪;心无天游,则六凿相攘。"意谓胞膜都有空隙的地方,心灵也应与自然共游。室内没有空的地方,婆媳相处也会争吵。心灵不与自然共游,则六孔也要相扰攘。庄子将外部世界的游,引向内心世界的游。人们在现实世界中难以实现的愿望就可转向内心畅游,所以称之为"游心",心具有在自由想象中游观天地的功能,所以称之为"心有天游"。"秋月寒江",佛经中经常以秋月作比,比喻智慧的光明清凉[2],也有用之比喻人心。

———————

[1]《山谷诗集注》,第 19 页。

[2]《佛说罗摩伽经》:"善男子,我唯知此菩萨光明普照一切诸法坏散众生破魔法门。诸大菩萨,究竟无量无边普贤菩萨所行愿海,深入一切诸法界海,建立一切诸菩萨智能幢三昧游戏神通大愿成满守护受持诸佛如来大功德海。于念念中,庄严教化一切众生,成就满足智能性海,除灭无明迷惑颠倒,普施净慧,犹如秋月。菩萨住世,遍照三界,不着众相,消除热恼。示现三世,自在神通,运载众生,开示正道。出生三世圆满清净一切音声,充溢十方一切法界。从初发心,乃至十地,于其中间,皆悉具足无量功德不可思议诸神通力智能光明。"(《大正藏》卷一〇)

皎洁的明月照耀在秋日的寒江上，上下映射，透彻见底，是一种水月相忘、人境双泯的智慧通透状态。“于爱欲泥”以下是赞叹李次翁勤于问学，如旅人怀乡，念念不忘，已经达到超脱的境界。

不过，黄庭坚这首诗的诗意层层转折，对莲花的“出淤泥而不染”的境界并没有作最后的认可，认为只是达到了“小康”而已。最高境界的行止，不是自我保持高洁，而是在俗世间“观物慈哀，莅民爱庄”，慈悲救世，教化人民，最后功成不居，如少林达摩之面壁，草衣木食，铁石其心，不为世俗所动。对现实的态度是既不逃避，也不迎合，在俗世中保持一颗超脱的心。这由此定下了此后山谷生活方式的基调——“俗里光尘合，胸中泾渭分”。在世俗中和光同尘，与世俯仰，但内心保持高洁。这种思维方式来自大乘佛教中的圆融不二思想。其“在俗行李，密密堂堂”一句的诗意来自宝志和尚《断除不二》的颂：

> 丈夫运用堂堂，逍遥自在无妨。一切不能为害，坚固犹若金刚。不着二边中道，翛然非断非常。五欲贪嗔是佛，地狱不异天堂。愚人妄生分别，流浪生死猖狂。智者达色无碍，声闻无不恛惶。[①]

断除不二即断除虚妄分别的心。只要断除虚妄分别的心，则一切不能为害，在在处处皆能逍遥无碍，因为本来无有染净，迷与悟、地狱与天堂都是愚人妄生的分别而已。大乘佛教不赞成离世苦修，认为生死涅槃不二、烦恼觉悟不二，提倡在生死中证涅槃，在世俗生活中完成出世的修行。

《汴岸置酒赠黄十七》是黄庭坚的名诗，也贯穿着禅理，隐喻着心体本来清净，不被染污之义，诗云：

> 吾宗端居丛百忧，长歌劝之肯出游。黄流不解涴明月，碧树为我生凉秋。
>
> 初平群羊置莫问，叔度千顷醉即休。谁倚柁楼吹玉笛，斗杓寒挂屋山头。[②]

黄流二句是山谷得意之笔。黄流指汴河，月亮倒影汴河，沉浮上下，扭曲变色，似为其黄浊的颜色所污染，然而水中之月只是假象，月之本体高悬天

①《景德传灯录》卷二九，《大正藏》卷五一。
②《山谷诗集注》，第724页。

空,永远不会被黄流所染污。你看高高的绿树,早已为我带来了凉爽的秋意。潘伯鹰先生解道:这二句是写景,但同时也是寓意。上句表现一种有自信力的卓越人格,下句表现一种无往而不愉快的襟怀。黄庭坚在佛教大乘思想的影响下,形成了在俗而超然的人生态度。

三、发愿明志,归心向佛

元丰六年(1083)十二月黄庭坚解官太和,移监德州德平镇(今山东省商河县德平镇)。他先是回分宁省亲,七年年初,过金陵,访王安石于钟山,三月经扬州到达泗州,在僧伽塔前作《发愿文》,其中有言:"愿从今日尽未来世,不复淫欲;愿从今日尽未来世,不复饮酒;愿从今日尽未来世,不复食肉。"①

作为一个宗教文本,黄庭坚《发愿文》包含有赞颂、忏悔、发愿、祈求加护、功德回向,内容完备,发心恳切,境界很高,所以它被后代《缁门警训》等修行指导类的书籍收入,成为经典范文,与《永嘉真觉禅师发愿文》《天台圆法师发愿文》并行于世。

《发愿文》是黄庭坚学佛的一个里程碑。在第一节我们曾分析过,黄庭坚接触佛教很早,他的早期诗作中即有征引佛经与禅话之语,也有专门赠送禅僧之作。但是,这并不能说明他很早就是一名佛教信徒。从其十六岁时所写《溪上吟》一诗中的小序来看,他当时对佛教徒拘拘于清规戒律、不解渊明壶中真趣还持一种讥讽的态度。可以说,从开始对佛教感兴趣到信仰的最终确立,黄庭坚经历了相当长的过程。愿文受《华严经》的影响很大(笔者将于第二章对此进行详细分析),而从《发愿文》的内容来看,他之发愿,是希望成就佛果普度众生的发愿,愿力遍及十方,贯穿未来,是面向无限时空的发愿,而不是一般世人功利性的祈福或其他有限的愿望。黄庭坚此时对佛和菩萨的境界已经非常向往,入道之心相当猛利。这说明他已经不满足于只是阅读佛经,像一般文人士大夫那样仅仅以申谈义理为雅趣,以引用禅语为风尚,而是确实选择了佛教作为自己的终生信仰,并已制订了明确的修行目标,期望能够有针对性地进入实际的修行。所以我们可以说,《发愿文》标志着黄庭坚正式成为一名佛教徒。

---

① 《黄庭坚全集》,第 782 页。

此后的十五年间,他基本上遵守了所发之愿,戒酒、蔬食,他的好友张耒的诗也印证了黄庭坚发愿前后的差别:

> 黄子少年时,风流胜春柳,中年一钵饭,万事寒木朽,室有僧对谈,房无妾侍帚。①

不过,他在第二任妻子去世后,娶了一位地位卑微的女子,并生下儿子黄相。在元祐三年所写的《嘲小德》一诗中黄庭坚曾委婉地提起这件事:"中年举儿子,漫种老生涯。……解著潜夫论,不妨无外家。"②在晚年被贬戎州后,为了避除瘴气的侵害,他也开了酒戒。后来由于生病的原因,也偶尔吃肉食,任渊在《谢何十三送蟹》③题下注:"山谷出峡后,以病故,颇开荤酒之戒。"虽然开了酒肉之戒,但这是由于身体的原因,却并不说明他的信仰改变了。

第四节　元祐京师期间:学佛的深入期

一、元祐雅集,禅意生活

元丰八年(1085)春,宋神宗赵顼病死,其子赵煦(宋哲宗)即位,年仅十岁,其母宣仁太后以太皇太后的身份执政。宣仁太后是此前宫廷中反对变法的后台,掌权后遂援引司马光、文彦博等到朝廷中,各种反变法的力量聚集在一起。司马光打着"以母改子"的旗号,反对新法。新法大都废除,许多旧法,一一恢复。与此同时,还不遗余力地打击变法派。宋朝历史上最激烈、最残酷的党争也发生在这一时期,甚至从元祐时期一直延续到宋哲宗亲政后。在朝的大臣无论是保守派还是变法派,都不可避免地卷入激烈的党争。

旧党的一批人纷纷回到朝廷。元祐元年,苏轼除中书舍人,迁翰林学士、知制诰。黄庭坚的岳父孙觉迁右谏议大夫、给事中,舅父李常除户部尚

---

①《赠无咎以"既见君子,云胡不喜"为韵》,《全宋诗》卷一一五九,孙钦善等编,北京大学出版社,1993年。
②《山谷诗集注》,第245页。
③《山谷诗集注》,第424页。

书。黄庭坚于元丰八年以秘书省校书郎被召,元祐元年(1086)三月由司马光推荐,与范祖禹、司马康共同校定《资治通鉴》,十月除神宗实录院检讨官、集贤校理。元祐二年正月迁著作佐郎。在苏辙撰写的《西掖告词》中,说明任命的理由是,山谷"孝弟之美,著于闺门,文史之功,称于朋友"①。入选馆阁,是文臣的殊荣。黄庭坚与晁补之、张耒等奉苏轼为文坛宗主,在交流唱和中开展了他们的文学艺术创作活动,形成了北宋文坛的空前繁荣,也留下了一段被后人传为佳话的文坛风流。

这段时期也是黄庭坚佛教信仰的深入期。"抱牍稍退凫鹜行,倦禅时作橐驼坐。"②成为一名佛弟子之后,山谷学佛的着重点不是"八方去求道"、遍参丛林,而是在日常生活中贯穿觉悟的境界与禅的精神,学习维摩诘大居士,随俗婵娟,将佛禅的理念和精髓融于诗、茶、香、书、画之中,追求心灵的自由,情趣的高雅,意态的风流,"超世而不避世"③,在平常心中体会道的滋味。

佛寺幽静,常常是文人士大夫们雅集的场所。山谷的朋友、同僚之中,好佛的大有人在,像苏轼、苏辙、晁无咎、张商英、陈季常都是当时著名的大居士。他们游览了法云寺、洪福寺、净因院、开元寺等寺院,或是与僧人谈禅说玄,或是休沐洗浴,或是观赏寺院字画,挥毫吟诗,绍继白莲社儒士名流结社谈佛之远韵。"握手一笑三千年"④,因缘际会,朋友相互之间的欣赏和会心,使馆阁期间成为黄庭坚一生中难得开怀的美好时光。黄庭坚在《次韵公秉子由十六夜忆清虚》一诗里非常怀念这种生活:

　　……车驰马逐灯方闹,地静人闲月自妍。佛馆醉谈怀旧岁,斋宫诗思锁今年……⑤

苏轼有《书鲁直浴室题名后》一文,云:

　　后五百岁浴室丘墟,六祖变灭,苏范黄陈尽为鬼录,而此书独存,

①出自《黄庭坚著作佐郎》,《苏辙集》,第480页。
②《僧景宣相访寄法王航禅师》,《山谷诗集注》,第158页。
③"吾谁亲疏兮,行天下以虚舟。无地以受人之徽纆,故超世而不避世。"(《寄老庵赋》,《黄庭坚全集》,第294页)
④《寄吴德仁兼简陈季常》,〔清〕王文诰辑注:《苏轼诗集》孔凡礼点校,中华书局,1982年。
⑤《山谷诗集注》,第1092页。

当有来者会予此心,拊掌一笑……①

文后有鲁直的题记:

> 浴室院有蜀僧令宗,画达摩以来六祖师,人像皆绝妙……此寺井泉甘寒,汶师碾建溪茶,常不落第二。故人陈季常,林下士也,寓棋簟于此。苏子瞻、范子功数来从,故予过门必税驾焉。元祐三年,鲁直题。

苏门四学士之一的张耒也喜欢坐禅,他有一首诗记载了与黄庭坚、李公择相聚于法云寺的风雅:

> 休日不造请,出游贤友同。城南上人者,宴坐花雨中。金貌散香雾,宝铎韵天风。鸟语演实相,饭香悟真空,尚书二三客,净社继雷宗。②

净社继雷宗,指慧远在庐山结白莲社,其中有雷次宗、宗炳等人。观画、奕棋、赏茶、题记、品诗、谈禅……文人雅士们把寺庙变成了聚会的文化场所。士大夫文人对佛禅之理的向往,往往并不是要深究其理,过一种严肃的宗教生活,而是更多地是把它转化成艺术上的审美情趣与生活上的雅致情调。

二、耽味禅悦,广交佛友

黄庭坚与嵩山法王寺的智航法师有书信交流,还与张商英、任夫人、李常、晁以道等居士或对佛教有兴趣的士大夫在诗歌唱和中讨论佛理。在母亲去世后,山谷馆居黄龙山,亲近黄龙祖心禅师,与死心新老、灵源清老为方外之友,与百丈元肃禅师、九仙舜公长老也有交往。

山谷的六舅李公择,少时读书于庐山五老峰下白石庵之僧舍。出仕后虽以儒者的身份名列学案,但是也喜好禅宗,山谷说他"学古之余复味禅悦",所以与他诗歌赠答之间颇涉佛理禅趣。山谷在《六舅以诗来觅铜犀用长句持送舅氏学古之余复味禅悦故篇末及之》一诗用了佛教"犀一角"与

①《苏轼文集》,顾之川校点,岳麓书社,2000年,第765页。
②《休日同宋遐叔诣法云,遇李公择、黄鲁直,公择烹赐茗,出高丽盘龙墨,鲁直出近作数诗皆奇绝,坐中怀无咎有作,呈鲁直遐叔》,《全宋诗》卷一一五八。

"水牯牛"两个典故来形容公择的治心养气功夫,比喻巧妙妥帖。诗曰:

> 海牛压纸写银钩,阿雅守之索自收。长防玩物败儿性,得归老成散百忧。先生古心冶金铁,堂堂一角谁能折。儿言觳觫持赠谁,外家子云乃翁师。不着鼻绳袖两手,古犀牛儿好看取。①

铜犀是镇纸之物。犀牛单生一角,佛教深延其义为"独立无偶",利用这种特性比喻修行人远离眷属伴侣或烦恼,专心办道。如"处于外道如师子王,远离烦恼如犀一角"②,"菩萨见家过,舍之而出家。游止于山林,无人寂静处。远离男与女,眷属及大众。单己无等侣,譬如犀一角。专意求净道,得失心无忧。少欲及知足,离谄除憍慢。精进为众生,布施调伏心,苦行修禅定,一心求佛智。……其志犹金刚。若人来割截,无有恚恨想。勇猛心增长,求于一切智"③。山谷于此以如金如铁、角不能折比况李公择心之坚定、不可动摇。后又用禅宗常用的"牧牛"典故,以"不着鼻绳"之双关语作比,喻公择之驭心有术,已经到了随心所欲而不逾矩的境界了,对舅氏的心性修养给予了高度的评价。

《僧景宗相访寄法王航禅师》是一首幽默的书信体诗,以打趣的态度劝说智航法师勿多遣小僧化缘。首二句是向对方描述自己的近况,"抱牍稍退凫鹥行"描绘官员退堂之后抱着牍书俯首缓步倒退,如野鸭游水相随而出;"倦禅时作橐驼坐"是写自己坐禅时久疲倦,塌腰拱背如同骆驼。这两个比喻化解了公务与禅修的庄严感,形象生动,惟妙惟肖,实在让人忍俊不禁,字里行间营造了一种老朋友之间亲切而又轻松的气氛。"忽忆头陀云外人,闭门作夏与僧过。一丝不挂鱼脱渊,万古同归蚁旋磨"二句是诗人想象智航法师在山中结夏安居,集中精力修行,应该到了心中毫无执着、一尘不染——寸丝不挂④、如鱼脱渊,不受任何束缚的境界。相比之下,世间的一切名利功业不过如蚂蚁被磨所旋转,犹如轮回,让人无法超脱。末二句"山中雨熟瓜芋田,唤取小僧休乞钱",从杜诗而来:"杨枝晨在手,豆子雨已

---

① 《全宋诗》卷一一五八。
② 《大方广十轮经》卷一,《大正藏》卷一三。
③ 《大宝积经》卷八〇,《大正藏》卷一一。
④ 寸丝不挂:禅林用语。比喻心性一尘不染之状。"陆(亘)异日又谓师(南泉普愿禅师)曰:弟子亦薄会佛法。师便问:大夫十二时中作么生? 陆云:寸丝不挂。师云:犹是阶下汉。"(《景德传灯录》卷八,《大正藏》卷五一)

熟"(《别赞上人》),言航法师道力高深,不必遣人化缘,自然会有信众去护
持他。全诗弥漫着轻松、诙谐的氛围,在打趣中委婉地进行了劝说。

　　智航法师是禅宗云门宗的传人,他的法脉出自天衣义怀,怀传重元,再
传若冲,而智航是若冲的弟子。黄庭坚在《天钵禅院准禅师舍利塔记》①里
说明了他们的传承关系:"维东福胜,故号天钵。……时维令准,以弟继初,
持临济家法,鼓板钟鱼。寂寥百年,有僧父子。父糊其邻,子乞于市。文慈
重元,海岱维清。如雷如霆,十州震惊。盲者得眼,檀者倾施。日饭三百,
犹故不赐。觉海若冲,提印了空。雪山醍醐,法示一味,饮者不同。冲子智
航,盖士夫选,诸根猛利,透出摩冒。昔在天钵,风雨及床,瓶钵三世,冬温
夏凉……"天钵禅院在北京大名,估计这两篇文章是黄庭坚供职于大名时
所作。山谷对智航的评价颇高,曾为之作《请法王长老航公开堂疏》:

　　　　本色住山人,皆授如来记。居则枯木止水,宴坐十方;出则疾风震
　　雷,惊动万物。不择喧寂,作大因缘。……心不可得,少林开第一之
　　花;圣从何来,破灶见本有之性。从上诸祖,庄严此山。彼大法王,实
　　据都会。河润千里,惠林来福京师;鹤鸣九皋,天钵号称真子。恭惟天
　　钵长老航公,悟有生鸩毒,乘出世舟航,吹布衲之毛,傍家行脚,刈法堂
　　之草,选佛登科。而久闲尺璧之阴,退养众生之病。宝花玉座,共各不
　　可覆藏;粪扫堆头,重为斩新拈出。②

从上篇舍利塔记与这篇疏文来看,黄庭坚不但对禅宗各派的师徒传承关系
十分熟悉,对佛教文体的写作也非常熟练,对禅宗典故的运用得心应手。
他还撰写各类疏文、铭文,请长老讲法,为佛寺主持的选拔提供建议,还对
修行的不良风气直截了当地提出意见,为学佛者推荐优秀的禅师……黄庭
坚对佛教内部事务的参与是相当深入的。

三、至亲辞世,参禅黄龙

　　元祐五年二月(1090),舅父李常、岳父孙觉相继辞世,山谷意绪不佳。
《与邢和叔书》云:

　　　　至亲中失公择、莘老二德人,哀念不可忘。顷来意绪常愦愦,饥饱

---

①《黄庭坚全集》,第 455 页。
②《黄庭坚全集》,第 1441 页。

或不省识也。方今人物渺然，而朝廷屡失长者，可胜叹耶！今年来百事慵懒，唯思江湖深渺，可以藏拙养愚，但事势有未得者耳。[①]

李常、孙觉的离世给黄庭坚带来的不仅是感情的打击，还有政治"靠山"的丧失。随着党争的愈演愈烈，黄庭坚对前途十分悲观，萌发了退意。

元祐六年（1091），山谷的母亲又去世了，这对于父亲早逝，与母亲感情深厚又事亲至孝的黄庭坚更是一个巨大的打击。他心情悲恸，身体衰病，《豫章传》言其"哀毁过人，得病几殆"。秋扶丧归分宁。元祐八年，山谷居丧分宁。葬母于双井，乃馆于墓旁居住，名"永思堂"。他除了用佛教的礼仪来办理丧事之外，还在守丧期间到黄龙山居住，渴望用佛理慰藉自己的心。

黄龙山崇恩禅院是禅宗临济宗黄龙派[②]的重要道场。慧南是振兴临济禅风的一代宗师，他精通教典，儒学底蕴深厚，曾师从各家。慧南参过曹洞禅，随澄湜学法眼宗三年，又在泐潭怀澄门下习云门禅七年，对沩仰宗也有研究，最后在临济传人楚圆会下证悟，因此深谙各派禅风的优势与不足。他不满怀澄以僵化死语接人，也不赞成临济末流滥用棒喝。在黄檗山说法时，他说：

> 说妙谈玄，乃太平之奸贼；行棒行喝，为乱世之英雄。英雄奸贼，棒喝玄妙，皆为长物，黄檗门下，总用不着。[③]

他善取诸家之长，不拘一格，采用灵活的手段，应机施教，启迪对方自悟，从而形成独特禅风。他最擅长挑起学人的疑情，将其导入思虑困境，使之困极而通，顿生飞跃，触机开悟。这一特色，集中表现在他著名的"黄龙三关"中。凡遇弟子求法，慧南就叫他参三句话："你的生缘在何处？""我脚何似驴脚？""我手何似佛手？"黄庭坚的《黄龙南禅师真赞》陈述了三关的内容并作出了自己的回答："我手何似佛手？日中见斗。我脚何似驴脚？锁却狗口。生缘在甚么处？黄茅里走。"[④]黄庭坚一生对慧南十分景仰，还曾手书

[①]《黄庭坚全集》，第 1741 页。

[②]临济是禅宗五家之一，至宋又分为黄龙慧南与杨岐方会二派。黄龙派主要流布于今江西南昌一带，因其祖师慧南在洪州（南昌）黄龙山崇恩禅院弘扬作风而得名。

[③]《五灯会元》卷一七，《续藏经》第 80 册。

[④]《黄庭坚全集》，第 582 页。

《黄龙南禅师开堂疏》。

　　祖心乃慧南禅师的传法弟子之一。山谷在馆寓黄龙山的这段时间里与他交游甚深。《石门文字禅》[①]卷二七《跋东坡山谷贴二首》记载了他们的交游故事：

> 前代尊宿火浴无烧香偈子，山谷独能偈之。初见罗汉南公化作偈，其略曰："黑蚁旋磨千里错，巴蛇吞象三年觉。天下衲子，听莹十年。"晦堂曰："鲁直作此有据乎？抑意造尔？"山谷曰："吾聊为丛林戏耳。"晦堂大笑曰："岂可以般若为戏论乎！"山谷始悔前所学未登本色垆鞴，乃卜居于庵之旁，方知晦堂真不请之友耳。

山谷自创烧香偈文体，在禅师离世火化时使用，用文学的语言歌颂其证悟境界。但祖心认为他不慎重，有游戏文字之嫌。这令山谷很惭愧，感到自己未经明师指点，所学未能入禅之堂奥，所以开始向祖心学习。

　　鲁直与祖心的公案故事在许多佛教史籍里[②]都有记载。《罗湖野录》[③]描写较为详细，且离当时时间最近，故较为可靠，其文曰：

> 太史黄公鲁直，元祐间丁家艰，馆黄龙山，从晦堂和尚游，而与死心新老、灵源清老，尤笃方外契。晦堂因语次举：孔子谓弟子："以我为隐乎？吾无隐乎尔。吾无行而不与二三子者，是丘也。"于是，请公诠释，而至于再，晦堂不然其说。公怒形于色，沉默久之。时当暑退凉生，秋香满院。晦堂乃曰："闻木犀香乎？"公曰："闻。"晦堂曰："吾无隐乎尔。"公欣然领解。

在这个有趣的故事当中，山谷对孔子的话不断地加以诠释，但终不能获得晦堂的认可，以致于"怒形于色"，无法言语。最后还是晦堂用禅家机锋点拨了他，让其抛开文字与知识，从自心处去领悟，才使之茅塞顿开。这个公案至少有两层含义，第一，一切法无隐，黄花翠竹，无不在说法，就看你如何

---

① 〔宋〕慧洪：《石门文字禅》，《四部丛刊》本。
② 宋罗大经《鹤林玉露》卷三、元陶宗仪《说郛》卷二一下、明吴之鲸《武林梵志》卷八、明何良俊《何氏语林》卷九、清潘永因编《宋稗类钞》卷二八，以及清《江南通志》卷一〇三，均有记述。《罗湖野录》成书于南宋初年（序曰"绍兴乙亥"，即1155年），距山谷、晦堂之事，时间最近，当是原本。而《鹤林玉露》以下诸书，均为辗转抄录，只是有的作了少许改动，有的加上了自己的评论。
③ 《续藏经》第83册。

去领悟它。在晦堂看来,"法"——万物的真相或曰本质并不是离开物色的抽象玄理,而是色空不异,法性恰恰是通过一切事物来体现的。第二,这个无隐的"法",既不是通过冥思苦想能体悟得到的,又不能从文字或者知识上去理解,没有现成的答案,没有固定的途径,必须要经过亲身体验才能领悟。在那个美妙的瞬间,灵云见桃花,香严闻击竹,或吃德山棒,或被临济喝,所有的逻辑思维都已经抛弃,所有的语言理论都已经隔绝,只有禅者的一颗心与事物的真相觌面相遇! 黄龙派"自见自肯"的宗风在这里展露无遗。

《癸酉八月同百丈肃禅师温汤作小诗呈九仙舜公长老》引用禅宗典故也非常贴切,契合当地地理环境与禅师宗派的特点。诗曰:

> 九仙沤和汤,浴此二水牯。主人无施心,冷暖各得所。
> 道途开十方,瓢杓汲万古。欲问源从来,大雄山有虎。①

宋代的寺庙设有浴室,供人洗浴。此处的浴室是温泉,又称九仙汤,位于江西奉新县城西北,相传是九仙女下凡在此洗浴而得名,始建于北宋初年,距百丈山不远。山谷将自己和百丈山的肃禅师比喻为修心的水牯牛。主人舜公虽有布施然无布施之心,不执着于功德,只是令人冷暖自得而已。"道途"二句是对舜公弘法的赞扬,广接十方徒众,法味深汲万古,与古人同源。"欲问"二句一语双关,既是指温泉的源头又是指禅法的源头,都是从百丈山传承而来。百丈山,又名大雄山。唐德宗兴元元年(784),怀海入山,创建乡导庵(即百丈寺),大扬禅风,当时有黄檗希运、沩山灵佑、百丈涅槃等才智之士云集于此。宋代以后,优秀之禅僧辈出,此次与山谷同浴的元肃禅师就是其中的一位。洪州百丈元肃禅师在《续传灯录》卷一五中有记,为黄龙慧南禅师法嗣。其禅法要义乃在要人承担自心作佛,他在上堂中开示众人:"文殊在诸人眼睫上放光,普贤在脚跟下走过,且道观音大士在什么处行履? 夜闻风水响,日听岭猿啼。""夜闻"二句是以诗说禅,既是"观音",不在别处悟入,而正在"闻"、"听"音声之时解脱也。舜公长老指云居舜禅师,是当地人,《罗湖野录》卷二有记,文曰:

> 舜禅师,世姓胡,宜春人,以皇佑间,住栖贤而与归宗宝公、开先暹

---

① 《山谷诗集注》,第 1349 页。

公、同安南公、圆通讷公道望相亚,禅徒交往。庐山丛林于斯为盛。

四、儒、佛结合,心态圆融

山谷从禅宗中吸收的重要思想是"平常心是道"、"烦恼即菩提",化为人生态度则是:"俗里光尘合,胸中泾渭分。"①胸中判然分明,对自己所持原则十分坚定,不为名利所牵,外在行为则随同世俗,不标新立异。"身心如一是知常,事不惊人味久长。"②若山谷自言:"视其平日则与常人无异,临大节则不可夺。"这是黄庭坚最为核心的人生哲学,它的思想来源不仅仅是佛禅,还是儒家伦理道德与佛家处世态度的融合,我们在第二章还将继续深入分析,这里先不作展开。

《柳闳展如苏子瞻甥也其才德甚美有意于学故以桃李不言下自成蹊八字作诗赠之》一诗里描写了"平常心是道"的境界:

> 霜威能折绵,风力欲冰酒。勤子来访道,栩然我何有。
> 寝兴与时俱,由我屈伸肘。饭羹自知味,如此是道不。③

"寝兴"二句隐含着"饥来吃饭困来眠"的意思,这是禅宗悟后的任运逍遥、随缘放旷境界。《和任夫人悟道》"烦恼林中即是禅,更向何门觅重悟"④反映了烦恼即菩提的"不二"思想。在《山谷跋赠俞清老诗》里他写道:

> 俞清老旧与庭坚同学,才性警敏,无所不能。……欲祝发着浮图人衣,曰免与俗子浮沉。予曰,公能少自宽,俗子安能为轻重? 去而与祝发者游,其中虽有道人,亦如沅江九肋鳖尔。与俗子为伍,方自此始。⑤

黄庭坚在此指出真正的超世并不是出离世间,而是"平生三业净,在俗亦超然"⑥——这里包含着一个重要的思想基础,也就是禅宗强调的"自性本自清净",心性本自清净,不会被俗世染污,如雪"皎皎不受尘泥涴",如月"黄

---

① 《次韵答王慎中》,《黄庭坚全集》,第 11 页。
② 《题李十八知常轩》,《山谷诗集注》,第 1038 页。
③ 《山谷诗集注》,第 119 页。
④ 《山谷诗集注》,第 985 页。
⑤ 诗即东坡屡爱吟诵的《戏答俞清老道人寒夜三首》。
⑥ 《题默轩和遵老》,《山谷诗集注》,第 440 页。

流不解浣明月"，只要反观自性，就能获得解脱。正因为有了这种坚定，才可以与世浮沉、游戏三昧。山谷这种理念之生成除了与大乘经典的流行相关，也与当时的佛教风气讲求"真俗不二"有联系。唐末永明延寿曾提出："文殊以理印行，差别之义不亏；普贤以行严理，根本之门靡废。本末一际，凡圣同源。不坏俗而标真；不离真而立俗。"①真正的彼岸不是环境上的改变，而是身在此岸，而心已超然。

　　在元祐年间，随着学佛的深入，黄庭坚的思想中儒、佛思想的结合更加紧密，在此基础上，他形成了比较成熟的人生态度。他在《赠送张叔和》用养生四印忍默平直告语叔和：

　　　　我提养生之四印，君家所有更赠君。百战百胜不如一忍，万言万当不如一默。无可简择眼界平，不藏秋毫心地直。我肱三折得此医，自觉两踵生光辉。团蒲日静鸟吟时，炉熏一炷试观之。②

"忍默平直"也是黄庭坚自己的处世之道，是他在北宋严峻的政治形势下进行自我调整并渐渐成熟起来的人生态度。这实际上结合了儒、庄、佛的思想内涵。黄庭坚早年倾向于出世思想，后由于孝养母亲、养活家庭等情况不能不入世，而且他在初期是抱着相当积极的态度来入世的，在几任官职上，他综合了儒家仁政思想、佛家慈悲教旨与道家无为而治（不给人民带来太多负担）的观念形成了勤政爱民、恪尽职守、有所作为、誓作砥柱的入世态度，这是他的立身之本。所以即使是向往自然、爱好佛禅，他也是将现实的责任和义务放在第一位："痴儿了却公家事，快阁东西倚晚晴"③、"公家有闲日，禅窟问香灯"④，总是在公务了却之后才顾及游览、问禅等私家爱好。但是做官这么多年，经历了新旧党争的种种政治风波，他不但打消了想有所作为的理想，还时时有一种不安全感，庄子全身避祸的观念在他思想中始终敲着警钟。再加上他的天性本身就喜欢自由闲远的生活，时时向往着江湖归去，所以积极入世的理想蜕变成了一种与世周旋的态度，在不触及"大节"（道义、气节）的情况下，他还是愿意和光同尘的。这时"忍、默、

————————

①《万善同归集》卷上，《大正藏》卷四八。
②《山谷诗集注》，第109页。
③《登快阁》，《山谷诗集注》，第840页。
④《送张天觉得登字》，《山谷诗集注》，第194页。

平"，对外就成了他与世浮沉、"不犯世故之锋"①的全身手段，而对内则是他消解内心矛盾、保持平和心态的秘方。"无可简择"是指以心对境时，无好恶之念。禅宗三祖僧璨大师《信心铭》中有云："至道无难，唯嫌拣择。但莫憎爱，洞然明白。毫厘有差，天地悬隔。"②这些都给黄庭坚处理内心不平之气提供了理论依据。佛禅的"平常心是道"、"真俗不二"、"烦恼即菩提"等思想也给他安于现实并在生活中培养超然的心态提供了精神资源。不过，虽然外在的际遇可作随缘看待，灵活处理，但作为一位甘当砥柱、以金石不移、青松立节自比的儒士，黄庭坚内心里还时时抱持着"道义"、"气节"等大的是非原则，这些是不可动摇的：

> 接人高下但唯唯，笑语相随不作难。此翁胸次有泾渭，事不可处执如山。③

儒家的持节在黄庭坚的心中又与佛家的"直心"统合到了一起。佛教的"直心"指质直而无谄曲之心。如《维摩诘经》中所说"直心是道场"、"直心是菩萨净土"，即指其不虚假；《楞严经》又对"直心"作出了进一步的解释："十方如来同一道故，出离生死，皆以直心。"僧肇解释说，直心者，谓质直无谄，此心乃是万行之本。此外，直心还有始终如一，不改初心之义。这与黄庭坚所强调的内心要泾渭分明与"临大节则不可夺"意义相通。这样，我们就可以理解，在黄庭坚的眼中，一个有鲲鹏之志、进取有为的功臣形象居然可以与"云水僧"的淡泊气质和谐地统合到一个人身上。他在送别张商英《送张天觉得登字》诗中写道：

> 张侯起巴渝，翼若垂天鹏。历诋汉诸公，霜风拂觚棱。去国行万里，淡如云水僧。……公家有闲日，禅窟问香灯。因来叙行李，斩寄老崖藤。④

张商英字天觉，号无尽居士，蜀州新津人，为人负气倜傥，豪视一世。初不信佛，欲著《无佛论》，被夫人向氏阻止。后偶见《维摩诘经》，阅至"此病非地大亦不离地大"，叹曰：胡人之言亦能尔耶。熟读后，悚然折服，遂深信佛

---

① 《次韵晁元忠西归十首》，《山谷诗集注》，第874页。
② 《景德传灯录》卷三〇，《大正藏》卷四八。
③ 《书蔡秀才屏风颂四首》，《黄庭坚全集》，第615页。
④ 《山谷诗集注》，第194页。

法,成为著名的大居士与佛教的重要外护。元祐二年七月,张商英提点河东路刑狱,山谷与苏轼、张耒为之饯行并分别赋诗。

由此可见,这一段时期既是黄庭坚学习佛禅的深入期,也是他将儒、佛思想紧密结合、人生态度更加成熟的时期。

第五节　贬谪黔宜期间:参禅的突破期

绍圣元年(1094)变法派再度得势,开始对元祐党人进行政治迫害。四月苏轼责授建昌军司马惠州安置,不得签书公事。七月夺司马光、吕公著赠谥,贬苏辙为秘书监。十一月黄庭坚被责授涪陵别驾黔州安置。此年黄庭坚五十岁,次年四月到黔州(重庆彭水)谪所;元符元年(1098)春移戎州(四川宜宾)安置。元符三年正月哲宗病亡,政局略有变化,十月黄庭坚复奉议郎签书定国军节度判官厅公事。建中靖国元年(1101)三月黄庭坚复奉议郎权知舒州,离蜀;七月苏轼卒于常州。崇宁元年(1102)六月黄庭坚领太平州(安徽当涂)事,九日而罢。次年三月送宜州羁管。崇宁四年九月三十日黄庭坚六十一岁于谪所宜州(广西宜山)去世。

一、临大节不可夺与随缘任运

这十一年间,是黄庭坚人生中最为艰难的时光。由于朝廷的党争激烈,变法派与旧党轮流掌政,政策变动频繁,属于元祐党人的黄庭坚命运几经逆转,数度沉浮,备尝艰辛。其间,他遭遇了朝廷问责、受人构陷、三度贬谪、鬼门关似的入蜀之路、穷困老病、丧亲之痛、别离之伤等种种逆境。如果没有坚强的信念来作为精神支撑,黄庭坚是很难平安地度过这段艰险时节的。

由于朝廷政局的变动,绍圣元年山谷的仕途几经沉浮。三月除知宣城、鄂州,六月又被任命管勾亳州明道宫,并责令于开封府境内居住,以便听候国史院之对证查问。此时章惇为相,蔡卞为国史编修官,对《神宗实录》大为不满,意欲打击报复。九月,诏重修熙宁日历。十月,山谷由元明陪同前往开封。虽然知道会是一次不祥之旅,但他在给弟弟们的信中还是表现出了处变不惊之态,信中言:

　　　　道中甚晴暖,行李甚得所……吾上路来尤轻安。①

在陈留,山谷数次被召问状,据《山谷公别传》记载:

　　　　凡有问,(庭坚)皆以直辞以对,闻者壮之,知非儒生文士而已也。

十二月,由于谏官上疏,言先帝实录"类多附会奸言,诋熙宁以来政事,乞重行审黜",遂被贬涪州别驾,黔州安置。在贬职之命下达后,黄庭坚的表现镇定自若,与其他人大为不同,《豫章先生传》记曰:

　　　　命下,左右或泣,公色自若。投床大鼾,即日上道。君子是以知公不以得丧休戚芥蒂其中也。②

绍圣二年正月,又被追夺一官。是月,赴贬所。据惠洪记载:

　　　　山谷初谪,人以死吊。笑曰:四海皆昆弟,凡有日月星宿处,无不可寄此一梦者。③

　　"四海皆昆弟",表明对京城、边地无分别心,体现了他在庄佛影响下形成的"万物一家"的思想;以"梦者"自居,观人生如梦,既是如梦,在哪里做也是一样了。事实上,他并不是不知前程艰险,但他已经将生死置之度外了,度巫峡鬼门关时他题关头曰:"自此以往更不理会为在生日月。"④在遭遇问责与被贬之时,黄庭坚皆镇定自如。前一种情况正是"临大节而不可夺"的表现,因为《神宗实录》是国家历史的记录,必须纪实写真,当然不能以个人的喜好或时势的倾向乱加歪曲;此外,中国的史书始终担当着为后世为鉴的重任,所以中国的知识分子对史书的撰写始终怀着深切的道义感与责任心,这正是"大节"的体现之处。在这种"临大节"之时,生命尚且可以舍弃,更何况只是贬去外地而已。

　　黄庭坚在黔州的情状是"万里戴天,一身吊影,兄弟滨于寒饿,儿女未知存亡"⑤,生活也很困窘,但他却在家信中说:"庭坚处摩围之下,安固寂静,无时不湛然。"⑥真正做到了安贫乐道。在秦观贬到藤州后,黄庭坚写

①《与弟天民知命书》,《黄庭坚全集》,第2261页。
②《黄庭坚全集》,第2360页。
③《石门文字禅》卷二七《跋山谷字》,《四部丛刊》本。
④《书自书楞严经后》,《黄庭坚全集》,第2291页。
⑤《谢黔州安置表》,《黄庭坚全集》,第515页。
⑥《与七兄司理书》,《黄庭坚全集》,第1874页。

信勉励他：

> 古之人不得躬行于高明之世，则心亨于寂寞之宅；功名之途不能使万夫举首，则言行之实必能与日月争光……①

不仅如此，他还愈挫愈劲，在逆境中表现出一种豪迈气岸的风流意态。他在《定风波·次高左藏使君韵》一词中写道：

> 万里黔中一漏天，屋居终日似乘船。及至重阳天也霁，催醉，鬼门关外蜀江前。
>
> 莫笑老翁犹气岸，君看，几人黄菊上华颠。戏马台南追两谢，驰射，风流犹拍古人肩。

遭贬之后，他的诗词创作与书法皆有风格上的转变，艺术上更加成熟，流露出清劲圆熟的风格。

事实上，迁谪之中，超然自得，这是当时元祐党人群体共同的姿态。或许他们把身处逆境、困境当作是检验自己精神气节的一次机会。黄庭坚在给王子飞的信中即言："小小逆境，皆进德之门户也。"②苏轼在惠州"饱吃惠州饭，细和渊明诗"③已经为大家做出了榜样。苏轼在给山谷的信中安慰并鼓励说：

> 即日想已达黔中，不审起居何如？土风何似？或云大率似长沙，审尔，亦不甚恶也。惠州已久安之矣。度黔亦无不可处之道也。……子由得书，甚有味于枯槁也。文潜在宣极安，少游谪居甚自得，淳父亦然，皆可喜。④

他相信黄庭坚一定有以自处之道。

在逆境中，黄庭坚从佛理禅观中吸纳精神养分，化解烦恼。具体说来，首先是对外境不起嗔喜分别之心，万事随缘。他在劝慰友人的信中说：

> 蒙诲谕，意思不佳。三界无安，爱为根本，唯洗心于道者，不受缠

---

①《与太虚》，《黄庭坚全集》，第1377页。
②《与王子飞》，《黄庭坚全集》，第1373页。
③《跋子瞻和陶诗》，《山谷诗集注》，第416页。
④《答黄鲁直书》，《苏轼文集》卷五二。

缚。不审颇观佛书否？若于此有味，即能化烦恼境界，超然安乐。①

《与王子飞书》②中又言：

> 人固与忧乐俱生者也，于其中有简择取舍，以至于六凿相攘，日寻
> 干戈。古之学道者，深探其本，以无诤三昧治之。所以万事随缘，是安
> 乐法。

正是"事随世滔滔，心欲自得得"（《次韵杨明叔见饯十首》）。张守在《跋周君举所藏山谷帖》中说："山谷老人谪居戎棘，而家书周淳，无一点悲忧愤嫉之气，视祸福宠辱，如浮云去来，何系欣戚？"

在戎州，山谷将自己所居名为"任运堂"。他在《与中玉知县书》解释了堂名之寓意：

> 或见傲居之堂名"任运"，恐好事者或以借口。余曰：腾腾和尚歌
> 云"今日任运腾腾，明日腾腾任运"，堂盖取诸此。余已身如槁木，心如
> 死灰，但作不除须发一无能老比丘，尚不可邪？③

"任运"意指即随顺诸法之自然而运作，不假人之造作之义。腾腾和尚有《了元歌》④，歌曰：

> ……迷人不了色空，悟者本无逆顺。八万四千法门，至理不离方
> 寸。……烦恼即是菩提，净华生于泥粪。人来问我若为，不能共伊谈
> 论。寅朝用粥充饥，斋时更餐一顿。今日任运腾腾，明日腾腾任运。
> 心中了了总知，且作佯痴缚钝。

正如泥粪是花的营养一样，勘破烦恼之根，恰恰可获觉悟。了悟的人心中对境已无逆顺之分，所以才能任运自在，处处安乐。这种精神境界，山谷借风雨之中的竹子来作比：

> 风斜兼雨重，意出笔墨外。吾闻绝一源，战胜自十倍。荣枯转时
> 机，生死付交态。狙公倒七芋，勿用嗔喜对。此物当更工，请以小

---

① 《答知郡大夫》，《黄庭坚全集》，第 494 页。
② 《黄庭坚全集》，第 1373 页。
③ 《任运堂铭》，《黄庭坚全集》，第 1502 页。
④ 《景德传灯录》卷三〇，《大正藏》卷五一。

喻大。①

视穷达若物之荣枯,随时盛衰,任天运自转,不起嗔喜之心,无往而
不可。

崇宁三年,山谷再次被远谪戎州。他与僧人惠洪在湖南话别,惠洪在
《冷斋夜话》里对黄庭坚南迁情景有较为详细的记录:

> 山谷南迁,与余会于长沙,留碧湘门一月。李子光以官舟借之,
> 为憎疾者腹诽,因携十六口买小舟。余以舟迫窄为言,山谷笑曰:
> "烟波万顷,水宿小舟,与大厦千楹,醉眠一榻,何所异? 道人缪矣。"
> 即解缆去……②

老来衰病,但黄庭坚面对被贬遥远的瘴乡仍然保持着一种不憎不怒的态
度,心中落落光明,视水宿小舟与醉眠大厦之榻为一味,修养境地确实让人
叹服!

二、耆年道机熟,参禅有突破

在漫长的贬谪生涯中,山谷的佛教交游更为广泛,他以在家僧自居,几
乎是以寺为家,以僧为友,以笔墨作佛事,处处寻访佛教名胜。从待罪陈留
开始,他就寄居在净土院。绍圣元年二月至江陵,寓居承天寺。到达黔州
后,又寓居开元寺。元符元年为避表外兄张向之嫌,移戎州。抵达戎州后,
寓居南寺无等院,名其居室为"槁木寮"、"死灰庵"。其后僦居城南,名"任
运堂",自云作"不除须发一无能老比丘"③。"日与嘉州在纯上座、唐道人
同斋粥"④,并且准备摒除笔墨纸砚,专心阅读大藏经⑤。

山谷与多位僧人交好,其中比较亲近的是悟新、惟清、惠洪、师范、花光
山僧人仲仁等。他与这些法师的交往是以道会友,相互探问禅境,斗弄机
锋。如前文所说,山谷的参禅境界之所以有了大的突破,就是因为经常受
到一些有修证的禅师们的"敲点提撕"。

---

① 《用前韵谢子舟为予作风雨竹》,《山谷诗集注》,第 312 页。
② 〔宋〕惠洪:《冷斋夜话》"辑佚",中华书局,1988 年。
③ 《任运堂铭》,《黄庭坚全集》,第 1502 页。
④ 《答泸帅王补之》,《黄庭坚全集》,第 1994 页。
⑤ 《答王云子飞》,《黄庭坚全集》,第 1997 页。

　　黄庭坚的方外之师晦堂祖心禅师于元符三年十一月十六日中夜示寂，"阅世七十有六，坐五十五夏。赐号宝觉，葬于南公塔之东号双塔"（《续传灯录》卷一五[①]）。黄庭坚为之作《烧香颂》三首与《黄龙心禅师塔铭》，对老师的禅学成就给予了极高的评价。

　　难能可贵的是，在逆境中，山谷一直日新其德，反省思考，总有一种"吾犹昔人非昔人"之感。在佛学修行中，他不胶着于文字禅，而是深入探究，实修亲证，承接了临济宗黄龙派"自见自肯"的禅风。在贬谪生涯中，山谷经常静坐参禅。谪居黔州时，"制酒绝欲，读《大藏经》凡三年"[②]。他虽然在晦堂处闻桂花而悟道，但是晦堂的大弟子悟新认为他并没有悟得彻底，为此他又逼问庭坚："新长老死，学士死，烧作两堆灰，向其么处相见？"[③]山谷无言以对。为此，"（死）心约出曰：'晦堂处参得底，使未着在。'后左官黔南道力愈胜，于无思念中顿明死心所问"[④]。他后来充满感激地给悟新长老写信，叙述了自己打破疑团的过程：

　　　　往日常蒙苦口提撕，常如醉梦，依稀在光影中，今日昭然，明日昧然，盖疑情不尽，命根不断，故望涯而退耳。谪官在黔州，道中昼卧，觉来忽然廓尔。寻思平生被天下老和尚谩了多少，惟有死心道人不相背，乃是第一慈悲。[⑤]

从文中推测，黄庭坚所用的主要禅修方法是参禅、起疑情。禅门所讲的起疑情，是利用一个话头或一则公案，对之进行不断的追问，这又称"参话头"或"参公案"，又名为"参禅"。南宗禅在数传之后，愈益强调参究之重要性。禅师教导参禅的方式日益灵活多变，为避免学徒趋向理性思维，往往不准其自佛教经典中探求答案，而令他们在内心自省。或辅以棒喝、拳打脚踢、瞪眼横眉、断指斩猫等手段，以激发学徒心中之疑问，逼其截断意识，达到开悟之境地。黄龙派开创者慧南禅师转益多师，吸取了诸家之长，在传法时不拘一格，采用灵活的手段，应机施教，启迪对方自悟，形成了独特的禅风。他曾用牢狱里判官层层逼问犯人、最终使其露出破绽的方法比喻如何

①《大正藏》卷五一。
②《佛祖统记》卷四六，《大正藏》卷四九。
③《五灯会元》卷一七，《续藏经》第80册。
④《大正藏》卷五一。
⑤《与死心道人书》，《黄庭坚全集》，第1850页。

指导学人,所以他最擅长挑起学人的疑情,将其导入思虑困境,使之困极而通,顿生飞跃,触机开悟。他的继承者晦堂祖心、悟新死心在指导参禅时也经常是提出一个话头或公案,挑起疑情,让学人参究,对僧人的回答他们认为不究竟时,还会不断地进行追问。《黄龙死心悟新禅师语录》中记载了悟新对参禅方法的提示:

> 诸上座,人身难得,佛法难闻。此身不向今生度,更向何生度此身?你诸人要参禅么,须是放下著。放下个什么?放下个四大五蕴,放下无量劫来许多业识,向自己脚根下推穷看,是什么道理?推来推去,忽然心华发明,照十方刹。可谓得之于心,应之于手。便能变大地作黄金,搅长河为酥酪,岂不畅快平生!莫只管策子上,念言念语,讨禅讨道。禅道不在策子上,纵饶念得一大藏教,诸子百家,也只是闲言语。临死之时,总用不著。①

他反对禅者从经典与语录上学习别人的经验,而是"向自己脚根下推穷看"②,意思是向内心不断起疑、参究,直到无疑可究,那时候所悟到的东西才是真正属于自己的体验。

悟新还描述了参禅中从迷到悟,悟中有迷、迷中有悟直至"迷悟又忘"、"无悟"而大悟的过程:

> 我这里亦无禅道与你,只要你自家直下悟去。你若未悟,且默默他参取个露柱。你若参得露柱彻,便见新长老。参得猫儿狗子彻,亦见亲长老。更若不会,新长老不惜口业,与你说个喻。喻似什么?喻似个月初生时,只有些子,初二初三,渐渐光明;到十五夜,圆明莹净,无处不照。又至十六十七,渐渐消殒。至二十九三十夜,消得尽也。却到初一,依前月又生。如你诸人有个迷。须得个悟,既得悟了,须识悟中迷、迷中悟。迷悟双忘,却从无悟处,建立一切法,明辨一切法。……方能入世间法,出世间法,世出世间,便能混同众生。众生与佛,本来是一。③

彻底的开悟是打破一切疑问,获得一种确定无疑的认识,然后可以大机大

---

①《续藏经》第 69 册。
②《禅关策进》,《大正藏》卷四八。
③《续藏经》第 69 册。

用,在一切境界上都有透彻明白的认知。悟新还说明,参禅的目的是明心见性:"只要你达自本心,见自本性,永脱死生,归家稳坐。若得到家,须知家里事。既知家里事,于一切处炼教成熟,似一头露地白牛去。然后触著便发,方有自由自在分。"悟新与黄庭坚的老师晦堂祖心就经历了这样一个参禅开悟的过程,据《续传灯录》卷一五记载:

> 师至黄蘗(慧南)四年,知有而机不发……试阅传灯。至僧问多福禅师,如何是多福一丛竹?多福云:一茎两茎斜。僧云:不会。多福云:三茎四茎曲。此时顿觉亲见二师。径归黄蘗方展坐具。(慧)南笑云:子入吾室矣。师亦踊跃自喜即应曰:大事本来如是,和尚何用教人看话下语,百计搜寻?南云:若不令汝如此究寻到无用心处自见自肯,吾即埋没汝也。师从容游泳陆沉众中,时时往决云门语句。南云:知是边事便休,汝用许多工夫作什么?师曰。不然。但有纤疑在,不到无学,安能七纵八横天回地转哉!南肯之。[1]

"百计搜寻",正是不断起疑、参究的过程,目的是为了达到无疑可究,"自见自肯"即是指自己体悟到了明心见性的境界,确定无疑了。到那时就可以自由地运用心性,来认识自我与外界的一切现象,并通过现象看到本质——也就是"七纵八横"、"天回地转"的境界。

黄龙派提倡参究公案,但强调要参活句,不参死句,从自己的内心去领悟,而不是拾人牙慧,死于句下。从悟新语录中我们也可以看出他指导学人参活句的方法:

> 上堂。举僧问石霜:如何是和尚深深处?石霜云:无须锁子两头摇。师云:石霜老秃不识好恶。锁既无须。即无两头。既无两头,摇个什么?良久云:青山无适莫。白云任卷舒。[2]

虽然以上公案里对"和尚深深处"已经有一个回答(当然这个答语是一个开放式的结构,需要继续参悟),但悟新并未轻易认可这个他人现成的答案,而是在其中又起疑问,并进而否定了它,给出了自己的回答。

由于缺乏相关的记录,我们无法推测黄庭坚所参悟的内容究竟是什

---

① 《大正藏》卷五一。
② 《续藏经》第 69 册。

么，但是他显然继承了黄龙派的禅风，也确实经过了一个在禅师指点下长期苦参的过程，"依稀在光影中"、"昧然"、"昭然"正是悟新所描述的参禅中时迷时悟的真实感受。参禅的目的是为了明心见性，黄庭坚认为，如果不能破除所有的疑情，获得究竟的答案，对参禅者来说，那就不能断除生死的根本（命根不断），还会在生死中流落、轮回，不能解脱。经过这样一个苦苦参求的过程，黄庭坚终于在黔州道中忽然开悟，心中朗然，勘破了从前所有的疑情，达到了一种大悟的境界。

　　他参禅的过程与境界我们还可以从另外一份资料中得到印证。山谷在待罪陈留期间写了一封信给觉海和尚，信中云：

　　　　某数年在山中究寻疑处，忽然照破心是幻法，万事休歇。方悟十余年间，时蒙敲点提撕，慈悲无量。当以此实相义，于无尽众生界中示本来法，以报恩德。鲍系于此，不得闻所未闻，惟深瞻仰。①

觉海和尚乃是指东京相国慧林院若冲觉海禅师，为天衣义怀禅师法嗣，《续传灯录》卷八有传。山谷参禅方法也是究寻疑情，到无可用心处，亲见本来面目，用此清净本心来观照寻常之心的活动，便看清了妄心的虚幻，也即明白了"心是幻法"。在没有亲自体验到心的清净本体（亦即觉性）之前，人心是随波逐流的，逢境便缘，逢尘便执。回归如如不动的本体，便不再随境动念，于是"万事休歇"，对各种境界历历了知而不分别，己心始终处于一种寂然朗照的状态，也就是山谷自己所说的"安固寂静，无时不湛然"。"心是幻法"与临济宗义玄禅师所说的"心如幻化"是同一意思。义玄说：

　　　　尔若达得万法无生，心如幻化，更无一尘一法，处处清净是佛。②

义玄认为，一切事物和佛法都是随心而生，随心而灭，心变即有，不变即无，本身都是无生的、无自性的。心如幻如化，心显现万物犹如魔术师的化作，所作并非真实的东西，不过是如梦如幻的假相。众生若能具有这种见解，懂得万物和佛法是无自性的，懂得"心如幻化"，就会在遇到境界时保持清净，这就是佛了。

　　黄庭坚从自己的内心观照中体悟到"心是幻法"，这是他参禅过程中一

①《与觉海和尚》，《黄庭坚全集》，第 1960 页。
②《镇州临济慧照禅师语录》，《大正藏》卷四七。

个巨大的突破和进步。悟到了心如幻化，就不会再对心的种种情绪、反应执着不舍，而会时时回归清净。从此，字面上的文句变成了自心的体认，黄庭坚也因此对心和境的关系有了更为明彻的悟解。他在给表弟写的一篇堂铭中，也重新认识了心与境的关系，认为应达到"心境双寂"的境界。这是临济宗作为南宗禅对北宗禅"将心求寂"修行道路的摒弃，"将心求寂"，是从妄心的层面进行修行的；而认为心性本寂，是直接从心的本性亦即真心的层面来下手的，只要达到明心见性的地步，一切妄心自然就消踪灭影了。黄庭坚在自己的参禅经历中，实际上对两种禅修理路都是并取的，不过后来他越来越倾向于"明心见性"这一路径。由于省悟到"心是幻法"，他终于"万事休歇"。《楞严经》形容人明心见性之后的境地是"狂性自歇，歇即菩提。胜净明心，本周法界，不从人得①"，意思是妄心息灭，真心显露，这就是觉悟。禅宗后以"休歇"比喻人打破一切疑情，大彻大悟，与真如本心相契合，不再为外界所动，也不再向外攀缘的境界，甚至后来有的禅师认为"如来地即大休歇大解脱境界是也②"。

悟出了外境虚幻、心是幻化之后，并不是否定了心的能动性，黄庭坚在此基础上更进一步，发扬了心在灭妄之后的"妙用"。他在《与王周彦书》中言：

> 某久为病苦，养成疏简，经岁静坐，性复神存，为日已深，自有见处。回观昔日举动皆非，更视人间，诚为可笑。凡人性各有妙用也，一得其妙，则通深远到，无所不明，前世君子所恃以为荣也。且天地万物之美，人之所恃为尊荣富贵者，皆可空也，不足有，而人之妄胜也。妄灭则真存，存而后知其不足有也。经所载，皆有圣人修行之说，而世所不察，专以富贵为荣，则人亦止此而已矣。③

可见，他正是通过静坐禅修，找到了自然本性——清净本心，这是达一切相空的无分别心，只是心的一个方面。心的另一个方面，在临济宗看来，又是本自具足，即自身就具有各种功能、作用，是能分别一切的，而这种分别的能动作用，又是落实在无分别的基础上。这样才能发起心的"妙用"，以此

---

① 《大佛顶如来密因修证了义诸菩萨万行首楞严经》卷四，《大正藏》卷一九。
② 〔宋〕宗杲：《大慧普觉禅师法语》卷二二，《大正藏》卷四七。
③ 《黄庭坚全集》，第 1838 页。

发起观照,去除妄心。皮之不存,毛将焉附? 随之更为彻底地祛除了尊荣富贵之心,视穷通为一如。所以才能真正做到君子固穷,随处安乐。正是:"能与贫人共年谷,必有明月生蚌胎。"①从文学创作的角度来看,清净心的观照可以"通深远到,无所不明",对自然风物与世事百态的观察就更为敏锐、深刻,能够为每一个事物与瞬间传神写照。这方面内容我们将在第三章第二节详细论述。

"寂"和"明"都是心的本然状态,黄庭坚在寓居的净土院,自名其寓所为"寂住阁"、"深明阁",并作诗歌咏了"寂"和"明"的特质。其《寂住阁》②诗云:

> 庄周梦为胡蝶,胡蝶不知庄周。当处出生随意,急流水上不流。

其中的"当处出生",来自《楞严经》卷二,经文曰:

> 阿难,汝犹未明,一切浮尘诸幻化相,当处出生,随处灭尽,幻妄称相,其性真为妙觉明体。如是乃至五阴六入,从十二处至十八界,因缘和合虚妄有生,因缘别离虚妄名灭。殊不能知生灭去来,本如来藏,常住妙明不动周圆妙真如性。性真常中求于去来,迷悟死生了无所得。③

意思是,一切现象界的"相"都是因缘和合离散的结果,而"性"则是常住妙明不动的清净自心。黄庭坚所表明的"当处出生随意"即是临济宗所提出的"当处发生,随处解脱"。该宗继承发挥了马祖道一"平常心是道"思想,进一步提出"随处作主,立处皆真",大力提倡主体的随时随地自觉、自悟。这样就会青山处处是道场,日常行事都洋溢着佛法、真理,都是解脱成佛的契机。黄庭坚诗中的"急流"是指万物的变化之相,即僧肇《物不迁论》中所说的:"旋岚偃岳而常静,江河竞注而不流,野马飘鼓而不动,日月历天而不周。"④在生灭去来当中,有一个不动的清净自性在。所以面对生活中的各种境遇,都要随处解脱,从纷繁变化的表相中体会到本无生灭的空性,这样就不会胶着于某一个情境而产生烦恼痛苦。随处作主的思想也启发了禅人在生活与自然中体悟禅机,在时时、处处、事事上都有禅,都有自由与快

---

① 《题胡逸老致虚庵》,《山谷诗集注》,第 405 页。
② 《山谷诗集注》,第 288 页。
③ 《大正藏》卷一九。
④ 《大正藏》卷四五。

乐,有真实而完美的意趣。这样就把宗教生活与日常生活打成一片,也为禅意文学创作开辟了更大的空间。

黄庭坚在贬谪期间,参禅功夫有了突破性的进展,可谓参禅得力。这种思想上的转变,对他的文艺思想与文学创作都产生了深远的影响。黄庭坚自黔南归来,诗变前体,"妙脱蹊径,言谋鬼神"①,这与他长期参究禅法并最终有悟是分不开的。

第六节　黄庭坚佛教活动及其特点

与一般文人儒士对佛教有泛泛好感不同,黄庭坚确立佛教信仰后,还有许多宗教性行为,并参加了佛教内部事务。从《发愿文》开始,山谷经常将自我形象定位为"在家僧"与"维摩诘"。作于元祐期间的《写真自赞》他把自我形象描述为"似僧有发,似俗无尘"②,在贬谪黔南时,也自言"作不除须发一无能老比丘"③。在佛教受到儒家人士的攻击或误解时,他敢于仗义直言,为佛教辩解,维护了佛教利益,担当了"护法"的角色。这在当时的居士中还是不多见的。宋初排佛的激烈程度和全面彻底,是大大超过唐代傅奕、韩愈等人的。宋代初期的排佛论大体继承着唐代排佛者的立场和观点,以华夷之辩和尊王攘夷为主要出发点,对当时佛教的盛行给予激烈的抨击。黄庭坚在《江陵承天禅院塔记》为佛教作了明确的辩护,其中的议论可谓辛辣:

> 儒者常论一佛寺之费,盖中民万家之产,实生民谷币之蠹,虽余亦谓之然。然自余省事以来,观天下财力屈竭之端,国家无大军旅勤民丁赋之政,则蝗旱水溢,或疾疫连数十州。此盖生人之共业,盈虚有数,非人力所能胜者耶!然天下之善人少,不善人常多。王者之邢赏以治其外,佛者之祸福以治其内,则于世教岂小补哉!而儒者尝欲合而轧之,是真何理哉!④

---

①〔宋〕蔡绦:《西清诗话》,《说郛》本。
②《黄庭坚全集》,第 560 页。
③《黄庭坚全集》,第 1502 页。
④《黄庭坚全集》,第 1488 页。

宋代佛寺经济异常发达,有自己的农业与手工业,无形中与地方和国家争利,而且修造寺庙与经藏都不遗余力,耗费大量财力,造成社会的不满,很多大臣如范仲淹皆曾上疏,要求对寺院经济有所限制。而黄庭坚认为,观察国家经济的消长,即使没有用兵等耗费资财的大事,灾疫也是不断的,造成经济的损失,这是全国人的"共业"。为了消弭这种共业,恰恰需要佛教对不善的人心进行教化。所以他认为王者用刑赏法律治理社会,佛教以因果祸福之道理来教化人心,儒释互补、内外兼治,就可以使天下太平。这篇文章也让黄庭坚遭受了再迁之难。

黄庭坚的信仰比较深入、纯正,他发愿宏深,精勤参禅,有明确的修行目标,禅修体悟比较深刻,与一般文人那种只是对佛禅有好感,喜欢"口头禅",是很不相同的。他对佛禅深奥义理、高远境界探求的动力,不仅仅是出自于哲学上的爱好,而更来自于期望人生问题之解决,所以,对黄庭坚来说,佛理解会、禅修实践是与他的生命体验紧密相连的。黄庭坚从佛禅之理中吸纳精神养分,与儒家、老庄思想相结合,构建了"俗里光尘合,胸中泾渭分"的独特人格,外在随缘,对内在的原则却十分坚持,追求高洁的人格境界,入世而超脱,出淤泥而不染,这是宋代士大夫将入世与出世相结合、儒释圆融的新型人格,具有一定的代表性。

黄庭坚与当时的儒士不同,他喜好佛禅,也明确以居士身份甚至"在家僧"自居,与出家僧人及在家居士均有广泛的交游。并且以笔墨作佛事,为禅师、居士和寺庙撰写了偈颂赞铭等多种文体的佛教诗文,包括说法偈颂、佛菩萨像赞文、禅师赞文、禅师语录序、佛事文疏、寺庙铭文、禅师碑铭等等。这些作品,既展示了高深的佛禅修养,又有较强的文学性,其中一些作品为后世佛教文集收录,流传很广,为宣扬佛法、扩大禅宗影响作出了一定的贡献。

作为名满天下的文士与晦堂祖心印可的入室弟子,黄庭坚经常被邀为寺庙撰写碑文、疏文,题写匾额。他先后撰写了《洪州分宁县云岩禅院经藏记》《洪州分宁县青龙山兴化禅院记》《萍乡县宝积禅寺记》《江陵承天禅院塔记》等,这些文章夹叙夹议,不仅叙述了寺院、佛塔或经藏建造的历史,还大发议论,对佛教的现实处境、寺院兴坏成败的规律、道俗如何修行以及僧人应该有什么样的道风痛快直言,阐述了自己的看法。他在绍圣三年作《洪州分宁县云岩禅院经藏记》,时禅院由悟新长老住持,建有《妙法莲华经》转轮藏。文中记载了悟新建造藏经的缘起和艰难：

> 韶阳公（悟新）曰："与十方人作粥饭，缘则可矣，非老人为道而来
> 之意。古人云：'我若一向举扬宗乘，法堂前草深一丈'。吾恐云岩门
> 外荆棘生矣。不得已，众竭力为我置藏经，且于末法中作佛事。……
> 如此且阅三岁，檀化为魔，种种沮坏。韶阳壁立，不战不怖。诸魔所
> 摄，去魔即佛。作大庄严，远近倾倒。魔复为檀，自谢负堕，鸣蠡伐鼓，
> 相我成功。

最后山谷讲述了自己的看法：

> 物之成坏，盖自有数，要以有道者为所依，然后崇成。韶阳所以不
> 得已而置藏经，是中有正法眼句，禅子自当于死心寮中求之。①

意思是寺院的建设必须要有道者住持，方能成功；而要达到弘化一方的目
的，还要根据当地人的根机，调整弘法的方法才行。悟新老人是临济宗黄
龙派的传人，本应大力高扬本宗，弘扬禅法，但迫于当地的情况，只能建转
轮藏②来度众。山谷希望大家从中体味悟新长老观机设教的用心。

黄庭坚还很关心习禅朋友的见地，他在《次韵寄晁以道》一诗中对晁说
之的修禅方式委婉地表示了批评：

> 河汉牛与女，咫尺不得语。……念公坐臞禅，守心如缚虎。颇思
> 携法喜，举案馌南亩。不闻犯斋收，犹闻画眉诩。良为鼻祖来，渠伊为
> 伴侣。我有桂溪刀，聊凭东风去。③

晁说之曾有诗《不眠》：

> 孤客危冠不得眠，清灯古像共安禅。鬼神未用来听法，我自观心
> 绝世缘。④

---

① 《黄庭坚全集》，第444页。
② 转轮藏：佛寺中之一种可以回转的佛经书架。亦即将书架作成八角形的书棚，中心立轴，使书棚
　 得以旋转，俾能捡出所需经卷；此种书架即称轮藏，与民间的走马灯相似。佛教转藏制度始创于
　 南朝梁代的双林大士傅弘（一称傅翕，即善慧大士）。《神僧传》卷四记载："初大士在日，常以经
　 目繁多，人或不能遍阅，乃就山中建大层龛，一柱八面，实以诸经运行不碍，谓之轮藏。……从劝
　 世人有发于菩提心者，能推轮藏，是人即与持诵诸经功德无异。"（《大正藏》卷五〇）
③ 《山谷诗集注》，第155页。
④ 《全宋诗》卷一二一二。

从这首诗来看,他比较喜欢坐禅,重视观心,离避世缘。山谷谓之"坐臞禅",这是带有一些贬义的。类似于黄庭坚在词作《点绛唇》①里说知命的"枯禅观",其又名枯木禅,乃初期曹洞宗禅者之特色,指唐朝石霜禅师会下之众僧。后于丛林中,对于只知终日坐禅而不饮不卧之禅者贬称为"枯木众"。"缚虎"出自《魏志·吕布传》:"缚虎不得不急。"形容以道守心之用力过猛。后二句反用《维摩诘经》的比喻,把法喜喻为"妻子",把对法喜的执着用为对美人的爱恋不舍形象地描写出来。"鼻祖"意指心法,心法无傍无依,还需要什么伴侣呢? 山谷希望晁说之放下对法的执着,达到不与万法为侣的境界。正如《金刚经》里所说:"汝等比丘,知我说法,如筏喻者。法尚应舍,何况非法?"②最后,山谷愿借他锋利的桂溪刀,斩断一切法执。整首诗先叙情谊,再坐而论道,"良为"二句之反诘,颇有禅师的机锋。

黄庭坚对当时禅师们的师承特点、学识水平非常了解,经常代人甄别,指导其问禅于明师。投子聪禅师与海会演和尚在元祐间"道望并著淮上,贤士大夫多从之游"③。黄庭坚勉励胡尚书少汲问道于聪演。具书曰:

> 公道学颇得力耶? 治病之方,当深求禅悦,照破生死之根,则忧畏淫怒无处安脚。病既无根,枝叶安能为害? 投子聪老,是出世宗师;海会演老,道行不愧古人,皆可亲近。殊胜从文章之士学妄言绮语,增长无明种子也。聪老犹喜接高明士大夫,渠开卷论说,便穿诸儒鼻孔。若于义理得宗趣,却观旧所读书,境界廓然,六通四辟,极省心力也。然有道之士,须以志诚恳恻归向,古人所谓下人不精,不得其真,此非虚语。④

黄庭坚在与友人切磋佛理、指点迷津时,颇有禅师之风,对他人信仰中的偏差也毫不留情地指出来,有时是正面陈述,说理引导,但更多时是反诘、譬喻或戏说,机锋凌利,发人警醒。王睿(同慎)中是江州人,与黄庭坚相交颇

---

①《点绛唇》:"浊酒黄花,画帘十日无秋燕。梦中相见,似作枯禅观。镜里朱颜,又减心情半。江山远,登高人健,寄语东飞雁。"(《黄庭坚全集》,第384页)
②《大正藏》卷八。
③《罗湖野录》卷上,《续藏经》第83册。
④《与胡少汲书》,《黄庭坚全集》,第476页。

久。他清静寡欲,持身甚严。山谷在为王夆中所写的一篇跋记里言:"慎中文士,孝友清修,年三十八,未尝知女色。荤膻不入口,一粥一饭,三十年奉身如山中头陀,初无玷缺。"①并写了一首诗(《次韵答王夆中》)劝说他不要执着于戒律,外在要做到和光同尘。其诗云:

> 有身犹缚律,无梦到行云。俗里光尘合,胸中泾渭分。我搴江南秀,一见空马群。夸士慕锺鼎,寒儒守典坟。吾欲超万古,乃如负山蚊。

在《贾天锡惠宝薰乞诗予以兵卫森画戟燕寝凝清香十字作诗报之》②诗中,他先言衣服薰香,乃是自外而来,庄子所谓"有待"也。有待必依赖于外部的因缘条件,而外部的一切均是无我无常,不能长久、永恒。只有学习佛法,向内薰习正确的价值观,"自薰知见香",这才是真正的富贵、内财。

黄庭坚还参与了一些佛教内部事务,对一些寺庙方丈的人选提出参考建议,对当时的戒律建设与不良禅风的纠正提出建设性意见。比如,他曾以讽刺的口吻指出蜀地僧人袈裟颜色不正的问题:"丈夫出家,当被坏色衣。蜀僧袈裟,多似苾刍尼。轻罗绤縠,染成春柳丝。撩蜂引蝶,唯欠远山眉。"(《劝石洞道真师染袈裟颂》③)一般来说,居士是不应口说出家人的过失的,但是,山谷此举并非出于寻常的分别心,而是源自对佛教戒律持守状况的关心。

因此,他被目为当时的大居士,在佛门中地位较高。时人及后世对他的佛学修养与禅修体证皆给予了高度的评价。据笔者统计,黄庭坚在《大藏经》(《大正藏》)与《卍新纂续藏经》相关典籍中被提及近八十处,其中《释氏稽古略》卷四、《续传灯录》卷二二、《嘉泰普灯录》卷二三、《五灯会元》卷一七、《五灯全书》卷三八、《五灯严统》卷一七、《罗湖野录》、《教外别传》卷九、《居士分灯录》卷下、《先觉宗乘》卷三、《佛法金汤编》卷一三、《居士传》二六、《法喜志》卷四专门为他列传,可见他在佛门中的影响。

---

① 《跋王慎中胡筋集句》,《黄庭坚全集》,第 668 页。
② 《山谷诗集注》,第 125 页。
③ 《黄庭坚全集》,第 607 页。

第二章　黄庭坚的佛教思想及其禅学内蕴

在宋代，佛教思想为官方认可的意识形态。佛教中国化是佛教思想与儒、道思想，特别是与儒家思想融会的结果。儒、佛两家思想在稳定人心、缓和社会矛盾、巩固封建秩序方面有着殊途同归的妙用。宋太宗认为，浮屠之教"有裨政治"，必须"存其教"①，除了信仰道教的宋徽宗②，其他的宋代皇帝都是扶持佛教的，所以宋代的佛教十分繁荣。

宋代佛教逐渐走向世俗化，尤其是禅宗的兴盛增进了佛教与现实社会的融合，具体表现为儒学化和士大夫化。宋初的永明延寿禅师，曾致力于改变唐末五代普遍流行于禅宗中的放任自然、不问善恶是非的风气，提倡禅教统一、禅与净土统一，要求佛教回到世间、重视伦常、参与辅助王政上去。他在《万善同归集》中说："本末一际，凡圣同源；不坏俗而标真，不离真而立俗。"

宋代佛教徒注重修持，故禅净两宗最为流行。除禅宗之外，律宗和贤首（华严）、慈恩（唯识）的义学，在宋代也相当流行，天台宗则有新的发展。

律、贤、台等宗在修习方面，本来各有其观行法门，但宋代很多宗师常联系净土信仰而提倡念佛的修行，从而推动了净土宗的传播。天台宗与净土的关系尤见密切，从知礼起就很重视智顗的《观经疏》，而用本宗观佛三昧的理观方法来组织净土教，并结念佛净社。后来由于各宗都倾向修行净土的推动，各地结社集会益多；有些寺院建筑了弥陀阁、十六观堂等专供念佛修行的场所，在民间推广净土信仰，成为当时的风俗。特别是一些在家居士也相随提倡，于是净土法门逐渐成为一个普摄群机的宗派。黄庭坚对白莲社有向往之心，还作有阿弥陀佛赞。

宋代禅教各家的理论都有一定的成就，它和一般思想界接触频繁，引起种种反响。有一些儒家学者，仍旧用传统的伦理观点，对佛教著文排斥，

---

① 〔宋〕李焘：《续资治通鉴长编》卷二四，中华书局，2004 年。
② 宋徽宗崇奉道教，自号"教主道君皇帝"，宣和元年（1119），强制僧尼改称道教名号，改僧尼寺院为道教宫观。

如孙复的《儒辱》、石介的《怪说》、李觏的《潜书》、欧阳修的《本论》等。佛教徒对于这些攻击却是用调和论来缓和。如契嵩的《辅教篇》即以佛教的五戒比附儒家的五常,又说佛儒两者都教人为善,有相资善世之用。在这种说法的影响下,儒者间也出现了调和之说。如张商英、李纲等,都以为佛与儒各有功用,在教化上不可偏废。另一方面,由于禅宗的修持趋向于简易,理论典据又集中在有限的几部经论,如《金刚经》《坛经》《法华经》《华严经》《楞严经》《圆觉经》《起信论》等,一些中心概念如理事、心性等,有时也用儒家的经典《中庸》来作解释,这些都使儒者在思想上、修养上更容易地受到佛家思想的影响。余英时先生指出:"在儒学化与士大夫化的过程中,高僧大德往往从自己的观点出发,选择适合需要的儒典,进行深入的了解并提出某些看法。这些看法则在他们与士大夫的交往中辗转传进儒学的世界。……即使在张载、二程的时代,儒家士大夫对于《中庸》的理解也未能完全摆脱佛教的纠缠。……北宋释氏之徒最先解说《中庸》的'内圣'涵义,因而开创了一个特殊的'谈辩境域'(discourse)。通过沙门士大夫化,这一'谈辩境域'最后辗转为儒家接收了下来。"①

在中国佛教八大宗派中,禅宗是一个重心法、轻经教,重直觉、轻思辩,重顿悟、轻渐修,重内涵(慧悟、发心)、轻形式(戒条、仪轨),抓根本、轻枝末,直探心源,深究诸法实相的知行合一的宗派。作为最具有中国特色的佛教门派,禅宗有其核心的理论——心性论。心性论讨论的是心的本质或本性问题,心性与成佛的关系是其关注的焦点。禅宗在中国古代占主导地位的儒家思想的强大影响下,尤其重视出世与入世的结合,强调"直指人心,见性成佛",即着重从人的心性方面去探求实现生命自觉、理想人格和精神自由的问题。这种心性论思想并非禅宗的独创,而是延续了魏晋以来中国思想界关于心性的讨论和研究,但它着重阐发了《楞伽经》和《大乘起信论》的"心性本净说"和"心性本觉说",这就与儒家的"性本善"思想取得了一致,因而在士大夫中产生了强烈的共鸣。在禅宗各门派的心性思想中,牛头法融的"无心合道"说,洪州宗的"平常心是道"、"即心即佛"说,与临济宗"一念心清净"、黄龙派的"无事"、"息心"说等理论对黄庭坚的影响较大。

①余英时:《宋明理学与政治文化》,吉林出版集团有限责任公司,2008 年,第 85—87 页。

第一节　黄庭坚阅读的佛教重要经典及其心得

虽然黄庭坚自己一生学佛的得力处在参禅,但是他对佛教经典也是非常重视的,可谓禅教并重。他在《头陀赞》中写道:

心寂为禅,心净为教。内外相应,方名修道。①

而且他在指导别人学佛时,曾要求其用《楞严经》《圆觉经》比照、反观自己内心的状态。可见他继承了早期禅宗以教印心的传统。

黄庭坚贬谪黔南时曾广阅藏经,从其诗文中我们也可以看出,他阅读、引用、书写的佛教经典非常多。他不仅对《楞严经》《圆觉经》《心经》《华严经》《维摩诘所说经》《金刚经》《法华经》《佛遗教经》《坛经》《心王铭》《信心铭》《心铭》《肇论》这些普遍流行的经论与禅籍的法义和经典文句了然于心,而且对于一些当时不太受关注的经典如《八师经》《宝藏论》等也很熟悉。广泛、深入地学习经典为黄庭坚打下了厚重的佛学理论基础,也为他建构自己的佛学思想提供了丰富的资源。

下面我们只能择其要者来略加分析。

一、《华严经》

《华严经》,具名《大方广佛华严经》,是佛成道后在菩提场等处,藉普贤、文殊诸大菩萨显示佛陀的因行果德如杂华庄严、广大圆满、无尽无碍妙旨的要典。

此经的义理,为古今佛教学人所一致尊重,在佛教中向来被认为是最圆顿的经教。从南北朝开始,就有僧人和居士为经文作疏注。南北各地风行讲诵,更促进了华严学的广泛开展。随着此经在隋唐时代的盛行传通,逐渐形成以专弘这一经的教观为主的贤首宗,也即华严宗,主要教理为法界缘起说,建构了四法界、六相圆融、十玄无碍等哲学体系,对禅宗的思想产生了深刻的影响。

宋代禅宗流行,士大夫普遍看重禅宗的语录和灯录,但同时,《华严经》

_____

①《黄庭坚全集》,第 2351 页。

在佛教典籍中的地位却比较突出,得到了上至皇帝、下至普通信教群众的高度重视。据魏道儒所著《中国华严宗通史》介绍:宋仁宗至和二年(1055),福建僧人文用为了强化朝廷士大夫的佛教信仰,从而加强佛教的"外护",联络多人共同书写《华严经》;"六经皆能辩说"的名士朱长文则把《华严经》的地位推到了极致,他说:"至于小乘之戒以善制恶、三乘之教谈空破有、《净名》之擎佛刹、《法华》之变龙女,咸所以应机接引随根示化尔,非华严之比也。予尝谓释典之有华严,犹六经之有大易。"他还特别地提到了《华严经》可以"速证菩提而为功不滞,兼济六合而妙用难窥。此诚离权而就实、超渐而即顿也"。所以,"故学儒而不为易、学佛而不为华严,焉足以穷理尽性也?"在佛教界内部,还有将华严与当时禅宗、净土宗结合的趋向。宋代禅宗的各派僧人多方面创用华严学,云门宗、曹洞宗、临济宗的大德都研究、讲习华严经①。有些寺庙,还将卷帙浩繁的《华严经》建成"转轮藏",供信众礼拜,并有僧人编写了《华严经普贤菩萨修证仪》《华严经海印道场忏仪》等实用的修行仪轨,使华严的影响更为普及。

当时讲习《华严经》的风气很浓,那位对黄庭坚写作艳词十分反感、严加呵斥的圆通法秀禅师,就很擅长讲解华严。法秀(1027—1090)是云门宗天衣义怀系僧人,在当时的影响很大,"云门宗风,自是兴于西北。士大夫日夕问道"。他号称"铁面"。黄庭坚《小山集序》里记载了法秀对他的呵责:"予少时间作乐府,以使酒玩世。道人法秀独罪余以笔墨劝淫,于我法中,当下犁舌之狱。"②

同时,佛教居士们研究华严的热情也很高涨,据《罗湖野录》记载,蒋颖叔曾作华严经解三十篇,"颇负其知见"。他与法秀为方外友,而法秀却毫不顾情面,将蒋自负解华严之辞一一驳倒(事见《释氏稽古略》卷四,《大正藏》史传部卷四九)。元丰期间,黄庭坚所接触的法秀禅师与蒋颖叔都是《华严经》的研究者、传播者,而黄庭坚在作《发愿文》之前正好谒见了蒋颖叔。这些应该都是引导黄庭坚对华严发生兴趣的重要因素。

如前章所述,黄庭坚学佛的转折点是在元丰七年于僧伽塔前发愿。从内容来分析,发愿文就是依据《华严经》的教导来立愿的。

---

① 见魏道儒:《中国华严宗通史》,江苏古籍出版社,2001年,第214—215页。
② 《黄庭坚全集》,第413页。

《发愿文》的全部内容为：

> 菩萨狮子王，白净法为身，胜义空谷中，奋迅及哮吼。念弓明利箭，被以慈哀甲，忍力不动摇，直破魔王军。三昧常娱乐，甘露为美食，解脱味为浆，游戏于三乘，住一切种智，转无上法轮。我今称扬，称性实语。以身语意，筹量观察，如实忏悔，我从昔来，因痴有爱，饮酒食肉，增长爱渴，入邪见林，不得解脱。今者对佛发大誓愿：愿从今日，尽未来世，不复淫欲；愿从今日，尽未来世，不复饮酒；愿从今日，尽未来世，不复食肉。设复淫欲，当堕地狱、住火坑、经无量劫。一切众生，为淫乱故，应受苦报，我皆代受。设复饮酒，当堕地狱、饮烊铜汁、经无量劫。一切众生，为酒颠倒故，应受苦报，我皆代受。设复食肉，当堕地狱，吞热铁丸、经无量劫。一切众生，为杀生故，应受苦报，我皆代受。愿我以此，尽未来际，忍可誓愿，根尘清净，具足十忍，不由他教，入一切智，随顺如来，于无尽众生界中，现作佛事。恭惟十身洞彻，万德庄严，于刹刹尘尘，为我作证。设经歌逻罗身，忘失本愿，唯垂加护，开我迷云。稽首如空，等一痛切。①

全文分三个部分，从开始至"不得解脱"，是对菩萨的赞叹，以及在菩萨面前所作的忏悔；从"今者对佛发大誓愿"至"于无量众生界中，现作佛事"是发愿的内容，本文的核心；此后是第三部分，祈佛加被，回向众生。文章第一节完全摘用、模仿《华严经》中的偈语来赞颂菩萨不可思议的高妙境界，"菩萨师子王"等语，出自《华严经》之《离世间品》：

> 菩萨师子王，白净法为身，四谛为其足，正念以为颈，慈眼智慧首，顶系解脱缯，胜义空谷中，吼法怖众魔……②

文辞非常优美，比喻迭出，以师（狮）子王形容菩萨说法，毫无怖畏，声震十方，群魔摄伏。"念弓明利箭"等句，同样来自《离世间品》：

> 慈甲智慧剑，念弓明利箭，高张神力盖，迥建智慧幢。忍力不动摇，直破魔王军。……三昧常娱乐，思惟为采女，甘露为美食，解脱味为浆，游戏于三乘，此诸菩萨行，微妙转增上，无量劫修行，其心不

---

① 《黄庭坚全集》，第 782 页。
② 《大方广佛华严经》卷五九，《大正藏》卷一〇。

厌足。

"念弓明利箭"指的是以端正心念为弓,以智慧为锐利之箭,藉以穿透无明烦恼,比喻菩萨的智慧;而"被以慈哀甲"则是指菩萨内具慈悲,犹如身披铠甲。智慧、慈悲,这正是菩萨最重要的两种品德。"三昧常娱乐"以下这几句,是指菩萨有了很高的证悟之后,常住于禅悦、法喜之中,到达非常自由的境界,能够随顺众生不同的根性,以种种的方便和智慧来教化他们。黄庭坚对菩萨的这种境界显然极其崇敬和向往,而以一己之境界比照菩萨,实在是有天壤之别,所以修行的第一步是改过迁善,也就是忏悔。

忏悔是佛教最基础的修行内容,忏名陈露先恶,悔名改往修来。黄庭坚在这里的忏悔是有针对性的,在种种行动、语言、意念中,他反省自己做得最差的是饮酒、吃肉和淫欲之心——他认为正是这三者会让他不能从轮回中获得解脱。所以,在其《发愿文》的第二部分,他专门针对这三点对佛发下重誓,首先发愿持守这三条戒律。在佛教的修行中,佛教徒一般应持五条戒律,即不杀、不盗、不邪淫、不妄语、不饮酒,但也可以根据自己的情况来选择全部遵守还是部分遵守,黄庭坚是有选择的来持戒。不过他的持戒之愿是大乘之心,不仅仅是针对他自己,所有众生因为违戒所受的苦皆愿代受,可见他的坚决,这也是一种大悲心的体现。《离世间品》里描述菩萨有十种大悲不共法,其中之一是:"佛子,菩萨摩诃萨,具足大悲,不舍众生,代一切众生,而受诸苦……"黄庭坚看来深受这种大悲心的熏陶。持戒修行之目的是为了成佛,黄庭坚希望像佛那样,获得最高的智慧,并且在无尽的众生界中,利益众生,最终成佛!并希望《华严经》所说的佛的十身都能够为其作证。万一他在轮回转生时,忘失了这个大愿,希望佛能够护持他,继续按照自己所发的宿愿来修行。

愿文的最后部分是"回向",这是佛教仪轨里非常重要的一环。"回向"为"回转趣向"之义,意谓将自己的功德作一个定向的投射,或趣向成佛,或往生净土,或施与众生等。《华严经》中专门有《十回向品》阐述回向的种类与意义。此处的"如空"指所有的众生,"等一痛切",是指希望所有的众生都能够像他一样发愿修行。

不仅是辞句出自文词华美的《华严经》,《发愿文》的内容也受《华严经》的深刻影响,因为《华严经》多处提到了"发心"、"发愿",并且阐明了"发心"的极端重要性。如《初发心菩萨功德品》中指出:

　　　　欲得一切佛，明净智能灯，应建弘誓愿，速发菩提心。一切功德
　　中，菩提心为最。

并且提出了一个十分惊人的理论："初发心时即成正觉。"①从反面来说，
"不发大愿，魔所摄持"（《离世间品》）。而《离世间品》中列出了二百多条该
如何发心，发何种心的义理，更为详细具体，最后还强调了佛教徒们必须快
速行动起来，如说修行，这样才能速成佛道：

　　　　佛子，若有众生，得闻此法，闻已信解，解已修行，必得疾成阿耨多
　　罗三藐三菩提。何以故？以如说修行故。佛子，若诸菩萨，不如说行，
　　当知是人，于佛菩提，则为永离。是故菩萨应如说行。

可见，黄庭坚正是在《华严经》经文和义理的引导下行动起来，发起成佛大
愿的。

　　黄庭坚在发愿之后，对《华严经》一直兴趣不减，并且推动相关释论的
刊刻。他有一封《与范长老》的信函，信中写道：

　　　　《华严经》未承来谕，已施与方广，并为作《华严阁疏》及《自开疏》
　　去矣。渠识得法身本智乃历历，而于沤和（指化导方便）绝少功，故聊
　　助之矣。闻成都乃有《华严大疏》，但二十五千便可成就，果尔，为寻一
　　好事者致来……②

说明他曾将《华严经》布施给当时的方广寺，并特别为《华严经》的藏经阁写
就疏文。《华严大疏》本名《大方广佛华严经疏》，有六十卷，是唐代"华严疏
主"澄观大师所著。黄庭坚有意通过澄观大师的华严释义深入地研析这部
经典。他还受到偘法师《金师子章》与《法界观》③的馈赠。山谷在被贬黔
州时，愿为唐代著名华严学者李通玄所著的《华严合论》作校对工作，以保
证这部艰深的释论能够正确无误地刊行于世，其《与秦世章文思》信中言：

　　　　《华严合论》承已干置，此非小缘，印成，请三两看经僧遍读，点检
　　得业无重复脱漏，则方成器。若早得来尤幸，不肖与范上人若为公看

---

① 《华严经》卷一七："初发心时，即得阿耨多罗三藐三菩提。知一切法，即心自性，成就慧身，不由
　他悟。"（《大正藏》卷一〇）
② 《黄庭坚全集》，第 2045 页。
③ 《答隆庆长老偘公简》："顷屡承惠书，寄惠《金师子章》十册，《法界观》十九册……前后皆至。"
　（《黄庭坚全集》，第 2201 页）

数遍,可不孤法施之心也。①

不仅是《发愿文》受到《华严经》的启发,山谷的诗文中也有多处运用了华严的名相与意境。如《题吉州承天院清凉轩》一诗:

> 菩萨清凉月,游于毕竟空。我观诸境尽,心与古人同。僧发侵眉白,桃花映竹红。侥来寻祖意,展手似家风。②

首二句即是出自《华严经》第四十三卷:

> 菩萨清凉月,游于毕竟空。垂光照三界,心法无不现。

当然更值得研究者注意的是,《华严经》中的"心、佛、众生一体"、观世间如梦如幻如化等思想对黄庭坚也发生了重大的影响,并广泛渗透到他的诗文创作中。

二、《楞严经》

《楞严经》为《大佛顶如来密因修证了义诸菩萨万行首楞严经》之略称,共十卷。又称"大佛顶首楞严经"、"大佛顶经",唐代中天竺沙门般剌蜜帝译。首楞严为佛所得三昧(三摩提)之名,万行之总称。本经阐明"根尘同源、缚脱无二"之理,并解说三摩提之法与菩萨之阶次。第二卷至第九卷为正宗分。主要阐述"一切世间诸所有物,皆即菩提妙明元心;心精遍圆,含裹十方",众生不明自心"性净妙体",故流转生死,当修禅定,以破种种"颠倒"之见,通过十信、十住、十行、十回向、四加行、十地、等觉等由低至高的种种修行阶次,证入妙觉,"成无上道"。

自宋而后,《楞严经》盛行于禅、教之间。经文详细说明了圆顿禅的途径,所说七处征心、八还辨见,对于禅宗的参究可以有很大的帮助和启发。五阴魔的提出,也给禅修者以警策。禅门大德,多以楞严三昧印证禅悟之境,从《楞严经》悟入者不计其数。此经所阐发的"常住真心性清净体",与天台、贤首二家圆教宗旨皆相合,所以也受到天台宗、贤首宗的重视。明代智旭《阅藏知津》中称"此经为宗教司南,性相总要;一代法门之精髓,成佛作祖之正印"。

---

①《黄庭坚全集》,第 1962 页。
②《黄庭坚全集》,第 1063 页。

黄庭坚曾手书《楞严经》与人,崇宁元年三月宿于万载之广慧道场时,前宜春令陈日休灯下出此书相示,他"熟视之,几如前世事昧昧耳"①。他在《病懒》一诗中写道:

> 间有居覆盆,岂能逃照临。一马统万物,八还见真心。乃知善琴瑟,先欲绝弦寻。②

"八还见真心"正是《楞严经》最著名的"八还辨见"。在如来的分析中,诸变化相,各还本所因处,有八种,故名"八还"。"八还辨见"以所见八种可还之境,而辨能见之性不可还。经文曰:

> 佛告阿难:汝咸看此诸变化相,吾今各还本所因处。云何本因?阿难!此诸变化,明还日轮。何以故?无日不明,明因属日,是故还日。暗还黑月,通还户牖,壅还墙宇,缘还分别,顽虚还空,郁孛还尘,清明还霁,则诸世间一切所有,不出斯类。汝见八种见精明性,当欲谁还。

《楞严经》的起始,是写阿难被摩登伽女用幻术摄入淫席,将毁戒体。如来通过"七处征心"、"八还辨见",来启发阿难认识自己的错误在于不知尘有生灭,见无动摇,而妄认缘尘、随尘分别,故如来以心、境二法,辨其真妄。最后彰显所见之境可还,而能见之性不可还。通过辨析指出烦恼的来源在心而不在境,由于不明真心所在,心就妄随境界而转。征心在于明心,辨见在于见性。以此更进一步指出"一切众生从无始来,生死相续,皆由不知常住真心性净明体,有诸妄想,故有轮转"。有人认为这是揭示了"迷悟之根本"③。

诗的最后两句也是来自《楞严经》卷四,为了说明心的重要性,如来举了一个比喻:

> 如何世间三有众生,及出世间声闻缘觉,以所知心测度如来无上菩提,用世语言入佛知见。譬如琴瑟箜篌琵琶虽有妙音,若无妙指,终

---

① 《书自书〈楞严经〉后》,《黄庭坚全集》,第 2291 页。
② 《黄庭坚全集》,第 1201 页。
③ 赵宋泉南沙门释祖沩所作《大佛顶如来万行首楞严经序》云:"由是七处征心,全是妄性净元明;八还显见,本来真觉圆常住。标迷悟之根本,令诸阐提而堕弥戾车;示同别之狂劳,俾一颠迦而摧恶叉聚。"(《大正藏》卷一九)

> 不能发。汝与众生亦复如是。宝觉真心各各圆满。如我按指，海印发
> 光；汝暂举心，尘劳先起。由不勤求无上觉道、爱念小乘、得少为足。①

如来和众生皆有宝觉真心（觉性），但是众生虽有觉性，没有人启发也不能
显现，尤如各种乐器，虽藏有妙音，但没有妙指，也不能发出。海印，指海印
三昧，真如本觉也。诗义借此来说明，若要弹好琴，功夫则要从琴外来做，
也就是说，做一切事都要从心地法门下手，回归清净本性。黄庭坚在《题意
可诗后》中也引用了这段经文：

> 渊明之拙与放，岂可为不知者道哉！道人曰：如我按指，海印发
> 光。汝暂举心，尘劳先起。说者曰：若以法眼观，无俗不真；若以世眼
> 观，无真不俗。渊明之诗，要当与一丘一壑者共之耳。②

说明以不同的心境与眼光来看待相同的事物，得出的结论是不一样的。只
有同具一副萧散情怀的人才能真正读懂渊明的诗。"法眼"指彻见佛法正
理之智慧眼，此眼能见一切法之实相，也就是说，能在一切现象中看到真
理。陶渊明在北宋被推到文坛至高的地位，在宋以前，他的地位是不太高
的，因为他多写田园野趣、饮酒、宰鸡等田夫之乐，这些题材是不够雅驯的。
但苏、黄却发掘了陶诗之美。简要言之，苏、黄学习陶诗一方面在于其平淡
中所蕴含的真淳，另一方面，是出于对陶渊明人格的欣赏，黄庭坚还特地为
学人拈出"陶泽意在无弦"的创作特点，是指渊明意在言外，认为他那种超
脱平淡的人生态度自然弥漫在诗歌创作之中，无论是什么题材，都能化俗
为雅，点铁成金。黄庭坚提出"以故为新、以俗为雅"的诗学观念，并作有很
多以日常俗事为题材的诗，其中却寄寓着高雅的情趣，这与"法眼观之，无
俗不真"的观念不无关系。

　　黄庭坚在《次韵杨明叔》四首中所写的："决定不是物，方名大丈夫。"
"心随物作宰，人谓我非夫。利用兼精义，还成到岸桴。"正是表达了对心物
关系的体认。这种认识正是本自《楞严经》的经义，其卷二曰：

> 一切众生从无始以来，迷己为物，失于本心，为物所转，故于是中
> 观大观小。若能转物，则同如来。③

---

① 《大正藏》卷一九。
② 《黄庭坚全集》，第 665 页。
③ 《大正藏》卷一九。

《周易·系辞下》曰："精义入神,以致用也;利用安身,以崇德也。"利用与精义兼备,也就是说,只有正确地认识了心的体用关系并加以运用,才能真正地到达解脱与觉悟的彼岸。

同时代的圜明无演精通《楞严经》。山谷在《圜明大师塔铭》记载了大师讲经时的情景:

> 师于《楞严》了义,指掌极谈,席下道俗,如饮醇酒,无不心醉,如肉贯串,处处同其义味。盖于此一经,心融形释,出入内外篇籍,风行雷击,无不如意。[①]

三、《维摩诘所说经》

《维摩诘所说经》,一称《不可思议解脱经》,又称《维摩诘经》,后秦鸠摩罗什译。核心人物是毗耶离城的大居士维摩诘,他十分富有,深通大乘佛法。通过他与文殊师利等人共论佛法,阐扬大乘般若性空的思想。其义旨为"弹偏斥小"(讥呵偏执,斥责小乘)、"叹大褒圆"(赞叹大乘,褒扬圆融),指出一般凡夫和小乘佛弟子所行和悟境的片面性,引导学人趣入佛道的绝对境界——不二法门。认为"菩萨行于非道,是为通达佛道",虽"示有资生,而恒观无常,实无所贪;示有妻妾采女,而常远离五欲污泥",此即"通达佛道"的真正"菩萨行"。又把"无言无说"、"无有文字语言",排除一切是非善恶等差别境界,作为不二法门的极致。僧肇在《维摩诘所说经注序》中称:"此经所明,统万行则以权智为主,树德本则以六度为根,济蒙惑则以慈悲为首,语宗极则以不二为门。"认为此即"不思议之本"。本经为继《般若经》后初期大乘经典之一。在印度即已盛行,且《大智度论》等诸论典皆常引用之。它用寓于象征意义的谈话形式,宣扬大乘性空思想,为同类经中艺术感染力较强的作品。后世把《维摩经》作为在家佛教的重要经典,而维摩诘也被看成是在家佛教理想的体现者。

《维摩诘经》中的许多故事,形象鲜明,富于哲理和文学性,我国远自南北朝以来,就用这些丰富多采的情节,作为绘画、雕塑、戏剧、诗歌的题材。在宋代的佛教绘画艺术中,维摩诘也是重要题材之一。苏、黄的文友李公

[①]《黄庭坚全集》,第 856 页。

麟就画过维摩诘像。黄庭坚也作过《维摩诘画赞》：

> 维摩无病自灼灸，不二门开休阔首。文殊赞叹喜负人，不如赵州
> 放笤帚。不二法门无别路，诸方临水不敢渡。鹜子怕沾天女花，花前
> 竹外是谁家。

这篇短短的画赞，高度概括了《维摩诘所说经》的要义。首二句描述了维摩诘示病，为了要谈大乘"不二法门"。"不二"又作无二、离两边，指对一切现象应无分别，或超越各种对待。菩萨悟入一实平等之理，谓之入不二法门。《维摩经·入不二法门品》演说了三十三人所得之不二法。但是不二法门是不可思议、无所分别的绝对真理，超越一切对立、分别，是最抽象的涵盖一切现象的义理，非常高深，一般人无法领会，在经文中如来所派去问疾的十位声闻乘的弟子都被维摩诘诘难得无言以对。即使是文殊师利这样有智慧的大菩萨，也被维摩诘的一默如雷所折服（文殊菩萨认为"无言无说"才是"不二法门"），经文载：

> 文殊师利问维摩诘：何等是不二法门？维摩默然不应。殊曰：善
> 哉善哉！无有文字言语，是真不二法门也。①

但是黄庭坚认为文殊的赞叹也不够高明，因为还是使用了语言。这就不如当年的赵州禅师，当一位禅师问他何为"般若以何为体"，赵州以放下笤帚的动作，启发他放下对语言的执着，真正的般若是不可言说的②。不二法门是最高真理，理唯一路，没有别路可走。最后一句很有意思，鹜子即舍利弗，他在佛陀十大弟子中有"智慧第一"的美誉。《维摩诘所说经·观众生品》中天女散花，"华至诸菩萨即皆堕落，至大弟子便着不堕，一切弟子神力去华不能令去"。因为小乘弟子未断分别想，所以害怕花瓣着身而不如法（出家人应持守的"八戒"之六条为"不得涂饰香鬘歌舞观听"）。黄庭坚此处用诗句对这一意思加以发明，如果害怕沾上天女花，为什么禅僧还往往把寺院建在花前竹外呢？（黄庭坚另有诗描述禅僧"栽松种竹是家风"③）颇有机锋。

---

① 《大正藏》卷一四。
② 《赵州禅师语录》："师行脚时，问大慈：'般若以何为体？'慈云：'般若以何为体？'师便呵呵大笑而出。大慈来日见师扫地次，问：'般若以何为体？'师放下扫帚，呵呵大笑而去。大慈便归方丈。"
③ 《送密老住五峰》，《黄庭坚全集》，第 115 页。

友人胡藏之送栗鼠尾，黄庭坚亲自画了维摩诘像并题诗，对维摩诘的境界表示了向往：

> 貂尾珍材可笔，虎头墨妙疑神。颇知君尘外物，真是我眼中人。
> 丹青貌金粟影，毛物宜管城公。只今为君落笔，他日听我谈空。①

苏轼亦有《石恪画维摩颂》，其诗云：

> 我观众工工一师，人持一药疗一病。风劳欲寒气欲暖，肺肝胃肾更相克。挟方储药如丘山，卒无一药堪施用。有大医王拊掌笑，谢遣众工病随愈。问大医王以何药，还是众工所用者。我观三十二菩萨，各以意谈不二门。而维摩诘默无语，三十二义一时堕。我观此义亦不堕，维摩初不离是说。譬如油蜡用灯烛，不以火点终不明。忽见默然无语处，三十二说皆光焰。佛子若读《维摩经》，当作是念为正念。我观维摩方丈室，能受九百万菩萨。三万二千师子座，悉皆容受不迫窄。又能分布一钵饭，餍饱十方无量众，断取妙喜佛世界，如持针锋一枣叶。云是菩萨不思议，住大解脱神通力。我观石子一处士，麻鞋破帽露两肘。能使笔端出维摩，神力又过维摩诘。若言此画无实相，毗耶城中亦非实。佛子若见维摩像，应作是观为正观。

东坡所理解的经义与山谷颇有不同。一般人皆随经文转，认为前面三十二人所谈的不二法义都被维摩诘所否定，所谓"三十二人以言遣言，文殊以无言遣言"，维摩诘以沉默否定了语言所阐释的法义。但是，东坡却认为"三十二说皆光焰"，并警告世人要以此为正念，不要落入无可依傍的顽空之中，充分肯定了文字的作用，这是更高的不二法门——将有言与无言统合了。后段将画工的想象力与维摩诘的神力相提并论，表达了对人的力量的肯定，神力亦不离人力。这使禅宗大师宗杲深为赞叹：

> 常爱东坡为文章，庶几达道者也。纵使未至于道，而语言三昧实近之矣，……观其作《维摩画像赞》，从始至终不死在言下。……此是东坡说底禅，岂不是言语到，若非前世熏习得来，争解怎么道？

从对"不二法门"的不同理解，我们可以看出苏轼与黄庭坚在佛禅观念上侧

---

① 《谢胡藏之送栗鼠尾画维摩二首》，《黄庭坚全集》，第 204 页。

重点的不同。苏轼充分发挥了自己的主观理解,以有破空,反对一味谈空,更偏重于般若思想中的"中道"观念,主张不偏废任何一方,无论是"有言"还是"无言",无论是神力还是人力;而黄庭坚则更忠实于经文的原意,偏重于以空破有。他更着力于对心性精深的探究,尤其是对般若空观的体认。所以他在诗歌创作上,在描摹自然景象、社会人事之后要表示一种"看破"、打破执着的态度,往往呈现出一片孤峰绝顶的冷峻幽峭之感;而苏东坡更喜欢《华严经》"事事无碍"的境界,空不离有,看重实有,大化流行,无俗不真,他的诗更表现为一种波涛连绵、圆融无碍的宏博气象。苏、黄正好体现了《般若波罗蜜多心经》中"空即是色"与"色即是空"的两种侧重点不同的般若智慧。

莲花出淤泥而不染是《维摩诘所说经》当中一个非常精彩的譬喻,其中所传达的"烦恼即菩提"、"在欲而行禅"的思想给黄庭坚提供了"入世而超世"的精神力量。经文如是:

> 六十二见及一切烦恼皆是佛种。曰:何谓也? 答曰:若见无为入正位者,不能复发阿耨多罗三藐三菩提心。譬如高原陆地,不生莲华,卑湿淤泥,乃生此华。如是见无为法入正位者,终不复能生于佛法,烦恼泥中乃有众生起佛法耳。又如殖种于空终不得生,粪壤之地乃能滋茂,如是入无为正位者不生佛法。起于我见如须弥山,犹能发于阿耨多罗三藐三菩提心生佛法矣。是故当知一切烦恼为如来种。譬如不下巨海不能得无价宝珠,如是不入烦恼大海,则不能得一切智宝……火中生莲华,是可谓希有。在欲而行禅,希有亦如是。①

黄庭坚在《和任夫人悟道》中所写的"烦恼林中即是禅,更向何门觅重悟"②即本于此。"莲花"更是他诗中经常描写的意象。如"于爱欲泥,如莲生塘。处水超然,出泥而香"③;"鄙心须澡雪,莲藕在淤泥"④,"淤泥解作白莲藕,粪壤能开黄玉花"⑤,"有为中无为,火聚开莲花。无为中有为,甘露破诸

---

① 《大正藏》卷一二。
② 《黄庭坚全集》,第 1040 页。
③ 《赠别李次翁》,《山谷诗集注》,第 19 页。
④ 《再留几复》,《山谷诗集注》,第 1288 页。
⑤ 《次韵中玉水仙花二首》,《山谷诗集注》,第 376 页。

热"①等等，多达十几处，充分表现了山谷对莲花佛学意蕴的喜爱。出淤泥而不染，在俗而心超然，这也是山谷的自我期许。当时郑明举赠刘静四颂，劝其出家，山谷作诗劝之曰：

> 净名庞老撚垂须，君幸元无免破除。心若出家身若住，何须更觅剃头书。②

此中净名即维摩诘，庞老即庞蕴，为在家居士的杰出代表。他认为其实无俗可舍，只要能做到心出家，并不需要出家的形式。这也是该经《弟子品》里所说"汝等便发阿耨多罗三藐三菩提心，是即出家，是即具足"之义。

《维摩诘经》比喻宏富，《方便品》中用博喻以示人身之无实，被称为"维摩十喻"：身如聚沫，如泡，如焰，如芭蕉，如幻，如梦，如影，如响，如浮云，如电。山谷在诗作中曾以芭蕉来比喻人脆弱无常的身体，又在生活中处处作梦观，深受这种般若空观思想的影响。我们在本章后文中还将详细申说。

由于精研佛法，禅悟超人，释惠洪就把山谷看作是当代的维摩诘居士，他在《山谷老人赞》里说：

> 情如维摩诘而欠散花之天女，心如赤头璨而著折角之幅巾。岂平章佛法之宰相，乃檀越丛林之韵人也耶？③

四、《妙法莲华经》

略称《法华经》《妙法华经》，后秦鸠摩罗什译，有七卷，或八卷。为大乘佛教要典之一，共有二十八品。妙法，意为所说教法微妙无上；莲华经，比喻经典之洁白完美。该经主旨，认为小乘佛教各派过分重视形式，远离教义真谛，故未把握佛陀之真精神，于是采用诗偈、譬喻、象征、故事等文学手法，宣扬法义，文学性很强，受到文人士大夫的喜爱。

《法华经》以大乘佛教般若理论为基础，主要有会通三乘入一乘真实思想、诸法性空无所执着的超越思想和一切众生皆能成佛等佛性论思想。该经无相的空性说与《般若经》相摄，究竟处的归宿目标与《涅槃经》沟通，指

①《铁罗汉颂》，《黄庭坚全集》，第 605 页。
②《赠刘静翁颂四首》，《黄庭坚全集》，第 600 页。
③《石门文字禅》卷一九，〔宋〕德洪：《嘉兴大藏经》第 23 册，民国十年(1921)常州天宁寺刻本。

归净土,宣扬济世,兼说陀罗尼咒密护等,集大乘思想之大成。

鸠摩罗什所译《法华经》,在中国汉地流传最广。《高僧传》所举讲经、诵经者中,以讲、诵此经的人数最多;敦煌写经中也是此经比重最大;南北朝注释此经学者达七十余家。陈、隋之际智颛依据此经立说而创天台宗。隋唐以后,乃至明清,一直流传不衰。

《法华经》在宋代受到尊奉,山谷的方外师友悟新长老在住持分宁县云岩禅院时就曾耗时多年兴建《法华经》的转轮藏。绍圣三年藏成,黄庭坚为之作《洪州分宁县云岩禅院经藏记》,充分肯定了经藏的弘法功用。

如前章所分析,黄庭坚在早年即已熟悉本经,并在《寄新茶与南禅师》《何造诚作浩然堂陈义甚高然颇喜度世飞升之说筑屋饭方士愿乘六气游天地间故作浩然词二章赠之》等诗中引用过"三车"、"露地白牛"等法华典故。

山谷曾作《郭功父得杨次公家金书细字经求予作赞》,赞曰:

> 为一大因缘,佛说妙莲华。清净法光明,透彻十二部。我法妙难思,虽说未曾说。是故秘密藏,藏在微尘中。有大心众生,破尘出经卷。字义皆炳然,堂堂而秘密。或以糅金书,庄严甚奇妙。以其翰墨功,微细作佛事。胜眼若千日,照耀世界海。说法从心起,复以心庄严。非小亦非大,而等众心量。水牛生象牙,堕在诸佛数。[①]

这篇赞文精要地总结了《妙法莲华经》的特点。首二句阐述佛说此经的目的。《妙法莲华经》卷一说明了佛是为"一大因缘"而出现于世的,经文曰:

> 诸佛世尊,唯以一大事因缘故出现于世。舍利弗,云何名诸佛世尊唯以一大事因缘故出现于世? 诸佛世尊,欲令众生开佛知见使得清净故出现于世,欲示众生佛之知见故出现于世,欲令众生悟佛知见故出现于世,欲令众生入佛知见道故出现于世。[②]

"清净"二句是指法华的义旨涵盖了全部佛经的内容,是最圆满的教义。"十二部"指一切佛经,因为一切经根据经文体裁和所载的事相不同,分为十二种类,叫做十二部经,也叫做十二分教。法华在流传的过程有"成佛的法华"之誉。

----

① 《黄庭坚全集》,第 1513 页。
② 《大正藏》卷九。

"我法妙难思"出自《法华经》卷一,因为佛说一乘法,五千弟子难以相信而退场。此时舍利弗再三请求佛为说法,佛制止了他,说:

> 若说是事,一切世间天人阿修罗,皆当惊疑,增上慢比丘将坠于大坑。尔时世尊,重说偈言:止止不须说,我法妙难思。诸增上慢者,闻必不敬信。①

"虽说未曾说"则是黄庭坚根据《金刚经》"说法者无法可说,是名说法"之义理作出的阐释。《金刚经》云:"若人言如来有所说法,即为谤佛。"这是让大家舍法悟心,抛开经文的文字相,契入真正的法义。"秘密藏",秘密之法藏也,甚深秘奥,唯为佛与佛之境界,非凡常所可了知之法门,故曰密。又如来能护念深法,苟非其器,则秘之而不说示,故曰秘。故秘密藏之名,在诸经为显其深甚秘极之通名也。《圆觉经》曰:"惟愿不舍无遮大悲,为诸菩萨开秘密藏。""藏在微尘中"一语双关,既是指这本金书细字经藏在杨次公家中秘而不宣,又指佛法是遍一切处的。

"说法"二句进一步将对经文的理解引向心地法门的修行。说者说法,从心的领悟开始,一切的佛法都是为了心的修行而讲述的;闻者闻法,更要从心地修行入手。这也是《华严经》所说:"令一切众生,以心庄严而自庄严。"②虽然《妙法莲华经》的重点不在此方面,但山谷由于深受禅宗思想的影响,对很多经典的理解都偏向心宗一路,使经典为我所用。这是山谷解经非常突出的特点。抄写的经文是细字,但是山谷提醒观者不能以字大字小来衡量法的境界,大小之分不在于物而在于人的心量。

"水牛"之句来自傅大士的悟道偈《行路易十五首》,最后一首云:

> 无我无人真出家,何须剃发染袈裟。欲识逍遥真解脱,但看水牛生象牙。行路易,路易君谛听,无觉无菩提,无垢亦无净。③

"但看水牛"一句谓人只要调驯其心,就能开掘出自己的佛性。此处象牙乃是指佛性④。意思是成佛作祖全在一心。王安石也曾以诗的形式表达过

---

①《大正藏》卷九。
②《大方广佛华严经》卷一七,〔东晋〕天竺三藏佛驮跋陀罗译。《大正藏》卷九。
③《善慧大士语录》卷三,《续藏经》,第 69 册。
④《大般涅槃经》卷六有著名的盲人摸象的故事,以象喻佛性,盲人譬无明之众生,说众盲摸象之肢体,为种种之解,曰:"象喻佛性,盲喻一切无明众生。"(《大正藏》卷一)

对《法华经》的理解，其《题徐浩书〈法华经〉》云：

> 一切法无差，水牛生象牙。莫将无量义，欲觅妙莲花。

有趣的是，当时世间传闻黄庭坚前世是一位"诵莲经妇人"，《龙舒净土文》曰：

> 闻鲁直前世是妇人，长诵法华经。以诵经功德故。今世聪敏有官职。此故随业随缘来者也。①

这当然是附会之辞。

五、《景德传灯录》

《景德传灯录》为宋真宗朝东吴僧道原所作之禅宗灯史，其书集录禅宗诸祖五家五十二世，一千七百零一人之传灯法系。此书编成之后，道原诣阙奉进，宋真宗命杨亿等人加以刊订，并敕准编入大藏流通。杨亿等人用了一年多时间修订成书三十卷，成为有史以来第一部官修禅书。据杨亿自序，《灯录》的体裁以记载历代禅师启悟学人的机语为主，而有别于僧传：

> 自非启投针之玄趣，驰激电之迅机，开示妙明之真心，祖述苦空之深理，即何以契传灯之喻，施刮膜之功？若乃但述感应之征符，专叙参游之辙迹，此已标于僧史。亦奚取于禅诠？聊存世系之名，庶纪师承之自。

《景德传灯录》在宋、元、明各代流行甚广，对教界文坛俱有很大的影响。禅师常云之"一千七百则公案"即指此书，而在文人诗歌中，"读《传灯》"几成参禅之同义语。《传灯录》收禅师一千七百余人，禅家典实几网罗殆尽，此书实有禅家类书之性质。唐时禅宗已称兴盛，然号称参禅有得者不过裴休、陆亘、庞蕴数辈。降及宋代，参禅问道成一时之风尚，俗士登祖师堂者渐多。俗士参禅，其途径不外二端：一则直接问学于佛门人物。如苏轼之于大觉怀琏、东林常总，黄庭坚之于晦堂祖心，皆是其例。二则自取佛书以参悟，所读之书以大乘经典、禅师语录与宗门灯录为主。南宋楼钥云："近世士大夫用力不及前辈，只如学佛，或仅能涉猎《楞严》《圆觉》《净名》等经

---

① 〔宋〕宗晓编：《乐邦遗稿》卷下，《大正藏》卷四七。

及《传灯录》,以资谈辩。"①楼氏之论虽为批评其时人不学而发,然也可见出《传灯录》与《楞严经》《圆觉经》《维摩经》等同为宋人学佛参禅必读之书。宋代文人究心于《传灯录》者,或抄集、或续作或阅读,扩大了此书的影响。

黄庭坚所重视的《七佛偈》、牛头宗法融的《心铭》、傅大士《心王铭》、无名师《息心铭》等佛教作品皆集中收录于《传灯录》。

《七佛偈》载于《景德传灯录》卷一,此为七佛②各举其得法偈汇总而成,称七佛说偈。禅宗特别看重"法源"、"法统",七佛偈被《景德传灯录》和《五灯会元》列于卷首,作为禅宗"教外别传"的心印、心法之根源,广为学佛者传诵,并作为参禅的基本教材之一。

《七佛偈》的具体内容为:

第一毗婆尸佛偈云:身从无相中受生,犹如幻出诸形像。幻人心识本来无,罪福皆空无所住。

第二尸弃佛偈云:起诸善法本是幻,造诸恶业亦是幻。身如聚沫心如风,幻出无根无实性。

第三毗舍浮佛偈云:假借四大以为身,心本无生因境有。前境若无心亦无,罪福如幻起亦灭。

第四拘留孙佛偈云:见身无实是佛见,了心如幻是佛了。了得身心本性空。斯人与佛何殊别。

第五拘那舍牟尼佛偈云:佛不见身知是佛,若实有知别无佛。智者能知罪性空,坦然不惧于生死。

第六迦叶佛偈云:一切众生性清净,从本无生无可灭。即此身心是幻生,幻化之中无罪福。

第七释迦牟尼佛偈云:幻化无因亦无生,皆即自然见如是。诸法无非自化生,幻化无生无所畏。③

《七佛偈》的主要观点是身心如幻,罪性本空,众生本来自性清净。这是"缘起性空"的般若空观。

---

① 《莹中居士与明智法师书》,〔明〕真觉:《三千有门颂略解》,《续藏经》卷五七。
② 《五灯会元》卷首:"古佛应世,不可以周知而悉数也,故近谈贤劫有千如来,暨于释迦,但纪七佛。"(《续藏经》第80册)
③ 《大正藏》卷五一。

　　黄庭坚受此偈影响甚大,他在参禅突破时自云"照破心是幻法,万事休歇"①,正是以自心证悟契合了佛偈的境界。

　　他非常重视此偈,认为这是禅的源头,学禅需要寻本溯源。其《跋七佛偈》言:

　　　　七佛所说偈,盖禅源也,浅陋者争鹜于末流而不知归,故余数为丛林中书此偈……此乃最上乘入理之极谈,非能言之流也。②

　　在绍圣二年,他又为李元叔母亲书此偈,其《书十劝七佛偈遗李夫人》云:"予闻李元叔母夫人精勤佛事,春秋虽高,多蔬食以奉香火。故书傅大士《十劝七佛偈》劝之持诵,以开弥勒下生闻道之缘。"③

　　杨明叔阅读《七佛偈》很有心得,以二颂持示黄庭坚,他也回赠二颂④,启示明叔般若只是寻常事耳,如山川一样常在,如日月一般流转,不离行住坐卧。

　　《心王铭》为梁代傅翕所作,载于《传灯录》第三十卷。傅翕(497～569),东阳郡乌伤县(今浙江省义乌县)人。字玄风,号善慧。又称傅大士、双林大士、东阳大士或乌伤居士。尝作白书于梁武帝,自称"当来解脱善慧大士",言上中下善,居恒教人舍身布施、营斋修福。所有言句,皆以般若为宗,明心为趣,不以名相为拘。与宝志共称为梁代二大士。在《传灯录》第二十七卷有记。他受僧肇的影响很大,主要观点为"欲求真解脱,端正自观心"。重要作品有《心王铭》、《梁朝傅大士颂金刚经》(此或系后人托其名之伪作)、《语录》四卷(即《傅大士集》或《善慧大士语录》)、《还源诗》等。

　　《心王铭》开后世禅宗之先声。铭文论述了心的作用、心与成佛的关系,以及修心成佛的途径。在谈到心的作用时,作者指出,虽然心是无形无相的,但是有大神力,就像水中的盐,色里胶青一样,可以从外用上看到它的力量:"身内居停,面门出入,应物随情,自在无碍,所作皆成。"铭文再三强调心与成佛的关系,如"了本识心,识心见佛。是心是佛,是佛是心"以及

---

①《与觉海和尚》,《黄庭坚全集》,第 1960 页。
②《黄庭坚全集》,第 642 页。
③《黄庭坚全集》,第 2295 页。
④《明叔惠示二颂云见七佛偈似有警觉,乃是向道之端,发于此,故以二颂为报》,其一曰:山川围宴坐,日月转庭隅。般若寻常事,如来卧起俱。多闻成外道,只是守凡夫。欲听虚空教,须弥作鼓桴。《黄庭坚全集》,第 1519 页。

"即心是佛,即佛即心"。而成佛的途径就是"戒心自律、净律净心","自观自心","莫染一物"。文风平实,并无玄妙之谈,但是将心的作用强调得非常透彻,对后世修行之人确实能起到提策与警醒的效果。

黄庭坚在《跋双林心王铭》中言:

> "费畔召""佛胈召",学士大夫每于此处,唯以"归洁其身,君子不器"解其章句,其心未尝不快快也。良由未尝学明己事,不识心耳。若解双林此篇,则以读《论语》,如啖炙,自知味矣。不识心而云解《论语》章句,吾不信也。①

"费畔召"、"佛胈召",是让后世诸儒在"圣化"孔子时有些为难的学案。《论语》载:"公山弗扰以费畔召,子欲往。"又载:"佛胈畔,使人召孔子,孔子欲往。""畔"是叛乱,公山弗扰企图叛乱而召孔子,想借用他的影响助己一臂之力。看来孔子想利用公山佛胈对自己的重视而有所作为,后虽因子路的拦阻没去成,至少孔子两次有过这种念头。这与孔子自己所说的"危邦不入,乱邦不居"(《论语·泰伯》)看起来是矛盾的,所以后世的学士对此难以理解。黄庭坚则认为只有先理解了《心王铭》,才能更好地理解《论语》。这是因为铭文中言:

> 心王亦尔,身内居停。面门出入,应物随情。自在无碍,所作皆成。……身心性妙,用无更改。是故智者,放心自在。莫言心王,空无体性。能使色身,作邪作正。非有非无,隐显不定,心性离空,能凡能圣。

意思是,心性本空,但是作用是灵活的,自在无碍,可以根据情况"应物随情","能凡能圣",孔子作为智者,当然可以利用公山佛胈对自己的重视而有所作为。从另外一方面来说,心之用虽能根据外境作凡作圣,但心性本空,毫无执着可言。黄庭坚认为,孔子对自己的心灵有足够的自信与把握,在任何情况下也不会动摇本有的信念,万变而不离其宗。他认为从心的体用关系方面来理解孔子,就能够更好地体察圣人在不同情况下所显示出的看似矛盾的行为。

黄庭坚还曾书傅大士的十劝偈给成都僧人法灯。他在跋文里说:

---

① 《黄庭坚全集》,第 649 页。

> 然在成都荆棘林中,余惧其三跳不出。……但以眼前所见,聪明衲子尽为狐臭秃婢埋没却,故作千万珍重语耳。①

他认为这篇偈语能给法灯指明学佛参禅的正确方向。

《息心铭》为梁代释亡名所作,《续高僧传》卷七有记。他俗姓宋氏,不知本名为何,世袭衣冠,他的才华出众,曾为梁末的元帝所重而受礼遇。因其"弱龄遁世,永绝妻孥,吟啸丘壑,任怀游处",所以在梁朝王室衰亡之后,即投兑禅师出家。嗣后公元 567 年大冢宰宇文护,遗书邀其返俗做官,他却以"禀质丑陋,恒婴疾恼",固辞不赴,并谓:"乡国殄丧,宗戚衰亡,贫道何人,独堪长久,诚得收迹岩中,摄心尘外,支养残命,敦修慧业,此本志也。寄骸精舍,乞食王城,任力行道,随缘化物,斯次愿也。"②

本铭的主要思想是弃绝多知多虑,专一守心。文中罗列了大量心乱志散的弊端,殷重启白,苦口婆心。如:

> 虑多志散,知多心乱。心乱生恼,志散妨道。勿谓何伤,其苦悠长。勿言何畏,其祸鼎沸。滴水不停,四海将盈。纤尘不拂,五岳将成。防末在本,虽小不轻。

文中提出,只有"关尔七窍,闭尔六情。莫视于色,莫听于声",才能做到心的专一不乱。为此,作者否定了对文艺与世间才能的追求。接着又谈到道德的防护。其文曰:

> 名厚行薄,其高速崩。内怀骄伐,外致怨憎。或谈于口,或书于手。邀人令誉,亦孔之丑。

最后要达到的境界是:

> 心想若灭,生死长绝。不死不生,无相无名。一道虚寂,万物齐平。

本铭的内容比较简单,但重点非常突出,围绕"息心"多方进行论述。还有一个鲜明的特点,铭文中使用了大量道家的名词和概念,比如"守一"、"不贵才能"、"万物齐平"等等。可说《息心铭》的基本立场与隐逸遁世的道家

---

① 《书双林十偈》,《黄庭坚全集》,第 2295 页。
② 《大正藏》卷五〇。

思想比较接近,而与后世南宗禅的思想和大乘入世的思想皆有差别。

《息心铭》关于心的专一、道德要求方面的内容对黄庭坚影响较大。他在《书无名师〈息心铭〉后》中言:

> 观《息心铭》,似其晚年所作,亦似悔其少日刻意于文章邪? 因僧知海请书此篇以刻石,为丛林杂学者之戒,故为书之。①

此外,我们在第一章曾分析过,黄庭坚的《都下喜见八叔父》一诗论述了息心的重要性。其中"堤防小不密,一决败数州"的诗义显然从《息心铭》中内容而来。而且,黄庭坚在参禅中所获得的"心是幻法"、"万事休歇",断生死之根等悟境也印证了本铭当中所说的"心想若灭,生死长绝"。

《心铭》为初唐在金陵牛头山弘法的法融所作。法融(594—657)是禅宗牛头派的创始人,《续高僧传》卷二六有传。

据宗密《禅门师资承袭图》说,牛头宗是从道信下傍出的一派。《心铭》主张:"心性不生,何须知见;本无一法,谁论熏炼?"又说:"菩提本有,不须用守;烦恼本无,不须用除。"这种思想显然成为后来南宗所倡导的顿悟说的先声。

他的禅风,重在无心绝观,或绝观忘守,认为没有心可守,也没有什么可观。表现出了与道信、弘忍一系完全不同的风格。他的修行与僧璨的"任性合道"自然一致,那就是"无心用功"。无心用功,可说是无方法的方法,无修之修。由无心而达一切法本无,无智亦无得,而直接契入不思议无碍境界。假若心有所得,则存有世间的差别相,"分别凡圣,烦恼转盛,计转乖常,求真背正",便落入生死业中。所以合道的关键是无心,无心便是合道,提倡任心(无心)合道、无得无证的自然修行观:"三世无物,无心无佛。""无为无得,依无自出,四等六度,同一乘路。心若不生,法无差亘。知生无生,现前常住。"

关于心与境的关系,法融依然以彻底的空观来说明。他认为:

> 开目见相,心随境起。心外无境,境外无心。将心灭境,彼此由侵。心寂境如,不遣不拘。境随心灭,心随境无。两处不生,寂静虚明。菩提影现,心水常清。

---

① 《黄庭坚全集》,第702页。

在心与境的关系上,强调心随境而起。心和境是一致的,由境才能显出心,有心才能观到境。所以不能以心去灭境。如果心是空寂的,境也会如实显现。境应随心而灭,同时心也随境而无。如此两者不生,同时寂灭,境灭心无,而得菩提。

黄庭坚自己也吸收了法融心性论的思想,他在《表弟李广心作太湖主簿于解舍中作双寂堂远来求铭》中所写的"心境双寂"也就是《心铭》中"两处不生,寂静虚明"的境界。

黄庭坚非常重视《心铭》,他给别人书写了铭文,并在跋中写道:

> 今得予应试之文章,介为戏玩,无益于事,乃大书《牛头心铭》与之。范氏不学则已,学则必以治心养性为本。斯文之作,妙尽心性之蕴,只使朝夕薰之,自成道种。亦使觉苑净坊诸禅子读之,句句消归自己,乃知牛头快说禅病,免向野狐领下枉过一生。(《跋牛头心铭》)①

认为法融的心性寂灭思想充分地说明了心性的含义。他希望诸禅子以此来对照自己,以免变成野狐禅。

此外,黄庭坚对寒山子和船子和尚等一些僧人悟道的诗偈也非常重视,他在《跋寒山诗赠王正仲》中说:"此皆古人沃众生业火之具。"②在《书船子和尚歌后》言:

> 船子和尚歌,渔父语,意清新,道人家风,处处出现,所以接得夹山,水洒不着。③

他还曾经把自己比作诗僧寒山子:"前身寒山子。"④这一方面说明了他对诗僧作品所阐发的佛教理趣和境界的喜爱,另一方面也说明了他对于诗歌教化功能的关注,他自己也摹仿这些作品,写作了大量的诗偈和赞、颂。

《传灯录》是禅宗的历史文献,展示了中国禅宗思想演进的脉络。黄庭坚诗歌中引用《传灯录》中的公案最多。此外,黄庭坚对禅宗的学习是广泛

---

①《黄庭坚全集》,第 1614 页。
②《黄庭坚全集》,第 1639 页。
③《黄庭坚全集》,第 1645 页。
④《戏题戎州作余真》:"前身寒山子,后身黄鲁直。颇遭俗人恼,思欲入石壁。"(《黄庭坚全集》,第1510 页)

的,并不限于宗派①。这不仅给黄庭坚带来了哲学上的借鉴与修行上的指南,也给他的诗歌创作、佛教作品创作提供了源源不断的资料和灵思。其中第二十九与三十卷集中收录了禅师所作的赞颂偈诗和铭记箴歌,不唯内容新警,而且以文学的形式加以吟诵,义理畅达,文字凝练,给黄庭坚以哲理与文学的双重滋养,尤其是关于心性论述的内容,他都对之进行了消化、吸收与整合,最终形成了自己独特的佛禅思想。除了以上的赞铭之外,《一钵歌》《志公和尚十四科颂》《永嘉真觉大师证道歌》《腾腾和尚了元歌》《南岳懒瓚和尚歌》《三祖僧璨大师信心铭》与大量的禅宗语录也被他的诗文屡屡征用,禅师们机锋迸发、意在言外、以诗说禅的语言也给他以启示,对他形成富有禅意的诗歌风格带来了深刻的影响。

第二节　黄庭坚与僧人的交游、酬唱

宋代,一些大德高僧具备了出色的文学修养和儒学修养。黄庭坚对这些僧人十分崇敬,除了向他们叩问佛禅义理外,还与他们进行艺术交流。他结交僧人并不囿于某宗某派,既有临济宗,又有云门宗等。总的来看,还以临济宗黄龙派的禅僧居多。南宋释普济的《五灯会元》卷一七将黄庭坚列入临济宗黄龙派中的"居士",为黄龙心禅师之法嗣。笔者在第一章中已陆续介绍了黄庭坚与惠南、持正、智航、觉海、法秀、仲仁等法师的交游,在这里将重点论述他与临济宗黄龙派禅师祖心、悟新、惟清的来往,因为这是有记录可考的、对黄庭坚影响较大的三位僧人。

祖心

慧南建立了庞大的僧团,嗣法弟子多达八十三人,圆寂之后即由大弟子晦堂祖心继任黄龙住持。晦堂祖心,《五灯会元》卷一七、《罗湖野录》卷一、《释氏稽古略》卷四均有记载。祖心(1025—1100),广东始兴人。俗姓邬,号晦堂。年十九依龙山寺惠全出家。翌年,试经得度,住受业院奉持戒律。后入丛林谒云峰文悦。居三年,又参黄檗山慧南,亦侍四年。机缘未

---

① 他书写了曹洞宗洞山良价禅师的《新丰吟》,在文后写道:"余旧不喜曹洞言句,常怀泾渭不同流之意。今日偶味此文,皆吾家日用事,乃知此老人作百衲被,岁久天寒,方知用处。浮山注解,虽为报大阳十载之恩,又似孤负新丰老人耳。"(《书洞山价禅师新丰吟后》,《黄庭坚全集》,第 671 页)

发,遂辞慧南,返文悦处。时文悦示寂,乃依石霜楚圆。一日,阅《传灯录》,读多福禅师之语而大悟。后随慧南移黄龙山,慧南示寂后,继黄龙之席,居十二年。其间因师性率真,不喜事务,故曾五度离席闲居。其后入京,驸马都尉王诜尽礼迎之,然他仅庵居于城门之外。元符三年十一月十六日示寂,年七十六。谥号"宝觉禅师"。葬于南公塔之东,号称双塔。法嗣有黄龙悟新、黄龙惟新、泐潭善清等四十七人。祖心著作有《宝觉祖心禅师语录》一卷、《冥枢会要》三卷等。

黄庭坚投其门下,对他推崇备至,《跋心禅师与承天监院守环手诲》云:

> 黄龙堂心禅师,法中龙象,末世人天正眼也。[1]

元丰五年黄庭坚外兄徐禧出知渭州前回分宁,请祖心于云岩禅院为众说法,其开堂疏由黄庭坚写成大书,镂于翠岩,传为丛林盛事。崇宁元年,黄庭坚应祖心弟子惟清禅师之请又将此疏写成卷子。其文曰:

> 三十年前说法,不消一个莫字。如今荆棘塞路,皆据见向开门。只道平地上休起骨堆。不知那个是他平地。只道吃粥了洗钵盂去,不知钵盂落在那边。不学涸绝学语言,在根作归根证据。木刻鹞子,岂解从禽?羊蒙虎皮,其奈吃草?故识病之宗匠,务随时而叮咛。须令向千岁松下讨茯苓,逼将上百尺竿头试脚步。直待骸骨迥迥,方与眼上安眉。图它放匙把箸自由,识个啜羹吃饭底滋味。不是镂明脊骨,曷胜末后拳椎!法门中如此差殊,正见师岂易遭遇。昔人所以涉川游海,今者乃在我里吾乡。得非千载一时,事当为众竭力。袒肩屈膝,愿唱诚于此会人天;挑屑拔钉,咸归命于晦堂和尚。狮子广座,无畏吼声。时至义同,大众虔仰。[2]

疏文的前半部分描述了当时禅门错误知见很多、门户林立的情况。只知道在语言上下功夫,却没有真正觉悟透彻,就像木刻鹞子、羊蒙虎皮,看起来像开悟,而实际上一无是处。在这样严重的情形下,就需要祖心这样的大德来讲法,不但自己正见了了,悟得透彻,又知道怎样引导学人。疏文对祖心的禅学修为作了极高的褒扬。

---

[1]《黄庭坚全集》,第 1640 页。
[2]《请黄龙晦堂和尚开堂疏》,《黄庭坚全集》,第 2355 页。

元祐七年至绍圣元年(1092—1094)黄庭坚居乡丁忧期间,与晦堂祖心禅师交往密切,他经过祖心的启发逼拶,闻木樨香而有悟,在前章已有分析。祖心卒于元符三年,黄庭坚作《为黄龙心禅师烧香颂三首》,表达痛惜之意和赞赏之情。颂曰:

> 老师身今七十六,老师心亦七十六。梦中沉却大法船,文殊顿足普贤哭。
>
> 一拳打破鬼门关,一笑吐却野狐涎。四海峥嵘龙象众,鼻头只用短绳牵。
>
> 海风吹落楞伽山,四海禅徒著眼看。一把柳丝收不得,和风搭在玉阑干。①

第一颂把祖心禅师比喻成大法船,祖心离世仿佛世尊涅槃。法船原是指释迦牟尼佛,因佛能使人渡生死海到涅槃之岸,故譬以船筏。《大般涅槃经》卷一中,当诸天人及诸会众阿修罗等听说佛要涅槃之后,都非常痛苦,认为:“圣慧日光,从今永灭;无上法船,于斯沉没”,于是“举手搥胸,悲号啼哭。支节战动,不能自持。身诸毛孔,流血洒地”②。文殊、普贤乃是释迦牟尼佛之二胁士。“梦中”一语指祖心虽广作佛事,但视同梦幻,心无住著,远离诸相,所谓“建立水月道场,大作梦中佛事”。

第二颂是指祖心禅风刚烈峻急,辨魔拣异,能够破除众人邪见。而在引导学人方面又非常善巧智慧,用很简单的方法就可以让人调顺其心。“一拳”指祖心特有的教学方法,丛林称为“触背关”,据《宝觉祖心禅师语录》记载:

> 师每在室中,以拳示人曰:若作拳见,即触;不作拳见,即背。上座如何见? 僧请问。师以此为答:黄龙有个拳头,不论得皮得髓。分明直下相呈,早是和泥合水。黄龙有个拳头,举起别无道理。直须打破牢关,总是自家行履。黄龙有个拳头,贵贱任君酬价。近前拟欲商量,翻作时人话杷。③

触背关是将学人陷入思维的两难处境。触是肯定,背是否定。离却肯定否

---

① 《黄庭坚全集》,第612页。
② 《大正藏》卷一二。
③ 《续藏经》第69册。

定的二边,离却语言概念的限定,才能整体认识和把握事物的特性。

第三颂,楞伽山,意译难往山、可畏山、险绝山,相传此山乃佛陀宣讲楞伽经之处。《楞伽经》是早期禅宗用来印心的。据说菩提达摩曾以此经授慧可,并云:"我观汉地,唯有此经,仁者依行,自得度世。"海风吹倒楞伽山,比喻禅匠陨落,山崩地裂,天下他的徒众都很关注。但是他真的离去了吗?一把柳丝可以烧却他的肉身,但却掩没不了他的法身,因为法身是遍一切处的。最后颂子借用两句唐诗①结尾,似是禅师的以诗说禅,说而未尽,余音缭绕,意韵悠长。

元祐八年,黄庭坚作《题黄龙清禅师晦堂赞》:"三问逆推,超玄机于鹫岭;一拳垂示,露赤体于龙峰。闻时富贵,见后贫穷。年老浩歌归去乐,从他人唤住山翁。"②

祖心去世之前,将自己的后事托付给黄庭坚。随后,黄庭坚还写作了《黄龙心禅师塔铭》,铭文中详细记述了祖心禅师的学禅、行化事迹,也总结了他的禅风特点。铭文中有一段很有意思:

> 虽博通内外,而指人甚要;虽直见性为宗,而随方启迪。故撮内外
> 收之要指,徵诘开示,使人因所服习,克己自观,悟则同归,归则无教。
> 诸方訾师不当以外书糅佛说,师曰:若不见性,则佛祖密语尽成外书;
> 若见性,则魔说狐禅皆为道语。③

此意说明祖心不但博通内外典籍,而且以其要旨来徵诘开示——当年他用《论语》的"吾无隐乎尔"来逼问山谷,正是这种风格。他以"见性"作为宗旨,认为只要见性了,一切章说文句皆可以为我所用。

文中结尾,山谷自道:

> 庭坚夙承记莂,堪任大法。道眼未圆,而来瞻窣堵,实深安仰之
> 叹。乃勒坚珉,敬颂遗美。

这是说,祖心曾印可山谷,可以把心法传承给他。但是现在自己道眼还没有圆融,老师却已离去,实在让人遗憾。

---

① 徐仲雅《宫词》:"内人晓起怯春寒,轻揭珠帘看牡丹。一把柳丝收不得,和风搭在玉栏杆。"〔清〕
　彭定求编:《全唐诗》卷七六二,中华书局,2003 年,第 8651 页。
②《黄庭坚全集》,第 1607 页。
③《黄庭坚全集》,第 851 页。

悟新、惟清

　　祖心的两位大弟子也是黄庭坚问道的师友。悟新,《禅林僧宝传》卷二二有传。他是韶州曲江人(今广东韶关),姓王,自号死心史,命其所居为死心寮,故又称死心悟新。曾主分宁云岩禅院,起经藏堂,黄庭坚为之作记。现存有《死心悟新禅师语录》,是《黄龙四家录》之三。据其中记载,悟新要求弟子"须参活句,莫参死句"。

　　惟清,《禅林僧宝传》卷二二有记载。他是江西武宁人,姓陈,晚归晦堂得法,自号灵源叟,故又称灵源惟清。后被迎归黄龙以继晦堂,僧众盛极一时。他的禅语清丽,富有意蕴,名扬远近。释惠洪《石门文字禅》卷二三《昭默禅师序》载:

　　　　(徐禧、黄庭坚)世所谓人中龙也,往来山中,与公语,未尝不屈折咨磋以为不及,以故天下士大夫悦慕愿见,想望风采。[1]

黄庭坚对此二人十分推许,在《与周元翁别纸》中说:

　　　　有清、新二禅师,是心之门人,道眼明澈,自淮以北,未见此人。[2]

在《与分宁萧宰书》中云:"此二公衲僧之命脉,今江淮浙莫居二禅之右者。"[3]

　　黄庭坚还抄录了惟清的书信,送给王周彦,并在书后,也略为讲述了他对惟清的评价以及与之交往的情形:

　　　　太平(指惟清,笔者注)具正法眼,儒术兼茂。年将五十乃得友,与之居二年,浑金璞玉人也。久之,待以师友之礼。士大夫知为己之学者,观此书思过半矣。[4]

庭坚谪黔南,灵源以偈寄之曰:

　　　　昔日对面隔千里,如今万里弥相亲。寂寥滋味同斋粥,快活谈谐契主宾。室内许谁参化女,眼中休去觅瞳人。东西南北难藏处,金色

①《嘉兴大藏经》第 23 册。
②《黄庭坚全集》,第 1864 页。
③《黄庭坚全集》,第 1759 页。
④《题录清和尚书后与王周彦》,《黄庭坚全集》,第 1405 页。

　　头陀笑转新。①

首二句是言庭坚的禅学有进步，以前由于修学境界不到，所以两人心不相通，虽身在对面而心隔千里；如今境界相契，心心相映，身隔万里，心却很亲近。"寂寥"二句是想象庭坚在黔南的生活。因为庭坚曾在信中说过，他天天与僧人在纯和唐道人"同斋粥"。"室内"一句是问曾印可谁在门下参禅，成为入室弟子。"眼中休去觅瞳人"是对庭坚的劝戒，因为瞳人本即眼睛，眼中觅瞳人，等于"骑驴找驴"，要当下识取本心，而不要向外寻求。云门禅师当年以"北斗里藏身"答"如何是透法身句？"大意是法身本来就遍一切处，现成存在于自己的禅心之中，何须去"透"，本来就涵盖宇宙，又何须到北斗的角落去躲藏呢！"金色头陀"指"拈花微笑"的迦叶，当年释迦牟尼在灵山会上把禅法传给了他。惟清的后二句是希望庭坚找到那个在东西南北处都无法隐藏的法身——清净本心，契合禅心。

　　庭坚和之曰：

　　　　石工来斫鼻端尘，无手人来斧始亲。白牯狸奴心即佛，龙睛虎眼主中宾。自携瓶去沽村酒，幻着衫来作主人。万里相看如对面，死心寮里有清新。

　　　　死心寮里有清新，把断黄河塞要津。一段风涛惊彻底，个中无我亦无人。梦惊蛇咬惝惶走，痛学寻医妙有神。此是如来正法藏，觉来床上笑翻身。②

"石工斫鼻"，巧之又巧，既需削去尘土，又不能伤及人鼻。禅宗里经常以此来形容非常善巧地引人开悟的禅师。黄庭坚把清公的教导比喻成石工斫鼻。"无手人"比喻"无心"，虽然度人，然知众生皆是虚妄而不执着，方为真正的度人。白牯狸奴，均系无知动物，禅宗多用以比喻根机卑劣、不解佛法之人。但饶是这样的人，回光返照，认得自心是佛也就开悟了。"主中宾"是临济宗"四宾主"之说。唐代临济义玄禅师提出四句宾主，为临济根本思想之一，旨在以四句料简提示禅机。即指导学人时，师家（指导者）与学人（修道者）之关系有四种：宾看主（宾乃客之意），即学人透知师家之机略；主

────────────────
①事见《罗湖野录》，《续藏经》第 83 册。
②《寄清新二禅师颂》，《黄庭坚全集》，第 1521 页。

看宾,即师家能透知学人之内心;主看主,即具有禅机禅眼者相见;宾看宾,即不具眼目之两者相见。其后,风穴延沼禅师将上记四语改称为"宾中主、主中宾、主中主、宾中宾",其义亦同。黄庭坚认为惟清法眼明澈,对自己的指导甚是当机,故称其为"主中宾"。"自携"二句,是黄庭坚对参禅的领悟——要自见自肯。这样的话,就和老师两下契合,虽是万里相隔而如对面之亲切了。第二颂,是写自己如何在清新二禅师的提撕下开悟的。"把断要津"是禅宗里常用的方法,禅师用诘问、棒喝、拳捶等种种方法打断学人常规思维,悟新、惟清两位禅师正是这样对山谷进行启发,山谷由此昼夜参究,终于悟出了无我无人[①]的道理。凡夫不懂人生如梦如幻,妄起情见。如果一旦明白是梦,就不会沉溺而能觉悟了。从自己的痛苦中所领略出的道理是最真实的,就像因痛而寻医,必会宝爱所得一样。等到一朝觉悟,会发现道理就是这么简单,而凡夫却仍然颠倒于无明之中,真是令人感到可笑啊!

惟清和黄庭坚偈中的"契主宾"、"主中宾"均用临济宗"四宾主"之说。这两首诗不仅是阐说悟境,其中也传达了道友的心灵交契之感,表现了黄庭坚与两位禅师之间深厚的感情。释晓莹评说道:"黄公为文章主盟,而能锐意斯道。于黔南机感相应,以书布露,以偈发挥。其于清、新二老道契可概见矣。"[②]

黄庭坚还作有《黄龙清和尚真赞》,赞扬惟清悟得透彻:

> 黄河彻底冻,白发通心白。虽有顾陆手,百巧画不得。[③]

在黄龙派禅僧中,黄庭坚还结交了东林常总、惠洪觉范,以及庆闲、元肃、晓禅师、照堂、圆玑等等。常总,是慧南的弟子,与祖心同门,为东林寺的住持。黄庭坚曾在《江州东林寺经藏经记》提及他并称赞他:"总公天下大师,门人常数百,或千人。"[④]惠洪,既是卓有见识的禅史学家,又是一位才思俊发的诗人,著有《禅林僧宝传》《林间录》《临济宗旨》及诗文集《石门文字禅》。黄庭坚晚年与他交往,在《茶词》的序中叙述了他们相见的情况:

---

①"无我无人"是《金刚经》中的要义,该经内容阐释一切法无我之理,云:"无我相无人相无众生相无寿者相。"
②《罗湖野录》卷上,《续藏经》第83册。
③《黄庭坚全集》,第585页。
④《黄庭坚全集》,第441页。

"崇宁甲申,遇惠洪上人于湘中。洪作长短句见赠……次韵酬之。"还有赠诗,以"不肯低头拾卿相,又能落笔生云烟"①称赞他。

　　黄庭坚与僧人的交往是广泛的。被贬蜀中时,他推许最高、交往最久的是师范道人,亦属临济宗。他是沩山慕喆禅师的弟子,而慕喆得法于翠岩可真,可真与慧南同是石霜楚圆的弟子。在《续传灯录》《嘉泰普灯录》《禅灯世谱》中仅列为慕喆禅师之法嗣,无详细记载。他与以后嗣法于圆悟克勤,并留住昭觉任首座,属杨歧下第四世的师范禅师,以及南宋时号佛鉴禅师,在中日佛教交流史上有重要影响的无准师范禅师同名,但并非同一个人。师范道人当时驻锡说法于成都六祖禅寺(即昭觉寺),后做了该寺方丈。黄庭坚被贬后与他有深入的交往,检录全集,黄庭坚共三十七次提到师范道人,在戎州两年间曾有十八封书信给道人,将其敬为师友。其《与周元翁别纸》云:

> 今所与共居范上座,是简州人,沩山喆老门人也。其人闻道已久,多见前辈,道几纯熟,知虑深远,于士大夫中求之未易得。②

黄庭坚还为他说法撰写了《成都府别敕中和六祖禅师劝请文》,对师范的禅学修为与说法效果给予了高度评价,文曰:

> 范公道人,衲僧命脉,古佛心宗。如净月轮,出则万波分影;如吹毛剑,用则千里无人。……当使邪见稠林,风行草偃;波旬坚阵,瓦解土崩。心佛众生,三轮普现;森罗万象,一印顿圆。③

此外,黄庭坚还与临济宗杨歧派的在纯、云门宗的若冲(觉海)、法秀(详见第一章)、佛印了元,临济宗道臻、花光仲仁长老等有交往。其中,仲仁为衡州花光山长老,是水墨梅画的创始人④,道臻善画墨竹,黄庭坚与他们的交往更多是书画艺术上的切磋。崇宁二年(1103)因忤赵挺之,编隶宜州(今广西宜山),由鄂州(今湖北武昌)溯湘南行,次年(1104)二月过衡州,与仲仁结识,仲仁为"作梅数枝,及画烟外远山",黄题诗卷末(《花光仲仁出秦、苏诗卷思二国士不可复见开卷绝叹因花光为我作梅数枝及画烟外远山追

---

①《赠惠洪》,《黄庭坚全集》,第 152 页。

②《黄庭坚全集》,第 1864 页。

③《黄庭坚全集》,第 1440 页。

④事迹详见程杰:《墨梅始祖花光仲仁生平事迹考》,《南京师大学报(社会科学版)》,2005 年第 1 期。

少游韵记卷末》)言:"雅闻花光能画梅,更乞一枝洗烦恼。"①山谷另有《题花光画》《题花光画山水》《赠花光老》《(仲仁)所住堂》等作品。

从以上分析我们可以见出,黄庭坚与临济宗黄龙派僧人的交往最为广泛深入,他被祖心印可而成为其法嗣。在众多的宗派禅师中,他对黄龙派慧南、祖心、悟新、惟清等推许最高,认为他们具备正法眼,是"真实皈依处"。在交往的僧人中,他明确视为老师的也唯有这几位禅师。尤其是他称为"方外之师"的祖心,黄庭坚称赞他"双塔老师诸佛机",认为他已经达到了很高的境界。同时,他也自觉地将自己纳入这一宗派中,有明确的本宗意识。最为值得我们关注的是,黄龙派的宗风对黄庭坚产生了深刻的影响,自慧南开始至悟新、惟清,他们创造并传承了一些独特的禅学理念与参学方法,其中"以见性为宗"的宗旨与"参活句,不参死句","克己自观"、"自见自肯"的参禅方法,其至担荷正法的责任感与破除邪见,直面人过的巍巍正气、峻峭禅风,这些都被黄庭坚继承了。除此之外,慧南、死心、惟清等禅师都有深厚的古典诗歌修养,他们非常善于在讲法中"以诗说禅",也创作了不少诗偈,其中包孕着深刻的禅意,对黄庭坚颇有影响,我们将在第四章进行分析。

第三节　黄庭坚的佛教思想及其禅学内蕴

前文我们已经分析过,黄庭坚(1045—1105)自幼即博览儒释道典籍,好学深思。经过长时期的思想抉择,他于元丰七年(1084)在泗州僧伽塔写下《发愿文》,忏悔发愿,持守戒律,正式把佛教作为自己的心灵归依。他曾广阅藏经,并阅读了大量的禅宗语录。广泛、深入地学习经典为黄庭坚打下了深厚的佛学理论基础,也为他建构自己的佛学思想提供了丰富的资源。同时,他与当时一些著名的禅师来往密切,不但向他们叩问佛禅义理,还与他们进行诗、画、书法等方面艺术交流。山谷还特别注重禅修体验,蒙受了觉海、祖心、悟新多位禅师的敲打点拨,参悟有得,自言勘破"心是幻法",最终形成了系统的佛禅思想。当然,受到当时三教合一思潮的影响以及自身的儒家思想传承,他终身都非常重视儒家伦理道德的恪守,对庄子

①《花光仲仁出秦苏诗卷》,《山谷诗集注》,第 471 页。

"齐物"等思想也颇为倾心。本节着重论述他的佛禅思想。

一、光透尘劳一一法：毕竟空的般若思想

黄庭坚受到佛禅思想影响最大的内容是般若思想。般若思想是佛教
文化的精髓，是佛教大乘思想的基础。姚卫群教授指出："在中国，最初传
入的佛教既有小乘，也有大乘。但首先真正影响了中国思想界（引起中国
思想界较大关注）的则是大乘佛教。具体来讲就是佛教的般若思想。"①般
若，又作波若、般罗若、钵剌若，意译为慧、智慧、明、黠慧。但它不是指一般
意义上的智慧，而是佛教一种特殊的智慧。通过分析多部佛经中关于般若
的定义，姚卫群先生得出结论："它是引导人们（特别是各种修行等级上的
虔诚佛教徒）超脱各种痛苦（烦恼、邪见、无明等），达到佛教最高境界的至
上智慧……大乘经典中还特别强调彻底认识诸法实相的智慧为般若。而
所谓'诸法实相'……主要是指诸法空的理论（一切法空）、不二观念、离二
边（中道）理论、无所得理论（否定形态的思维方法）、第一义（谛）及与其相
对者（二谛观念）等。"②其中，般若类经典把"空"的观念作为般若理论的基
本标志。《放光般若经》卷一八《信本际品》言："一切诸法性皆空。"③《维摩
诘所说经·弟子品》曰："诸法究竟无所有，是空义。"僧肇为之作注，曰：

> 小乘观法缘起内无真主为空义，虽能观空而于空未能都泯，故不
> 究竟。大乘在有不有，在空不空，理无不极，所以究竟空义也。④

在大乘般若思想看来，一切现象都是本性空寂的。故而，修行者要把握众
生和宇宙的真实，就要直观人生和宇宙的本性——空，即观诸法皆空之理。
般若的最高境界是证悟到毕竟空。佛教的大乘经论《华严经》《妙法莲华
经》《大智度论》等都宣说了毕竟空的义理，认为它是成佛的必由之径。龙
树在《大智度论》中说："观一切法从因缘生，从因缘生即无自性，毕竟空。
毕竟空者是名般若波罗密。"唐吉藏撰《法华义疏》卷九曰："毕竟空是诸空
中之王，故智度论云：性空，菩萨所行，毕竟空是佛所行，释迦阿难同以毕竟

---

① 姚卫群：《佛教般若思想发展源流》，北京大学出版社，1996 年，《前言》第 1 页。
② 姚卫群：《佛教般若思想发展源流》，第 3 页。
③《大正藏》卷八。
④《注维摩诘经》卷三，《大正藏》卷三八。

空为本,故言俱于空王佛所发菩提心。释迦发心已后勤习毕竟空故自成佛。"般若思想发展到唐宋,与禅宗思想紧密结合,成为禅宗所受影响较大的印度佛教思想。

由于阅读的大都是佛教大乘经典,又与多位禅师有深入的交往,黄庭坚在学佛参禅方面,相当重视对般若思想中空观的实践。黄庭坚在给朋友欧阳元老的信中写道:

> 观梦幻,不可令般若顷刻不见前。秋毫不尽,天地悬隔。[1]

认为必须时时刻刻以般若的智慧将所有世事观照为梦幻,体会一切皆空的境界,如果还有一点不空的地方,那就与真正的般若智慧天差地别了。

宋代对佛教有好感的文人颇多,他们会在特定的情况下为佛寺或者佛教艺术作品(绘画、塑像等)写作赞文。尽管题材基本相同,但由于文人对佛教观念接受的方面不太相同,所以这些作品中所表现的义理经常是不一样的。黄庭坚就经常用般若空观来阐述他对佛教义理与佛菩萨境界的理解,他认为毕竟空是佛教义理的核心。他在《南山罗汉赞》中言:

> 百和香中本无我,光透尘劳一一法。佛法本从空处起,炳然字义照太空。

"百和香"由各种香料组合而成,用来比喻人的身心是由各种因素组成的,因缘和合而生,中间并没有一个固定不变的自性,也没有一个固定不变的我。无我就是空性,以此来观察世间法的话,就可以透过现象见到本质,不会被现象所迷惑。黄庭坚认为,佛法的一切理论都是从空性的基础上生发出来的,所以了解、掌握空性的思想是非常重要的。

观世音菩萨在佛教的形象谱系中本以"慈悲"、"救度"为特征。不过在《般若波罗蜜多心经》这样的般若经典中,重点描述了菩萨"照见五蕴皆空"的境界。黄庭坚受到般若思想的影响,在他所作的六首《观世音赞》[2]中侧重以"空性"的特征来刻画菩萨的形象,认为菩萨的"慈悲"与"救度"都是从空见中生发出来的。"空觉极圆"[3]是菩萨达到的境界,凡夫如果想要理解

---

[1]《与欧阳元老》,《黄庭坚全集》,第 2087 页。

[2]《黄庭坚全集》,第 571 页。

[3] 见其《观世音赞》第四首:"敬礼补陀,岩下水边。十方三世,无不现前。愿我亦证,空觉极圆。处处悲救,火中生莲。"(《黄庭坚全集》,第 572 页)

菩萨的精神,必须从空性入手。其中第一首曰:

> 海岸孤绝补陀岩,有一众生圆正觉。八万四千清净眼,见尘劳中
> 华藏海。八万四千母陀臂,接引有情到彼岸。涅槃生死不二见,是则
> 名为施无畏。八风吹播老病死,无一众生得安稳。心华照了十方空,
> 即见观世音慈眼。设欲真见观世音,金沙滩头马郎妇①。

他的理解是,用心去照见十方皆空的时候,就可以达到观世音菩萨那样的
慈悲;将涅槃与生死当作"不二"的境界,才能出生入死,真正把无畏布施给
众生。另外,即使度化了再多的众生,观世音菩萨也是把所有的功德观想
为"如幻"的②。对于大乘经典中著名的《维摩诘所说经》中主人公维摩诘
大居士,黄庭坚认为他说法的要点也是"谈空":"丹青貌金粟影,毛物宜管
城公。只今为君落笔,他日听我谈空。"③

黄庭坚在给多位法师作赞偈时,也多用体悟到空性来显示他们的最高
证量。如《宝梵大师真赞》中的"钵囊如空,不受实也。室中生光,无长物
也"④,《大通禅师真赞》中的"前波法涌,后波大通。大通法涌,彻底澄
空"⑤。

二、念念观空的禅观方式

从其诗文我们可以看出,黄庭坚常用的修禅方法是禅观,禅观的主要
方式则是观空。观是佛教的重要修行方法,即以"正智",照见诸法。"止"
是止息妄念;"观"是洞观般若实相。"止"和"观"在佛教修行中如车之两
轮,鸟之双翼。方立天先生在《中国佛教哲学要义》中总结了"观"的特点,
他说:"佛教的观与通常认识上的感性、理性活动不同,与知识上的判断、理
解也不同。众生以佛的智慧观察世界,观照真理,主体心灵直接切入所观
的对象,并与之冥合为一,而无主客能所之别谓之观;或主体观照本心,反
省本心,体认本心,也称为观。观是佛教智慧的观照作用,是一种冥想,也

---

① 《黄庭坚全集》,第571页。
② 《观世音赞》之二:"圣慈悲愿观自在,海岸孤绝补陀岩。贯花缨络普庄严,度生如幻现微笑。有一
众生起圆觉,即现三十二应身。壁立千仞无依倚,住空还以自念力。"(《黄庭坚全集》,第571页)
③ 《谢胡藏之送栗尾画维摩二首》,《黄庭坚全集》,第204页。
④ 《黄庭坚全集》,第586页。
⑤ 《黄庭坚全集》,第586页。

即直观,直觉。"方先生还认为,观的对象有心、法、佛等多类的对象。方先生提出:"佛教般若学一系非常强调当下观照对象的普遍、绝对的真实本性,也就是空性。在各种观法中,中国佛教比较重视内观,即是以内省来观照。……再者,中国佛教也重视观空……观空是中国直观修持的首要的、基本的方法,也是中国佛教修持所要求达到的根本性、终极性的境界。"①

禅宗则更多使用"观照"的说法,如六祖《坛经》中所说:"用智慧观照,于一切法不取不舍,即见性成佛道。""故知本性自有般若之智,自用智慧观照,不假文字。""汝若不得自悟,当起般若观照,刹那间,妄念俱灭,即是自真正善知识,一悟即知佛也。"②六祖慧能所云"观照",是"顿悟见性"的主要方法,其性质一是"不假文字",即非名言概念而是直观的方式;二是观照主体应具"般若智慧"。

黄庭坚在《次韵杨明叔见饯十首》诗中所描述的"虚心观万物,险易极变态。皮毛剥落尽,惟有真实在"③,即是表达其禅观方法。他认为,善于观的人,能够穿越纷繁复杂的表象,看到无我与空性的道理。在佛教中,善于观空的代表之一是观世音菩萨,描述其观空般若智慧的重要经典是《般若波罗蜜多心经》。观世音菩萨,既善向内观照,照见"五蕴皆空"④,又能向外观察,寻声救苦。黄庭坚在《庞道者绣观音赞》中把观音内照外观的妙用表现得非常全面:

> 八万四千唯两臂,三十二应无来往。悲观一切造诸业,慈观诸业炽然住。
>
> 清净观时无本根,幻影重重蒙古佛。有能出世自观音,即受老翁无畏施。⑤

《妙法莲华经·观世音菩萨普门品》中指出观音"观"类型有"真观清净观,广大智慧观,悲观及慈观,常愿常瞻仰"。黄庭坚这里对三种观作出了自己的解释,"悲观"、"慈观"是观察众生在无明迷惑中造作诸业,随业流转而不

---

① 方立天:《中国佛教哲学要义》,中国人民大学出版社,2002 年,第 1032—1033 页。
②《大正藏》卷四八。
③《黄庭坚全集》,第 55 页。
④《般若波罗蜜多心经》言:"观自在菩萨,行深波罗蜜多时,照见五蕴皆空,度一切苦厄。"(《大正藏》卷八)
⑤《黄庭坚全集》,第 573 页。

能解脱;"清净观"是观察众生的烦恼恶业其实是没有自性亦即本根的,是空的,每个人都具有清净本性,都有佛性,但是却被尘障幻影所蒙。如果能够向内自观,返归清净本性,那么就会见性成佛。

1.观身观心达无我

在禅观实践中,黄庭坚主要运用了内观观心和观空的方法。

老子云:"吾有大患,为吾有身。及吾无身,吾有何患!"认为人的各种忧患都来自身体的存在。但是,身体是客观存在的,谁也不可能做到"无身"。佛教则让人从种种方面观察身体的缘起法,了解它的自性本空,"四大皆空"①,放下对身体的执着,接受由此而来的病老死等无常现象。黄庭坚主要是以维摩十喻来观想身体的空性的,其《次韵外舅谢师厚病问十首》云:"引镜照清骨,惊非曩时人。天地入喻指,芭蕉自观身。"②以芭蕉来比喻"空",这是佛经中经常用的比喻,芭蕉外面看起来是实在的,但当叶片层层剥落后,中间并没有一个实在的内核。他多次在诗句中表达了身体的虚幻感,如"迷情淡荡不知津,老却平生梦幻身"③,"百体观来身是幻,万夫争处首先回"④,皆是以如梦如幻来观想自己的身体。

正是由于放下了对身体过分的执着,他才不赞同道家的炼丹术。在流迁时期面对贫困、恶劣的环境,也能做到"万事随缘"。而且正因为省悟到身体的无常,才推动他追求不能被无常所夺走的东西。其《与觉海和尚》言:

> 伏想觉海澄圆,惺惺圆寂,无去来相,而幻质火风之法必坏,又须安排得着所在。⑤

《楞严经》卷六云:"觉海性澄圆,圆澄觉元妙。"⑥"觉海"指人的觉性甚深湛然,譬如大海。这种正觉性海澄净而圆满,常处寂静之中,不生不灭。而身体是"幻质火风之法",迟早要坏灭的,所以必须要及早证悟,从佛性的圆满中获得永恒。

---

①佛教认为组成人的身体的四种元素:地、水、火、风。
②《黄庭坚全集》,第 901 页。
③《杂诗》,《山谷诗集注》,第 1286 页。
④《喜太守毕朝散致政》,《山谷诗集注》,第 848 页。
⑤《黄庭坚全集》,第 1960 页。
⑥《大正藏》卷一九。

观心即观照主体自身的精神。心有本质与现象之别,故通常观心又分为观现象的心和观本质的心两种。黄庭坚两种观法都用。前面提及的"照破心是幻法"就是观现象的心。观心的本体,是观照心的清净本性。他在《书旧诗与洪龟父跋其后》言:

> 要须尽心于克己,不见人物臧否,全用其辉光,以照本心。①

《十六罗汉赞》亦云:"伏住泥沙观止水,中有菩萨清凉月。无明风起作浪波,方会如来同觉海。"②此处的清凉月就是指心的清净本体。

观身观心的结果是观到"无我",从身和心上都找不到一个真实存在的自性,也就生不起对自我的执着。

他在《与周元翁别纸》中说:

> 然已知求道于生死之际,则世累自已甚轻,但未直下拨尘见己耳。……故长者云:若不见法身本体所以,万行皆属人天果报有漏之因。既尽心于此,不可不著些精神,打令彻底不疑,念念但观,不舍昼夜……③

"拨尘见己"指清除各种染污之后见到的"真我",也就是"法身",指人的自性真如净法界,也就是佛性。

观到我空、去除我执之后,人就不会再被烦恼所困。黄庭坚在给尚书胡少汲的书信里就指出"照破生死之根,则忧思淫怒,无处安脚"。佛教认为,人之所以轮回生死,是因为"我执",去除了我执,一切的烦恼便无处安脚。

他在《与廖宣叔帖》中指出:

> 夫利衰毁誉称讥苦乐,此八物无明种子也。人从无明种子中生,连皮带骨,岂有可逃之地? 但以百年观之,则人与我及彼八物皆成一空。古人云:众生身同太虚,烦恼何处安脚? ……八风之波,渺然无涯,而以百年有涯之生,种种计较,欲利、恶衰、怒毁、喜誉、求称、避讥、厌苦、逐乐。得丧又自有宿因,决不可以计较而得。④

----

①《黄庭坚全集》,第 703 页。
②《黄庭坚全集》,第 574 页。
③《黄庭坚全集》,第 1864 页。
④《黄庭坚全集》,第 1882 页。

从此文可以看出，黄庭坚在遭遇逆境时是如何让自己解脱的：一是观无我，观察到无我的时候，烦恼就无处安脚了。第二是随顺外境，认为得丧自有宿世的因缘，不是自己所能决定的，既如此，心中便多了一份坦然与平静。

2.梦幻观至毕竟空

梦幻观是黄庭坚最常用的用来观空的方法。黄庭坚在给朋友欧阳元老的两封信中写道：

> 观梦幻，不可令般若顷刻不见前。秋毫不尽，天地悬隔。
>
> 承逍遥山水间，日得般若之味。观空观梦，竟何所有？ 人间事不满，笑又何足言？①

山谷希望欧阳时时提起般若空观，彻底观人间事如梦如幻，如果有一点点细微之处观得不究竟，与真正的般若境界就有天壤之别了。——这份心得来自于他自己在黔南参禅的体验，此前他观空还不彻底，"今日昭然，明日昧然"，到最后才完全打破了疑情，能够观一切为空，所以心中"廓尔"，一片光明。般若空观的实际效用是观诸法皆空，不再执着，以这种态度应对人间之事，就会彻底放下，不再为世事而烦恼，获得精神上的超脱与自由。

黄庭坚大量以梦作比来表达功名利禄的虚幻，常用的比喻是黄粱梦与槐安国。如：

> 白蚁战酣千里血，黄粱炊熟百年休。(《题槐安阁》②)
>
> 功名富贵两蜗角，险阻艰难一酒杯。(《喜太守毕朝散致政》③)
>
> 千里追奔两蜗角，百年得意大槐宫。(《观化》④)
>
> 人曾梦蚁穴，鹤亦怕鸡笼。(《次韵十九叔父台源》⑤)
>
> 蜜房各自开牖户，蚁穴或梦封侯王。(《题落星寺》⑥)
>
> 感君诗句唤梦觉，邯郸初未熟黄粱。(《戏答赵伯充劝莫学书及为席子泽解嘲》⑦)

---

① 《与欧阳元老》，《黄庭坚全集》，第 2087 页。
② 《山谷诗集注》，第 775 页。
③ 《山谷诗集注》，第 848 页。
④ 《山谷诗集注》，第 1250 页。
⑤ 《山谷诗集注》，第 512 页。
⑥ 《山谷诗集注》，第 755 页。
⑦ 《山谷诗集注》，第 208 页。

麒麟图画偶然耳，半枕百年梦邯郸。(《送刘道纯》①)

惊破南柯少时梦，新晴鼓角报斜阳。(《题李十八知常轩》②)

人生忽远行，车马无归迹。黄粱一炊顷，梦尽百年历。(《戏答公益春思二首》③)

为公唤觉荆州梦，可待南柯一梦成。(《戏答荆州王充道烹茶四首》④)

真人梦出大槐宫，万里苍梧一洗空。(《戏咏零陵李宗古居士家驯鸲鹆二首》⑤)

生涯谷口耕，世事邯郸梦。(《薛乐道自南阳来入都留宿会饮作诗饯行》⑥)

以梦观人生如幻，还是略有些抽象，而以黄粱梦与槐安游这两个国人都很熟悉的故事来作比喻，其中的寓义就容易理解了。两个喻体虽都是梦，然而具有不同的特点，槐安国梦中，国土辽阔，而实是蚁穴，空间极其狭小；黄粱梦里，时间涵纳一生，而实际不过短短一瞬。黄庭坚通过这两种比喻，从时空的长短大小对比中来显示人在其间所追求的名利之渺小与人的执着之可笑，从梦后醒觉无所得来比喻诸法毕竟空。

不仅对世间法作如是观，黄庭坚认为，就是对弘扬佛法也要作梦幻观，对所有的功德也不能执为实有，要去除最后的执着，达到毕竟空的境界。黄庭坚的《观世音赞》中道：

浮沤镜本空，八万四千垂手处。梦时捉得水中月，亲与猕猴观古镜。⑦

《为黄龙心禅师烧香颂三首》他写道："梦中沉却大法船，文殊顿足普贤哭。"⑧

————————

①《山谷诗集注》，第 1004 页。
②《山谷诗集注》，第 1038 页。
③《山谷诗集注》，第 1160 页。
④《山谷诗集注》，第 401 页。
⑤《山谷诗集注》，第 477 页。
⑥《山谷诗集注》，第 536 页。
⑦《黄庭坚全集》，第 571 页。
⑧《黄庭坚全集》，第 612 页。

黄庭坚在《东禅长老梦偈》的序言里更加详细地说明了梦与人心的关系：

> 东禅长老以《梦说》累数百言示余，余因戏以禅语问之曰："上人前日之梦，若以为有邪，则驾天之洪涛，闭户之灵室，今安在哉？若以为无邪，则向之磬折以请、抠衣而趋者果何所从来邪？若以为若有若无，则今之盱衡抵掌、对客而谈者犹梦中也。"上人无以对。①

山谷的禅语颇有乃师祖心禅师"触背关"的风采。他问东禅长老，如果说前日的梦是有的话，那么当时的场景又在哪里呢？如果说梦是无，那么梦里的种种情景又从哪里来的呢？如果说若有若无，那么梦与现实又有什么差别呢？这一下把长老给问倒了。其实山谷的意思是，梦中的场景虽是虚，但对境的心仍是有，而且正是因为有此心，才会幻出各种情景。一切都不过是唯心所现。他又用偈来说明这个道理：

> 伐木丁丁斧下鸣，隔溪便应谷中声。不因苹末微风起，漂影溪光本自明。②

伐木丁丁，谷中应声，人有种种心，便会生起种种境。但是这些不过都是心的幻象而已，应观照到心的本体是清净的。就如溪水，虽然会映照万物的影像，但是它觉照的本体是寂静的，不会因为微风的动荡而失却了明澈的观照。

他的《和斌老悟道颂》从另外一个方面说明了这个道理：

> 昔人梦中见捕逐，两手无绳元自缚。黄鹂临梦啼一声，白日当窗始知错。③

这是说，人的情绪都是妄心所化，外境来临时或喜或忧，其实这一切境界都是由内心所变现出来的。但人们却反而执着这梦幻的境界，而生喜、怒、哀、乐、恐怖等心。如玄沙师备禅师开示中所说：

> 是诸人见有险恶，见有大虫刀剑诸事逼汝身命，便生无限怕怖。如似什么？恰如世间画师一般，自画作地狱变相、作大虫刀剑了，好好

①《黄庭坚全集》，第1526页。
②《东禅长老梦偈》，《黄庭坚全集》，第1526页。
③《黄庭坚全集》，第610页。

地看了,自生怕怖。汝今诸人亦复如是,百般见有,是汝自幻出、自生怕怖,亦不是别人与汝为过。汝今欲觉此幻惑么? 但识取汝金刚眼睛。若识得,不曾教汝有纤尘可得露现。何处更有虎狼刀剑解胁吓得汝。①

所以站在禅宗的立场,其实现前这一切境界当下,都是自己的本心,只因不觉,而现出种种梦境,若能醒觉,则能知生死、涅槃本来平等寂静。

由于以梦幻观空,黄庭坚能够多次从生活的磨难中获得心灵的平静。他频频以"做梦"去对待生活的转折:"又持三十口,去作江南梦"②,"又将十六口,去作宜州梦"③。在《写真自赞》中,他描画自己的形象是"似僧有发,似俗无尘。作梦中梦,见身外身"④。

要之,黄庭坚的梦幻观有这样几个特点。在梦中时空是不真实的,是唯心所现的结果,是"假有";梦醒之后无有一物,"当时有忧乐,回首亦成无"⑤。此乃"空"。作梦观的好处是:知境不实,不动妄执;知梦即离,当下解脱。周裕锴先生在《梦幻与真如——苏、黄的禅悦倾向与其诗歌意象之关系》指出:"在苏轼的很多文学作品(包括诗、文、词)中,始终贯穿着一个鲜明的禅学主题,即人生如梦,虚幻不实。……在苏轼诗中多得不可胜数的忧生叹老、感慨人生虚幻的内容,在黄庭坚诗中极为少见。从思想渊源来看,黄庭坚接收得更多的是禅宗的心性哲学,以本心为真如,追求主体道德人格的完善,以心性的觉悟获得生死解脱,使忧患悲戚无处安身。"⑥实际上,我们通过分析可以看出,"梦幻观"恰是黄庭坚最常用的观物方式之一,如周先生所说,黄庭坚参禅目的确实是为了回归"真如自性",但其途径却经常是梦幻观,他正是用现实的虚幻来对照、显现出心性本寂的真实,从而实现对本心之回归的。

三、心性论

佛教基本教义是"苦集灭道",被称为四圣谛,即寻找人类受苦的根源

①《景德传灯录》卷一八,《大正藏》卷五一。
②《晓放汴舟》,《山谷诗集注》,第726页。
③《代书寄翠岩新禅师》,《黄庭坚全集》,第73页。
④《黄庭坚全集》,第559页。
⑤《次韵几复答予所赠三物三首》,《山谷诗集注》,第846页。
⑥《文学遗产》,2001年第3期。

以及解脱痛苦的方法和途径。而对解脱生死痛苦问题的探讨，又始终围绕着主体的精神世界的本性即心性问题来展开。在中国佛教哲学中，"心"是一个极为重要的范畴，是主体性的标志，成就佛果的关键。佛教虽然并不主张心或意识是唯一的存在，但是由于佛教的宗教实践的需要和方法论的特征，总是特别强调心的主体性、根源性和决定性的意义。中国佛教与印度佛教①有所不同，主张"众生皆能成佛"思想，大力宣扬《华严经》"心、佛及众生，是三无差别"的概念。禅宗主张"即心即佛"，认为无论众生心、佛心，其性质无异，心即是佛，如果不了解即心即佛的道理，不识自心是佛，就犹如骑驴找驴，难以成佛。所以中国佛教各个宗派都从不同的角度深入阐发人心的本质、心性的作用、意义。

　　黄庭坚在诗文中明确标举"心"的重要性，提倡"心性本净"的思想，以"返观自心"、"净心"、"无心"自修并以之勉励友人。对心的本质、作用、意义皆有清晰的表述与分析，以佛教禅宗的理论为基础，融合了儒家与老庄的部分观点，以心作为本体，衍生出修行解脱论、日用论、境界论，形成了较为系统的佛教思想。这种思想同时深刻地投射到他的诗学思想与诗歌创作中去，使他的诗歌形成了烹炼句法、理旨遥深、精选意象、志趣高洁等独特的风貌。

　　1.皎皎不受尘泥涴——心的本体论

　　临济宗义玄禅师将禅宗的特征概括为"教外别传、不立文字、直指人心、见性成佛"。黄庭坚的禅法传承来自临济宗黄龙派，祖心禅师总结自宗禅风亦是"以见性为宗"。"见性成佛"指探究、彻见心性本原，以成就佛果。

　　黄庭坚认为人的心性本来清净，是不会被污染的。修行悟道即是体认了心的本性。他在《庞道者名悟超赞》中写道：

　　　　悟道识性，超凡入圣。文殊一源，普贤万行。②

他认为如果体认了心的清净本性，也就超凡入圣了。这是所有佛菩萨修行有成就的必由之路。文殊、普贤菩萨，一表智慧，一喻大行。这两位菩萨常

---

①印度佛教认为众生心的本质是清净的，具有成佛的可能，并有依心成佛的说法。但是大乘唯识宗认为有一部分人（一阐提）断了善根，永远不能成佛。"一阐提人能否成佛"是佛教传入中国后东晋时期一个著名的研究论题。

②《黄庭坚全集》，第1514页。

侍释迦如来左右。心的本性即是佛性,体认了本性也就与文殊菩萨的般若智慧味同一源,由此也可实践普贤菩萨的万行。

如何来理解心性呢? 黄庭坚在诗文中用了很多意象和比喻来说明心性之清净无染。如《漫尉》诗中以美玉与太阳来比喻它的品德:"玉润安可涸,日光安可缁。"

他在为云门宗溥禅师开堂讲法的疏文中写道:

> 法法不隐藏,诸佛寻常出现;人人自具足,祖师所以西来。止为门外贫儿,天然外道,自无分珠宫贝阙,只认得马后驴前。要须本色衲僧,指出现前佛性。[1]

"法法不隐藏"一句使人想起当年祖心禅师让黄庭坚解悟"吾无隐乎耳"之义,所谓法身遍一切处,青青翠竹、郁郁黄花皆在说法也。而正因为清净本心——佛性人人皆具足,所以祖师们才西来传心法,教人成佛。"门外贫儿"、"天然外道"分别指心外求法与无师自悟的人,他们缺少正知见,难以成佛,只能在六道中轮回。这时就需要本色衲僧,为大众指出现前佛性。

此外,黄庭坚还特别强调心性本寂。"将心求寂,如驴觑井。以寂安心,冯老送瘿。"[2]因为本寂,所以刻意求寂就变成了有为法,有强烈的主观意识在里面,还在主客对立区分的二元世界里,这是错误的。同样的,以寂安心,也无异于头上安头、屋下架屋,是多余的。

所以从修行的角度来看,无非就是回归清净本心,"八万四千宝浮图,不如一念心清净"[3]。

2.修心境界:无心

牛头法融禅师在禅宗中首倡"无心"说。据《宗镜录》卷四五所引:

> 融大师云:镜像本无心,说镜像无心,从无心中说无心。人("说"字,衍文)有心,说人无心,从有心中说无心。有心中说无心,是末观;无心中说无心,是本观。众生计有身心,说镜像破身心;众生着镜像,说毕竟空破镜像。若知镜像毕竟空,即身心毕竟空。假名毕竟空,亦无毕竟空。若身心本无,佛道亦本无,一切法亦本无,本无亦本无。若

---

①《和州褒禅溥长老开堂疏》,《黄庭坚全集》,第1714页。

②《表弟李广心作太湖主簿于解舍中作双寂堂远来求铭》,《黄庭坚全集》,第1502页。

③《南山罗汉赞》,《黄庭坚全集》,第574页。

> 知本无亦假名,假名佛道。佛道非天生,亦不从地出。直是空心性,照世间如日。①

法融此处以般若学"无所得"和"本无"观念,以镜像为喻,论证身心毕竟空,也就是身心本无(因缘而生)。非但身心本无,连佛道、本无亦本无,表现了般若空宗彻底反对执着的精神。但是末二句"直是空心性,照世间如日",又肯定了心性空寂后所起的觉照作用,如太阳一样光明。

黄檗希运禅师对之加以发展,进一步提出:"供养十方诸佛,不如供养一个无心道人。何故?无心者,无一切心也。"②此处的"无心"是指放下一切执着。慧南禅师继承了他"无心"的理论。但有时将此称为"息心"、"一念常寂"。他在上堂说法时说:

> 道不假修,但莫污染。禅不假学,贵在息心。心息故,心心无虑。不修故,步步道场。无虑则无三界可出,不修则无菩提可求。不出不求,由(应为"犹")是教乘之说。若是衲僧,合作么生?良久云:菩萨无头空合掌,金刚无脚谩张拳。③

这一段话的意思是,禅学的要旨在于息心,使自心停止外求,使自性不受到任何染污。非但要止息妄心,连求成佛的心也要放下,才能处处都是道场。

黄庭坚也认为修心的最高境界为"无心"。他在给青城山方广院写的《求化疏》中称"经云:供养阿罗汉千人,不如供养一无心道人……如来妙语,真实不虚"④。在《大沩喆禅师真赞》中则云:"无心者来,弹指门开。"喻指只有本心清净,才能达到顿悟的境界。他以"无心万事禅,一月千江水"⑤来形容杨岐派五祖演禅师的禅学境界。放下一切执着之后,则行住坐卧,语默动静,事事皆充满禅心;就像月映千江,处处都是禅意,清静美好。山谷还以此来劝留楚金禅师"但将饭向无心椀,自有人扶折脚铛"⑥,指出只要禅师做到"无心",自然有人来扶持道场。其《十六罗汉赞》云:

---

① 《大正藏》卷四八。
② 《黄檗山断际禅师传心法要》,《大正藏》卷四八。
③ 《大正藏》卷四七。
④ 此语亦是黄檗希运禅师所说,见《青城山方广院求化疏》,《黄庭坚全集》,第 1717 页。
⑤ 《五祖演禅师真赞》,《黄庭坚全集》,第 583 页。
⑥ 《奉留楚金长老》,《黄庭坚全集》,第 1527 页。

持轴山中大慈圣，普应诸供作佛事。虽设大铃金刚杵，如世休马
櫜弓矢。

龙女来献九渊珠，无心奉施无心受。清净之众见寻常，相视还如
土木偶。①

龙女献珠、菩萨应供，皆是无心，清净之众相见，无任何俗套，彼此相视如土
木，没有任何情见。

不仅修禅如此，在黄庭坚的现实生活中，这也是他处世的信条之一。
他以"胸中有度择人，事上无心活身"②勉励高子勉，"事上无心"典出《景德
传灯录》卷一五德山语："汝但无事于心，无心于事，则虚而灵，空而妙。"指
遇事时随缘而不执着。

3.心佛不二

中国佛教多数派别认为众生都能成佛，而"心、佛及众生，是三无差
别"，这是《华严经》的重要思想，又被禅宗所用，形成"心即是佛"的观点。
黄檗希运说："诸佛与一切众生，唯是一心。……唯此一心即是佛……此心
即是佛，佛即是众生。"③强调此心是本源之心，是心本体，众生若能直下体
悟此心，当即是佛。希运弟子、临济宗创始人义玄进一步说，一念心上清净
即是佛，如此每一念心上都清净不染，"心心不异，名之活祖"④。这是强调
众生日常的清净心，就是真正的祖师、真正的佛，从而最充分地肯定了人类
的主体价值。心佛众生一体，心即是佛，这是众生成佛解脱的可能性。黄
庭坚在《观世音赞》里写道：

众生堕八难，身心俱丧失。惟有一念在，能呼观世音。火坑与刀
山，猛兽诸毒药。众苦萃一身，呼者常不痛。何用呼菩萨，当自救痛
者，不烦观音力。众生以二故，一身受众苦。若能真不二，则是观世
音。八万四千人，同时俱起救。⑤

在中国佛教传统中，尤其是世俗信仰层面，观世音菩萨是充满慈悲的、到处

①《黄庭坚全集》，第574页。
②《再用前韵赠子勉四首》，《山谷诗集注》，第396页。
③《黄檗山断际禅师传心法要》，《大正藏》卷四八。
④《镇州临济慧照禅师语录》，《大正藏》卷四七。
⑤《黄庭坚全集》，第571页。

救苦救难的菩萨,是信众外在的依怙。宋代的观音信仰很盛,供奉观音菩萨的地方极多,苏、黄的诗歌中有多篇是为信徒的观音像写的赞颂。一般信众都习惯于在有灾难时向菩萨求助,包括苏轼在渡海时,也敬设斋僧,向菩萨乞求护佑。而黄庭坚此处却点出:不用呼唤菩萨,而当自救,不用外求观音的力量。因为众生认为自己与佛菩萨是对立的,不能直下认可自己的佛性,所以在世间遭受身心诸苦。如果能体认佛性,透彻认识到众生与佛不二,那么自己就是观世音。假如每个人都能自做观音,那么所有的人也就同时起救了。

4.走出迷失

禅宗认为"心即是佛",所以要想成佛,不用外求,如能返心内求,直下承担,便可作佛。但众生并不明白这个道理,一心向外驰求。对此,常用"骑驴找驴"、"头上安头"来作比喻。黄庭坚在《沙弥文信大悲颂》中云:

> 通身是眼,不见自己。欲见自己,频掣驴耳。通身是手,不解著鞭。白牛懒惰,空打车辕。通身是佛,顶戴弥陀。头上安头,笑杀涪幡。[1]

"通身是眼"意谓众生具有觉知与自觉的本能,但由于不会返观,所以不能够正确地认识自我。想认识自己的时候,反而从他物上下手。"通身是手",指浑身上下都有解脱的方法,如《楞严经》中所述,只要掌握正确的观照方法,从每个感官的觉受上都可以获得圆通法门。但是众生在牛车不前的时候,不去鞭牛,反而击打车辕,在心外求法。"通身是佛",众生不知道自己就有佛性,自己就是佛,而要顶戴弥陀,向外崇拜偶像,无异于头上安头,真是非常可笑。通篇的意思是要学人向内用功,心上着力。

他在和黄斌老的悟道颂时言:

> 终日忙忙本圆觉,只为魔强令法弱。不疑更问决疑龟,无病还求除病药。[2]

终日忙碌而感身心疲累,这是因为心魔强大,使正知见的力量削弱了。治疗的方法不是去魔,而是观照到自性本来圆觉。"圆觉"指圆满的灵觉,是

---

[1]《黄庭坚全集》,第604页。
[2]《和斌老悟道颂》,《黄庭坚全集》,第610页。

众生本自具有的。《圆觉经》曰："善男子！无上法王有大陀罗尼门，名为圆觉。流出一切清净、真如、菩提、涅槃及波罗蜜，教授菩萨。"又曰："善男子！圆觉净性，现于身心，随类各应。"①《圆觉经大疏序》载："统众德而大备，烁群昏而独照，故曰圆觉。其实一心也，背之则凡，顺之则圣；迷之则生死始，悟之则轮回息。……终日圆觉而未尝圆觉者，凡夫也，欲证圆觉而未极圆觉者，菩萨也，具足圆觉而住持圆觉者，如来也。"②本来有本觉之功能，反而要向外问疑，正如本来无病，却到处求治病之方。其《赠刘静翁颂四首》中的一首说的也是这个道理："念念皆空更莫疑，心王本自绝多知。艰勤长向途中觅，掉却甜桃摘醋梨。"③希望人们勿向外觅，自归本心。

四、随缘任运的生活态度

般若空观有着双向的意味，一是"色即是空"，另一面则是"空即是色"。般若空并不是枯木寒灰式的空，灭尽妄念之后，尚须显示真空的妙用。正因为一切事物都是空性的，所以才有无穷的变化。由于真空，才恰恰有鸢飞鱼跃的生机气象，才有枯木生花，春意盎然的生命感动；真空不是死寂一片，而是苏轼所说的"空故纳万境"。禅宗认为，体会到了空性，人就可以打破先前经验与知识的束缚，心灵变得更加开放，对世界的认知将是全面的、新鲜的、活泼泼的。在此基础上，深达缘起，善识物机，就能够把清净心、空性的智慧运用到生活的每一个方面，巧把尘劳做佛事，利用种种事物来度化众生，这就是"繁兴大用"。《宝藏论·离微体净品》亦云："又离者涅槃，微者般若。般若故繁兴大用，涅槃故寂灭无余。无余故烦恼永尽，大用故圣化无穷。"④黄庭坚在《与分宁萧宰书》中写道：

> 昨承再请新公住云岩，复留清公西堂坐夏。……公开此法缘，所谓不烦绳削而自合者也。现前无量皆宗于此：彻底唯空。虽复彻底唯空，大用繁兴，无不重规叠矩。⑤

---

①《大正藏》卷一七。

②〔唐〕宗密：《圆觉经大疏》卷一，《续藏经》第 9 册。

③《黄庭坚全集》，第 600 页。

④《大正藏》卷四五。《宝藏论》传为僧肇所作，汤用彤认为"此论为中唐以后，妄人取当时流行禅宗及道教理论凑成，托名僧肇"(《汉魏两晋南北朝佛教史》第十章)。黄庭坚曾将此论送给杨明叔，让他试读，见《与明叔同年书》，《黄庭坚全集》，第 2282 页。

⑤《黄庭坚全集》，第 1759 页。

他认为虽然现实一切——包括弘法利生都是彻底唯空，但是，要在此基础上大用繁兴，多做佛事。不过，这是一种在空性智慧观照下进行的事业。

山谷的朋友李次翁是一个勤于问学，注重精神修养的人，山谷在《赠别李次翁》诗中引导他说，仅仅像莲花那样处水超然，做到自我的完善是不够的，"能如斯莲，汔可小康"，还要学会在现实生活中运用禅心，"观物慈哀，涖民爱庄"，建功立业，但不执着，"成功万年，付之面墙"。这既是大乘精神的体现，又是般若大用的必然。

花光山仲仁禅师是山谷的好朋友，善画梅，山谷在《书赠花光仁老》赞扬他的画作是般若的体现，是度众生的手段：

> 乃知大般若手，能以世间种种之物而作佛事，度诸有情。于此荐得，一枝一叶，一点一画，皆是老和尚鼻孔也。①

从对禅宗修行的指导意义上来看，色空相即导向了即俗而真、悲智双运的禅修方向。与以前佛教教义不同，禅宗，尤其是到中唐的洪州禅之后，讲求"平常心是道"，"道在日用"，这种观念对士大夫的生活态度影响颇深，他们不用到远离人群的山林去过苦修的生活，而是在日常生活中就能获得解脱。于是，他们以超脱、轻松甚至带一点戏谑的心对日常生活进行了审美观照，以俗为雅，过着艺术化、审美化的生活。

在般若空观与心性论思想的基础上，黄庭坚形成了随缘任运、"平常心是道"的人生态度。《柳闳展如子瞻甥也其才德甚美有意于学故以桃李不言下自成蹊八字作诗赠之》一诗里描写了"平常心是道"的境界。

> 霜威能折绵，风力欲冰酒。勤子来访道，栩然我何有。寝兴与时俱，由我屈伸肘。饭羹自知味，如此是道不。②

"平常心是道"之说起于马祖道一。据《景德传灯录》卷二八记载：

> （马祖）一日示众云：道不用修，但莫污染。何为污染？但有生死心，造作趋向皆是污染。若欲直会其道，平常心是道。何谓平常心？无造作，无是非，无取舍，无断常，无凡圣，故经云："非凡夫行，非圣贤

①《黄庭坚全集》，第 1589 页。
②《山谷诗集注》，第 119 页。

行，是菩萨行。"只如今行住坐卧、应机接物尽是道。①

"平常心"并不是一般人平时用的心意，而是去除了造作，泯灭了是非、取舍、断常、凡圣这些二元对立观念之后的心，这种境界是人的真心，也就是佛性。达到这种境界之后，人的一切行为"行住坐卧、应机接物"，就都合道了。另一种意思是修道的重点并不在于外在的形式，而是要去除染污的心，把握住了这个重心，在现实的一切行为中都可以修道，都可以体会到道的境界。

"寝兴"二句还隐含着"饥来吃饭困来眠"的意思，源自唐代大珠慧海禅师的《顿悟要门》，其文曰：

> 有源律师来问："和尚修道，还用功否？"师（大珠慧海）曰："用功。"曰："如何用功？"师曰："饥来吃饭，困来即眠。"曰："一切人总如是，同师用功否？"师曰："不同。"曰："何故不同？"师曰："他吃饭时不肯吃饭，百种须索；睡时不肯睡，千般计较。"律师遂缄其口。②

这种"用功"同"平常心"一样，着力在生活中体悟清净心，任运逍遥，随缘放旷，过着一种禅意生活。山谷的《题默轩和遵老》诗也描写了这种自在的生活。诗云：

> 平生三业净，在俗亦超然。佛事一盂饭，横眠不学禅。松风佳客共，茶梦小僧圆。漫续山家颂，非诗莫浪传。③

《戏答陈季常寄黄州山中连理松枝二首》进一步表达了这种思想。第一首诗先描写老松连理的表相：

> 故人折松寄千里，想听万壑风泉音。谁言五鬣苍烟面，犹作人间儿女心。

第二首诗意陡转，从表相推出实质：

> 老松连枝亦偶然，红紫事退独参天。金沙滩头锁子骨，不妨随俗

---

① 《大正藏》卷五一。
② 《续藏经》第 80 册。
③ 《山谷诗集注》，第 440 页。

暂婵娟。①

"金沙滩头"用的是马郎妇②的典故,谓连枝不过是偶然现象,是随俗应化
之举。用典奇巧,出人意表,可谓"反常合道"之作,也表明了自己在佛教大
乘思想影响下所形成的生活理念。这种理念之生成除了与大乘经典的流
行相关,也与当时的佛教风气讲求"真俗不二"有联系。永明延寿提出:"本
末一际,凡圣同源。不坏俗而标真;不离真而立俗。"圆悟克勤禅师进一步
提出:"佛法即是世法,世法即是佛法。"③

　　黄庭坚在《与王子飞书》中说:"人固与忧乐俱生者也,于其中有简择取
舍,以至于六凿相攘,日寻干戈。古之学道,深探其本,以无净三昧治之,所
以万事随缘是安乐法。读书万卷,谈道如悬河而不知此,所谓书肆说铃
耳。"④他希望过一种自在潇洒的生活,但这种生活方式不是坐等外在环境
的赐予,而是在清净心的映照下,从心所欲不逾矩,面对逆境而不受干扰,
能够"八风吹得行,处处是日用"(《代书寄翠岩新禅师》⑤),过一种任性逍
遥、高雅的生活,将生活审美化。所以他的诗中有很多忘却世俗、欣赏生
活、富有情趣的内容,如赏花、品茶、尝酒、和香、调药、书画、游览等等。

第四节　从黄庭坚看儒释道对宋代士大夫人格建构的影响

　　宋代是儒释道思想文化高度融合的时期,三家思想相互补益、相互推
动,共同造就了文化的繁荣。陈寅恪先生曾说,中国文化"历数千年之演
进,造极于赵宋之世",认为宋代文化是中国文化发展史上的一个颠峰。在

---

①《山谷诗集注》,第 226 页。
②马郎妇,观世音也。元和十二年,菩萨大慈悲力欲化陕右,示现为美女子,乃之其所。人见其姿
　貌风韵欲求为配。女曰:我亦欲有归,但一夕能诵《普门品》者事之。黎明彻诵者二十辈。女曰:
　女子一身岂能配众,可诵《金刚经》。至旦通者犹十数人,女复不然。其请更授以《法华经》七卷,
　约三日通达期。独马氏子能通经。女令具礼成姻,马氏迎之。女曰:"适体中不佳,俟少安相
　见。"客未散而女死,乃即坏烂葬之。数日有老僧,仗锡谒马氏,问女所由。马氏引之葬所,僧以
　锡拨之,尸已化,唯黄金锁子之骨存焉。僧锡挑骨谓众曰:"此圣者,悯汝等障重,故垂方便化汝
　耳,宜善思因免堕苦海。"语已飞空而去。自此陕右奉佛者众。泉州粲和尚赞曰:"丰姿窈窕鬓欹
　斜,赚杀郎君念法华。一把骨头挑去后,不知明月落谁家。"(《释氏稽古略》,《大正藏》卷四九)
③《圆悟佛果禅师语录》卷五,《大正藏》卷四七。
④《与王子飞》,《黄庭坚全集》,第 1373 页。
⑤《山谷诗集注》,第 487 页。

这样的背景下,宋代产生了不少文化大家,如王安石、欧阳修、程颐、程颢、苏轼、朱熹等,灿若星辰,黄庭坚也是其中的一位,他在哲学、史学、文学、书画等领域均有卓越建树,对后世影响深远。黄庭坚的佛禅思想虽自有体系,但其与儒家、道家思想又多有融合,建构了富有特色的价值观。

一、黄庭坚的儒学渊源与思想特点

黄庭坚少习儒业。儒学复兴是宋代文化的重要特色。宋初几位君主均推崇儒学,确立了重视发挥儒者文士作用的治国方略。在儒者文士社会政治地位普遍提升的背景下,"以天下为己任"遂成为其时士人的群体意识。士人往往以道义相激,积极秉承与实践"儒者在本朝则美政,在下位则美俗"(《荀子·儒效》)的传统,士风大为振作。

在儒学复兴的大背景下,黄庭坚的几位老师对他进行道德教育,这给他的一生带来深刻的影响。他少时父亲早逝,跟随在舅父李常(字公择)身边求学问道,公择也对之期许甚高。他在《再和公择舅氏杂言》一诗中充满感激地诉说了公择对他儒学和道义上的熏陶:

> 外家有金玉我躬之道术,有衣食我家之德心。使我蝉蜕俗学之市,乌哺仁人之林。养生事亲汔师古,炊玉爨桂能至今。岁暮三十裘,食口三百指。寒不缉江南之落毛,饥不拾狙公之橡子。平生荆鸡化黄鹄,今日江鸥作樊雉。人言无忌似牢之,挽入书林觑文字。更蒙著鞭翰墨场,赠研水苍珪玉方。①

黄庭坚认为,李公择不仅给少时丧父的自己以生活上的接济,更重要的是还以道术陶冶他的心灵,这样才使自己不至于被"俗学"所沾染,进入求仁之士的行列,向古人学习"养生事亲"之举,注重道德修养,在寒饿之中也不改气节。黄庭坚在跟随李常游学淮南时还得到了孙觉的赏识,并成为他的女婿。李常与孙觉是好友,人生志趣与政治观点皆比较一致。"道德文章,亲承讲画。有防有范,至今为则。"②后来黄庭坚通过岳父结识苏轼,元祐年间同为馆臣,交往密切,对苏轼终生执弟子礼,成为苏门四学士之一,苏轼的道德文章均让山谷钦服不已。

---

① 《山谷诗集注》,第 980 页。
② 《祭外舅孙莘老文》,《黄庭坚全集》,第 1730 页。

　　李常、孙觉、苏轼，虽然性格个性不同，但黄庭坚从他们身上却总结出了一些共同的品质特点，表现了他的价值观念。如李常祭文中的"内行纯明，不缺不疵。临民孝慈，来歌去思。其在朝廷，如圭如璧。忠以谋国，不沽小直。熙宁元祐，言有刚柔，公心如一，成以好谋"[①]；叔父黄廉，庭坚评价他："忠信足以感欺匿，和裕足以谐怨争……孝弟达于草木，勤劳载于朝廷。"[②]其《祭外舅孙莘老文》中言："孝友蒸蒸，内行玉雪。律贪敦薄，无有玷缺。心醉六经，仕则面墙。……元祐初政，公又大谏。不忮不侵，体国而论。……我初知书，许以远器。馆我甥室，饮食教诲。道德文章，亲承讲画。有防有范，至今为则。"统合起来而言，有这样一些品德最为黄庭坚所看重：注重道德修养，胸中有道义，固守气节，不为名利所诱，不为世俗所染；在朝廷之上，凡事以国家利益为重，不顾惜自身安危，忠言上谏；在地方官任上，就是"观物慈哀，莅民爱庄"。在家庭之内，则是孝悌。他在给外甥洪驹父的信中写道：

> 学问文章，如甥才器笔力，当求配于古人，勿以贤于流俗遂自足也。然孝友忠信，是此物之根本，极当加意，养以敦厚醇粹，使根深蒂固，然后枝叶茂尔。[③]

他接受了李常等的教育，始终把"道德"放在学问、文章之前，认为"孝友忠信"等儒家道德是根本，学问文章则是枝叶，一定要加意涵养。

　　黄庭坚在这样的师友环境下朝夕熏染，潜心六经，博通儒术。在儒学的学习中，他深受宋学（此处是泛义的宋学，而非新儒学或理学）注重义理之学的思潮影响，以自己的理解撰写了《论语断篇》《孟子断篇》等文，解说儒学之义。他反对汉学那种章句训诂之学，而希望学者反诸己身，以自心去体悟圣人之心，提高道德修养。他在写给潘子真的信中说：

> 经术者，所以使人知所向也。博学而详说之，极支离以趋简易，此观书之术也。博学者，所以使人知道里之曲折也夫？然后载司南以适四方而不迷，怀道鉴以对万物而不惑。曾子曰："尊其所闻，则高明矣；行其所知，则光大矣。"闻道也，不以养口耳之间，而养心，可谓尊其所

①《祭舅氏李公择文》，《黄庭坚全集》，第 800 页。
②《祭叔父给事文》，《黄庭坚全集》，第 799 页。
③《答洪驹父书》，《黄庭坚全集》，第 473 页。

闻矣。在父之侧,则愿如舜、文王;在兄弟之间,则愿如伯夷、季子,可谓行其所知矣。欲速成,患人不知,好与不已若者处,贤于俗人则可矣,此学者之深病也。斋心服形,静而后求诸己,若无此四病者则善矣。①

当时人学习经术的目的与方法殊有差异,有的人是为了做学问,有的人是为了求名利,将之作为加官进爵的工具。总而言之,是把它工具化了。但山谷指出,学习经术的目的在于树立一种标准来把握人生方向——"怀道鉴以对万物而不惑",闻道是为了"养心",涵养自己的道德修养,并将之化为具体的实践——践履忠孝之道。

那么,道德的根源在哪里?人通过什么途径才能涵养道德之心?黄庭坚在给朋友后学的书信中表达了他的思考和观点:

学问之本,以自见其性为难。诚见其性,坐则伏于几,立则垂于绅,饮则列于尊彝,食则开于笾豆,升车则鸾和与之言,奏乐则钟鼓为之说。故见己者,无适而不当。至于世俗之事,随人有工拙者,君子虽欲尽心,夫有所不暇。②

道行不加,穷处不病,此之谓性。由思入睿,由睿入觉,此之谓学。性则圣质,学则圣功。谓予不能,倒戈自攻。天下求师,四海取友。道立德尊,宗吾性有。③

他认为,道德是人本性里具有的,凡圣同质,人只要通过学习,找回本性,就能成贤作圣。道德是人的本性,所以不可能外求。只有自己通过思考、明达其理,最后觉悟到本性,才会"无适而不当",言语举止一一符合"礼"的规范。

但是儒家的心性之学还不够系统严谨。《孟子》只是提出了"反求诸己"、"尽心知性"这样一个大致的方向,如何做到"尽心"、"知性",具体修养方式为何,而"尽心知性"又是怎样的终极境界,并未有详细论述,仅有一些"反身"、"思诚"的提法。张岂之先生主编的《中国思想史》中指出:"虽然

---

① 《与潘子真书》,《黄庭坚全集》,第481页。
② 《与秦少章觐书》,《黄庭坚全集》,第483页。
③ 《王子舟所性斋铭》,《黄庭坚全集》,第534页。

儒学的兴盛成为潮流,但佛教、道教的影响却未明显减弱……佛教和道教都有比较完备的思辩哲学的体系和较深的理论思维,它们对于宇宙本质、万物变迁、人心人性、善恶报应等问题的论说,都在高度抽象的概念中展开。……相形之下,儒学则显得粗疏,无论是对天道变化、宇宙生成的解释,还是对君臣父子、尊卑上下的论证,都比较直观、通俗,缺乏系统的理论和高深的思辩。"①所以张东荪先生说:"弟以为反身、思诚等,在孔孟本人或有此种体验,但当时并未厘为固定之修养方法。自宋明诸儒出,有见于禅修,乃应用印度传统之瑜伽方法,从事于内省,遂得一种境界。"②儒学的"心"还不是本体论意义上的范畴,明确赋予心以本体意义的是佛教。可以说,当时的儒学在本体论的阐发与实修方法上,都需要进一步发展与完善,与佛教相对比较系统而精微的理论抗衡,以稳固自身在意识形态上的统治地位。黄庭坚想要把外在的道德规范内化为主体内心的道德自觉,而这种道德自觉是通过对道的本体之体认而建立起来的。而人如何去体认道的本体呢? 只有通过自己的心——这就很自然地把一切道德修养引向了心性之学。黄宝华先生在《黄庭坚评传》中指出:"(黄庭坚)还是一位卓有建树的思想家,他提出了以心性论为核心的道德伦理学说。在宋代新儒学的发轫期他就能以心性论为契机改造传统儒学,对新儒学的形成作出了贡献。③"笔者认为黄先生的评论是很准确的,确实,心性论是黄庭坚思想的核心,而且在具体的道德实践中,他也是很显著地以佛禅的心性思想去弥补儒学的不足之处。

二、黄庭坚对庄禅心性思想的吸收

　　黄庭坚认为儒家思想"陋乎知人心"④,在心性理论方面存在着明显不足。而佛教将心的本质、修心的方法讲得很透彻,如果文人士大夫能够借鉴佛教修心的方法,那么就更容易体悟圣贤之心,进步就会更大。在《跋双林心王铭》中,黄庭坚指出,学人如果能从《心王铭》中领悟心的本质,并且

---

① 张岂之主编:《中国思想史》,西北大学出版社,1989 年,第 633 页。
② 转引自熊十力:《论科学真理与玄学真理》,郭齐勇编:《现代新儒学的根基》,中国广播电视出版社,1996 年,第 261 页。
③ 黄宝华:《黄庭坚评传》,南京大学出版社,1998 年,第 1 页。
④《宛丘怀居士墓表》,《黄庭坚全集》,第 1380 页。

以此心来读《论语》,那么就"如啖炙,自知味矣"。他甚至提出:"不识心而云解《论语》章句,吾不信也。"①在《与胡少汲书》中,他也说:"聪老尤喜接高明士大夫,渠开卷论说,便穿得诸儒鼻孔。若于义理得宗趣,却观旧所读书,境界廓然,六通四辟,极少心力也。"②充分肯定了佛禅在修心方法上的优势。

黄庭坚认为儒、佛二教的现实教化功能是不同的,六经是"致治之成法",用以治世,而佛教是治心法,可以成为王者之治的有益补充:

> ……然天下之善人少,不善人常多。王者之刑赏以治其外,佛者之祸福以治其内,则于世教岂小补哉!③

国家的刑罚奖赏用以约束人的外在行为,而佛教的因果之论(祸福)可以在民众内心策动自律,让他们止恶向善。所以他认为王者以刑赏法律治理社会,佛教以因果祸福之道理来教化人心,儒释互补、内外兼治,就可以使天下太平。

尽管黄庭坚认为儒、佛二家没有根本性的冲突,但是他对儒家思想的缺陷与后世儒士的流弊还是有着清醒的认识的。鉴于儒学在心性学说方面的不够完善,他以心性论思想对儒家的伦理道德进行了充实。具体到修心的技术层面上,他是以禅宗黄龙派的参禅手段为禅修方法,打破疑情,体悟到心是幻法,勘破心念的虚幻,体会到心性本体(真如)清净、寂静的特质的④。可以说,他用明心见性的禅修手段补充了儒家"尽心知性"在方法论上的不足。

在禅宗看来,人一旦回归自心,找到心性的本来,就不会再被烦恼所困,被外境所干扰,获得了心灵上的自由与精神上的超越。黄庭坚在给尚书胡少汲的书信里就指出"照破生死之根,则忧思淫怒,无处安脚"。这里的"生死之根"是指"我执",佛教认为,人之所以轮回生死,是因为有我执,去除了我执,一切的烦恼便无处安脚。

他在《与王周彦书》中言:

---

① 《黄庭坚全集》,第 649 页。
② 《胡少汲书》,《黄庭坚全集》,第 476 页。
③ 《江陵府承天禅院塔记》,《黄庭坚全集》,第 1488 页。
④ 详见拙文《"心是幻法"与"自见其性"黄庭坚对佛教般若思想的吸收及其禅观实践》,《中国文化研究》,2009 年第 2 期。

　　　　某久为病苦，养成疏简，经岁静坐，性复神存，为日已深，自有见
　　处。回观昔日举动皆非，更视人间，诚为可笑。凡人性各有妙用也，一
　　得其妙，则通深远到，无所不明，前世君子所恃以为荣也。且天地万物
　　之美，人之所恃为尊荣富贵者，皆可空也，不足有，而人之妄胜也。妄
　　灭则真存，存而后知其不足有也。经所载，皆有圣人修行之说，而世所
　　不察，专以富贵为荣，则人亦止此而已矣。①

可见，他正是通过静坐，找到了心性的本来面目，去妄存真，从人的真性入
手再来观察妄心，就知道它的不值得保有了。随之更为彻底地祛除了尊荣
富贵之心，视穷通为一如。所以才能真正做到君子固穷，随处安乐。

　　青年时期，黄庭坚还受到朋友黄几复的启发，研读了《老子》和《庄子》，
颇有心得，并撰写了《老子注解》(仅存一篇)和《庄子内篇论》。其《庄子内
篇论》曰："庄周内书七篇，法度甚严。彼鹍鹏之大，鸠鷃之细，均为有累于
物而不能逍遥，唯体道者乃能逍遥耳，故作《逍遥游》。"②体道者的特征是
无累于物，"物物而不物于物"。其《致政王殿丞逍遥亭》又申明此意："逍遥
如何，一蛇一龙。以无为当有，以守雌为雄。与物无对，无内无外。与民成
功，有物有对。左肘生杨观物化，右臂为鸡即时夜。"③这是一种"与时俱
化，而无肯专为"(《庄子·山木》)的状态。顺应时机，内在寂静，心不执着，
应对万境。他在《才季弟诸子字说》里说：

　　　　昔者庄周梦为蝴蝶，栩栩然，自谕适志与，不知周之梦为蝴蝶，蝴
　　蝶之梦为周。善学者独立于万物之原而物化，则梦富贵而我由是也，
　　梦贫贱而我由是也，一以梦观之，则喜怒无所关也。④

这是沿袭了支道林与僧肇以佛解庄的传统，将庄子与佛教的最高境界进行
了统合。逍遥游是庄子哲学所要达到的最高境界，是摆脱一切束缚的绝对
自由。黄庭坚把庄子的物化思想与佛教的般若空观结合起来，把"逍遥"义
理解为无累于物，超尘拔俗，与道合一，心不执着的般若境界。他还经常用
"九万里则风斯在下矣"比喻佛教超越对待、无所依傍的毕竟空境界。其

---

①《黄庭坚全集》，第 1838 页。
②《黄庭坚全集》，第 508 页。
③《黄庭坚全集》，第 1231 页。
④《黄庭坚全集》，第 1529 页。

《黄龙南禅师真赞》里以鲲化为鹏的过程形容修道的次第："乃有北溟之鲲，揭海生尘。以长觜鸟啄其心肝肺，乃退藏于密。待其化而为鹘，与之羽翼，九万里则风斯在下矣。自为炉而熔凡圣之铜，乃将图南也。道不虚行，是谓无功之功。"①

如果实现了精神上的自由，人就不会为外物所累，为外境所动。黄庭坚经常用庄子"朝三暮四"典故，说明人随外境变化而起伏的心态。如："朝四与暮三，适为狙公玩。臭腐暂神奇，暗噎即飘散"②，"狙公七芧富贵天，喜四怒三俱可怜"③，等等。他认为外物、外境的变化不过就像狙公赋芧，朝三暮四，情境虽异，实质相同耳。所以面对外境时要不嗔不喜，无取无舍，荣枯随时。这是庄子的"安时处顺"，也是佛教的"以心转物"。黄庭坚为佛庄二家在这里找到了契合之点。

三、统合三教，人格圆融

黄庭坚命运多舛，一生坎坷，少年失怙，中年仕途不顺，后又卷入党争，晚年贬谪边地，穷病交加。面对外境的变化，他分外需要一种精神的支撑。所以佛禅和老庄不仅对他有理论上的吸引力，更重要的是，他需要从中寻求消解人生痛苦的良药，以铸就一种不拘进退、圆融无碍的人生态度。他通过参禅而明心，去除我执，认识到真正的心性是不会受到污染的。他在诗歌中用很多意象表达了对心性特质的认识，如雪"皎皎不受尘泥涴"④，如月"黄流不解涴明月"⑤，如金石在激流里不被动摇，如翠竹于荣枯中不受影响，形成了一组富有特色的意象群。正因为内心里有了这种坚定，才可以与世浮沉、游戏三昧。他在《答王子厚书》中自明心迹：

> 古之人不从流俗之波，自放于深山穷谷，非为山川之美与不交世事无忧患而已。盖欲深明己事，开百圣而不愧，质鬼神而无疑，故于彼有所不愿耳。⑥

---

①《黄庭坚全集》，第583页。
②见子瞻粲字韵诗和答三人四返不困而愈崛奇辄次韵寄彭门三首》，《黄庭坚全集》，第911页。
③《浔阳江口阻风三日》，《山谷诗集注》，第1146页。
④《宣九家赋雪》，《山谷诗集注》，第1185页。
⑤《汴岸置酒赠黄十七》，《山谷诗集注》，第724页。
⑥《答王子厚书》，《黄庭坚全集》，第1761页。

在他看来,古人的隐居并不是为了山川之美与不交世事,而是为了追求心性的完善与高尚的心灵境界。归隐并非得道,而入世也未必不能解脱,关键是在心灵是否执着。

他在《赠送张叔和》中用养生四印"忍、默、平、直"告语叔和:

> 我提养生之四印,君家所有更赠君。百战百胜不如一忍,万言万当不如一默。无可简择眼界平,不藏秋毫心地直。我肱三折得此医,自觉两踵生光辉。团蒲日静鸟吟时,炉熏一炷试观之。[①]

"忍默平直"也是黄庭坚自己的处世之道,是他在北宋严峻的政治形势下进行自我调整并渐渐成熟起来的人生态度。这实际上结合了儒、庄、佛的思想内涵。黄庭坚由于孝养母亲、养活家庭等情况不能不入世,而且他初期是抱着相当积极的态度来入世,在几任官职上,他综合了儒家仁政思想、佛家慈悲教旨与道家无为而治(在当时的表现是不给人民带来太多负担)的观念,形成了勤政爱民、恪尽职守、有所作为、誓作砥柱的入世态度,这是他的立身之本。但是做官这么多年,经历了新旧党争的种种政治风波,不但打消了他想有所作为的理想,还让他时时有一种不安全感,庄子全身避祸的观念在他思想中始终敲着警钟。再加上他的天性本身就喜欢自由闲远的生活,时时向往着江湖归去,所以他积极入世的理想蜕变成了一种与世周旋的态度,在不触犯"大节"(道义、气节)的情况下,他还是和光同尘的。这时"忍、默、平",对外就成了他与世浮沉、"不犯世故之锋"的全身手段,而对内则是他消解内心矛盾、保持平和心态的秘方。佛教有忍辱波罗蜜,"无可简择"是指以对境时无好恶之心。这些都给黄庭坚处理内心不平之气提供了理论依据。佛禅的"平常心是道"、"真俗不二"、"烦恼即菩提"等思想也给他安于现实并在生活中培养超然的心态提供了精神资源。不过,虽然外在的际遇可作随缘看待,灵活处理,但作为一位甘当砥柱、以金石不移、青松立节自比的儒士,黄庭坚内心里是时时抱持着"道义"、"气节"等大的是非原则的,这些是不可动摇的:

> 接人高下但唯唯,笑语相随不作难。此翁胸次有泾渭,事不可处执如山。[②]

---

① 《山谷诗集注》,第 109 页。
② 《书蔡秀才屏风颂四首》,《黄庭坚全集》,第 615 页。

儒家的持节在黄庭坚的心中又与佛家的"直心"统合到了一起。佛教的"直心"指质直而无谄曲之心。如《维摩诘经》中所说"直心是道场"、"直心是菩萨净土",即指其不虚假;《楞严经》又对"直心"作出了进一步的解释:"十方如来同一道故,出离生死,皆以直心。"僧肇解释说,直心者,谓质直无谄,此心乃是万行之本。此外,直心还有始终如一,不改初心之义。所以这与黄庭坚所强调的内心要泾渭分明与"临大节则不可夺"的意义相通。这样,我们就可以理解,在黄庭坚的眼中,一个有鲲鹏之志、进取有为的功臣形象居然可以与"云水僧"的淡然气质和谐地统合到一个人身上。他在送别张商英《送张天觉得登字》诗中写道:

> 张侯起巴渝,翼若垂天鹏。历诋汉诸公,霜风拂觚棱。去国行万里,淡如云水僧。……公家有闲日,禅窟问香灯。因来叙行李,斩寄老崖藤。①

张商英字天觉,号无尽居士,蜀州新津人,为人负气倜傥,豪视一世。初不信佛,欲著《无佛论》,被夫人向氏阻止。后偶见《维摩诘经》,熟读后,悚然折服,遂深信佛法,成为著名的大居士与佛教的重要外护。

　　佛、儒、道互融的结果,使黄庭坚的思想更加圆融,在出处之间有了更多的回旋余地,处世态度也更加自在。在入仕初期,他归隐的思想还很明显。随着佛教大乘精神与"不二"思想的熏习,他对出世和入世不再执着,而是注重在日常生活中体会超脱的精神境界。由于佛、道思想的影响,他更强调知行合一,着重从净化内心、明见心性的角度去体悟圣贤之心,而不仅仅是做一个拘拘于礼节的循吏。佛道思想的渗入,还使他在入世时保持了清醒与超然的姿态。审时度势,安时处顺,以时势的沉浮作为自己进退的前提,是谓:"君子藏器,待时盘桓。于不中也,反身自观。"②在建功立业时不执着于功名——"成功万年,付之面墙";身处逆境时,也反身自观,去除烦恼。这里需要指出的是,由于佛禅在心性修养理论与修持方法上的完备,黄庭坚更多的是用禅宗的观照方法来达到一种无我的状态,斩断对自我的执着,"无死地以受众人之弹射"③,从根本上对治烦恼痛苦,从而获得

---

① 《山谷诗集注》,第194页。
② 《晋州州学斋堂铭》之《君子亭》,《黄庭坚全集》,第531页。
③ 《答人求学书》,《黄庭坚全集》,第1856页。

一种自由超脱的精神境界。

宋代是儒释道三家思想高度融合的时代。在黄庭坚的师友辈中,李公择这样的儒士醉心禅悦;祖心、死心、惟清等禅师又兼通儒术。而黄庭坚所处的时代,正是理学思想勃兴时期,理学体系在二程的努力下开始逐步建立。理学借鉴了佛、道二家的本体论与佛家的心性论,极大地丰富了儒家思想,使其思想体系更加完善。实际上,黄庭坚是处在儒家思想融佛入儒与佛家以佛合儒两种思想的"合流"之处。在这样一个儒释道思想互动的时代背景下,黄庭坚形成融合三家的思想就是很自然的事了。

李春青先生指出:"宋代士人不仅从传统儒家文化中承继了基本的人格精神,而且广采博文,于老庄佛释之学中大量汲取了精神营养,从而建构起一种新型的人格结构。这种人格结构与汉唐士人根本不同之处在于:汉唐士人的人格结构基本是二维的——或进,或退,或仕,或隐,或以天下国家为本位,或以个体心灵为本位,二者取一。这是典型的二元对立的思维模式。宋儒则不然。他们渐渐形成这样一种人格结构——融进与退、仕与隐、以天下为己任与个体心灵的自由与超越于一体,他们不再以退隐作为修身养性的必要条件,也不再以仕进为人生最高目标。……即使在仕途遭遇较大挫折,亦不轻言退隐;即使仕途极为顺遂通达,也不得意忘形,任意而为,在穷困潦倒之时能关心社稷苍生并保持心气平和,在官运亨通之时又能存留一颗平常之心——这就是宋代士人所追求与向往的人格理想。"①从以上分析我们可以看出,苏轼、李公择、黄庭坚的身上都体现了这种特点。不过这只是一个概括而言的共性,具体到个人,每个人思想中的儒、释、道融合方式还是有差别的。

黄庭坚一生践履仁爱孝悌的儒家伦理道德,同时倾慕庄子超越名利、保全天真的逍遥之思,后又入佛门,参禅多年,终于在谪官黔州的路中打破疑情,心中廓然。他统合三家,形成自洽的思想体系,形成了"超世而不避世"的人生态度,构建了"俗里光尘合,胸中泾渭分"②的独特人格,在入世时以天下为己任,为地方官则仁政为民,忧民疾苦;为史官则秉笔直书,为后世留纲鉴;在卷入党争、两遭贬谪时,则随缘自适,心意平和。身处浊世

---

① 李春青:《宋学与宋代文学观念》,北京师范大学出版社,2001年,第22—29页。
② 《次韵答王眘中》,《山谷诗集注》,第168页。

却自保气节,屡遭挫折而心地泰然,贫无立锥仍禅悦充满……严格来说,黄庭坚不是一个哲学家,并未提出新的哲学观点或者构建一个新的思想体系,但是他以自身的思考和体验,以所行证所思,实践了自己构建的道德标准,可以说是一个可敬的道德实践家。黄庭坚的道德品格不但在当时影响了一批士人,在后世也得到了很高的评价。

第三章 黄庭坚的佛禅思想对其诗学观念的影响

第一节 文章本心术——彰显创作主体的精神境界

一、文道关系，根深叶茂

儒学是北宋思想的正统思想。黄庭坚的诗学思想，深受儒家传统的道器、体用思想的影响，把道德修为当作做人、为学与作文的根本，并认为人的最高道德境界是"合道"。如果道德高尚、根本坚固，发而为文则"根深叶茂"，充实光辉。在他的诗论书信中我们可以经常看到这种"根本说"的论调。他在《次韵杨明叔四首》序中写道：

> 杨明叔诗，格律、词意皆熏沐，去其旧习。予为之喜而不寐。文章者，道之器也；言者，行之枝叶也。故次韵作四诗报之。耕礼义之田，而深其未。明叔言行有法，当官又敏于事而恤民，故予期之以远者大者。①

这里申述了道与文的体用关系。山谷认为，文章是道的体现；落实到个人身上，诗文又是他道德实践的外在表现。所以要提高道德修养，使之合乎道的精神，才能做出好诗来。

从表面上看，这与韩愈所提出的"根之茂者其实遂，膏之沃者其光晔。仁义之人，其言蔼如"②以及欧阳修"大抵道胜者，文不难而自至"③这种唐宋文道说的思想似乎无异，实则内在的着重点已经发生了变化：

---

① 《黄庭坚全集》，第 55 页。
② 《答李翊书》，马其昶校注：《韩昌黎文集校注》卷三，上海古籍出版社，1986 年。
③ 〔宋〕欧阳修：《居士集》卷四七《答吴充秀才书》，中国书店，1986 年影印本。

　　第一,黄庭坚此说并未将文当作道的附庸,而是强调道德修养的高尚是写作诗文的前提。钱志熙先生指出:"两者的根本区别在于一是完全站在伦理的立场上,将文学当作道的工具,一是站在文学的立场上将道作为文学的根本。"①

　　第二,虽然黄庭坚继承了唐宋以来的文道观,但在此基础上又有所发扬。受其心性学说的影响,山谷已经把"求道"进一步归结到心性修养上,所以他又提出"文章本心术"。其《寄晁元中十首》之六云:

> 楚宫细腰死,长安眉半额。比来翰墨场,烂漫多此色。
> 文章本心术,万古无辙迹。吾尝期斯人,隐若一敌国。②

这首诗前四句批评了当时文士怀着求名得利之心,为获赏识,追逐时风的现象,接着指出文章本是"心术"。"心术"之义,细析之,包含两层意味:一是指文章是心灵的艺术,是创作主体内心世界的外在显现,文章之创作,也是诗人心性修养功夫的生动体现。第二,文章之传承也是一种心领神会的方法,难以言传。山谷此语,类似于禅宗师徒之间"以心传心"的意蕴。所以无论是文章的写作还是传承,他都强调心的重要性。他在《书赠韩琼秀才》中提出:

> 读书欲精不欲博,用心欲纯不欲杂;读书务博,常不尽意,用心不纯,讫无全功。治经之法,不独玩其文章、谈说义理而已;一言一句,皆以养心治性,事亲处兄弟之间,接物在朋友之际,得失忧乐一考之于书,然后尝古人之糟粕而知味矣。读史之法,考当世之盛衰与君臣之离合,在朝之士观其见危之大节,在野之士观其奉身之大义。以其日力之余玩其华藻,以此心术作为文章无不如意,何况翰墨与世俗之事哉。③

黄庭坚在此书中把养心治性当作写文章的重要前提,认为文章就是"心术"的自然显现,只有心性修养到了一定程度,发为文章,才能"无不如意"。他在《跋周元翁龙眠居士大悲赞》写道:"吾友周寿元翁,纯粹动金石,清节不朽,虽与日月争光可也。其言语文章,发明妙慧,非为作使之合,盖其中心

---

① 钱志熙:《黄庭坚诗学体系研究》,北京大学出版社,2003年,第40页。
②《寄晁元忠十首》,《山谷诗集注》,第869页。
③《黄庭坚全集》,第655页。

纯粹而生光也。"①指出言语文章由于内在精神的照耀而熠熠生辉,内心没有妙慧,是不可能强行作之,把它拔高到某种境界的。他的画论中,也体现了同样的观点,其《题摹锁谏图》说:

> 陈元达千载人也。惜乎创业作画者,胸中无千载韵耳……使元达作此嘴鼻,岂能死谏不悔哉。然画笔亦入能品,不易得也。②

"千载人"是精神上的高格,画者必须借外在的形将内在的格韵传达出来,但这不是绘画技巧的问题,而是画者自己亦须有此千载人之韵,有相同的精神高度,才能发掘出被画者的风采。他在《题公卷花光横卷》中说:"高明深远,然后见山见水,此盖关潼、荆浩能事。"③有此高明深远之心,然后山水方能进入自己的胸中,与自己的心胸同其高明深远。这也就是徐复观在《中国艺术精神》中所说的:"将物质性的事物,于不知不觉中,加以精神化;同时也是将自己的精神加以对象化。"④由此我们也可以理解,黄庭坚在前期的诗歌创作中非常重视诗歌技法的锤炼,而到晚年,却经常提倡"直寄",对陶渊明的诗推崇备至,就是因为他到晚年之后,治心养气的功夫已经比较圆熟,发而为书为诗为文,皆有高远境界,实现了道艺并进的艺术理想。

二、治心养气,深其渊源

元祐时期,是黄庭坚文艺思想成熟的重要阶段,他与苏轼、晁补之、张耒、秦观等经常诗歌唱和,对诗法进行了深入的探讨。

在《晁张和答秦覯五言予亦次韵》一诗中庭坚强调心性修养对于文学的重要性:

> 山林与心违,日月使鬓换。儒衣相诟病,文字奉娱玩。自古非一秦,六籍盖多难。诗书或发冢,熟念令人惋。秦君锐本学,骥子已血汗。相期骋天衢,伯乐尝一盼。士为欲心缚,寸勇辄尺懦。要当观此心,日照云雾散。扶疏万物影,宇宙同璀璨。置规岂惟君,亦自警

---

①《黄庭坚全集》,第 701 页。
②《黄庭坚全集》,第 728 页。
③《黄庭坚全集》,第 1415 页。
④徐复观:《中国艺术精神》,华东师范大学出版社,2001 年,第 233 页。

弛慢。①

这首诗值得仔细品味,从中我们可以体察到,黄庭坚是一位具有深切使命感的文学家。在北宋诗文革新的潮流中,他不但公开指出当时的文学弊病,还力求在朋友与后学中取得共识,期望共同对之进行矫正。本诗前半部分他对当时儒学与文学现状提出了尖锐的批评。他认为,儒士们只是以外在的形式相互诟病,文学也早已失去了载道的意义,变成了娱乐玩赏的工具。不仅如此,诗书礼乐有时还成了儒士们干坏事的遮羞布。"诗礼发冢"是《庄子·外物》里的寓言,描写儒者嘴里念着《诗经》,却干着盗墓的勾当,托名《诗》《礼》,而济其盗贼之所行,黄庭坚对此深感痛心。他指出,自古以来并不是只有秦朝的焚书坑儒才造成对儒学的打击。其中婉转的潜台词是:儒者内部对儒教精神的背离才是真正毁灭性的打击。唯其如此,才需要重张新帜,继承儒学真正的精神,而要达到这个目的,必须从人心这个根本处下手。所以他殷殷期望秦观能够明白修心的方法。他认为,学士为欲心所缚,必然进步很慢,只有从"观心"入手,观照到心的本性,显露出本有智慧,让它照彻自己的言行文章,才能让欲心消弭,内心豁朗,映照万物。"扶疏"二句为清明之心勾勒了一幅明丽开阔的境象,万物扶疏有致,摇曳生姿,皆来现我心中;心量广大,涵容太虚,与宇宙一样光辉灿烂! 黄庭坚此处不仅对儒学的逆流进行了批判,也对诗教传统的继承进行了自觉的检视。因为当时的儒士们在丧失儒学精神的同时,实际上也抛弃了诗教的传统,使文字成了曲学阿世与玩赏娱乐的工具。所以,革新儒学必然包含着恢复诗教传统的举措。不过,尽管他的这个大的理想与北宋儒学革新的目标一致,但是,在革新的方法上,山谷却更多地吸收了佛禅心性论的理论,把改进道学与文学的着力点都放到心性修养之上。

而精神修养的提高又有一个过程,绝不能求速成。黄庭坚在指导秦观写作时,把治心养性当作是写好文章的必要前提,并指出学士、大夫不能"卓然名家"的原因是忽视了心性修养是一个渐进的过程,不能速成:

> 文章虽末学,要须茂其根本,深其渊源,以身为度,以声为律,不加开凿之功而自闳阔矣。公诚以此言为可,则犹有一物为公道之:二十

①《山谷诗集注》,第148页。

年来,学士大夫有功于翰墨者为数不少,求其卓然名家者则未多。盖尝深求其故,病在欲速成耳。夫四时之运,天德也;不能即春而为冬,断可识矣。①

那么在山谷的心目中,什么才是"诗之旨"呢? 黄庭坚在《书王知载〈胸山杂咏〉后》一文中对此作了阐发:

> 诗者,人之情性也,非强谏争于廷,怨忿诟于道,怒邻骂座之为也。其人忠信笃敬,抱道而居,与时乖逢,遇物悲喜;同床而不察,并世而不闻。情之所不能堪,因发于呻吟调笑之声,胸次释然,而闻者亦有所劝勉。比律吕而可歌,列干羽而可舞,是诗之美也;其发为讪谤侵陵,引颈以承戈,披襟而受矢,以快一朝之忿者,人皆以为诗之祸,是失诗之旨,非诗之过也。故世相后或千岁,地相去或万里,诵其诗而想见其人所居所养,如旦暮与之期,邻里与之游也。营丘王知载……仕不遇而不怒,人不知而独乐,博物多闻之君子,有文正公家风者邪?②

这是山谷晚年贬谪戎州时所作,是他在诗学思想成熟期间对诗歌定义、功能和价值的论断。他认为,诗歌是抒发人的情性的。但这种情性并不是强谏、怨忿、怒骂等激烈的情绪,而是"温柔敦厚"的,这是对《诗经》精神的继承。他曾在《答王周彦书》里说:"欲温柔敦厚,孰先于《诗》乎?……读其书,诵其文,味其辞,涵容乎渊源精华,则将沛然决江河而注之海。"③要做到"温柔敦厚",必须先在精神修养上下功夫:"忠信笃敬,抱道而居。"④这样的人在遭遇外境或悲或喜时,情感很难压抑,发而为诗,才是他认可的抒发情性的诗。这时,诗人虽也有"伤己不见其人"⑤的悲怀,却能够"发乎情,止乎礼义";他虽也抒悲情,却不会发为对社会对他人的怨忿之言,他不会"怒邻骂坐","以快一朝之忿"⑥,而只是在情有所不能堪时,方才发为诗歌以抒胸臆。对于这样的作品,读者不会在阅读中产生悲恨愤怒之情,却能从中得到劝勉。这种无怒张之态、却给人以劝勉的诗歌,表面上虽只是

①《山谷诗集注》,第 148 页。
②《黄庭坚全集》,第 666 页。
③《黄庭坚全集》,第 1708 页。
④《书王知载胸山杂咏后》,《黄庭坚全集》,第 666 页。
⑤《胡宗元诗集序》,《黄庭坚全集》,第 410 页。
⑥《书王知载胸山杂咏后》,《黄庭坚全集》,第 666 页。

一片宁静安详,有似"寂寞无声",但其境界是非常崇高的,其和谐的韵律"比律吕而可歌,列干羽而可舞"①,这样的诗歌是黄庭坚最为推重的。他认为,如果作诗的目的是为了发泄一时的忿恨,"讪谤侵陵",言词激烈,而导致自身之祸,这就失去了诗的本义。对于诗的价值,黄庭坚认为它体现在读者通过诵读其诗,可以"想见其人",体味到他的精神境界,心灵相契,没有距离,不受时空的阻隔,"如与并世"②,这是诗歌永恒的价值。山谷的诗论从大的方面继承了中国诗歌缘情言志的传统,但是他对主体精神状态的界定又使得这种"情性"不是普通的情性,而是诗人经过长时间的治心养气、陶冶后的纯净之情,符合伦理的情。在黄庭坚的诗作中,我们经常可以读到他描写兄弟手足之情、朋友相知之情的篇什,即使有淡淡的愁思,也显得十分美好,因为在描写感情的同时,他已经注意以理节情,让感情既得到渲泄,又不致显得过于偏激。从这篇短文中我们可以看出,无论是诗歌抒发的内容还是读者的阅读接受,黄庭坚都凸显了主体精神修养的重要性,也就是说,诗歌所写的虽然是人的情感,但它与主体的精神修养是分不开的,是一种接近净化的情感;而读者最后从中体会到的也是作者的高尚情操,通过心灵的共鸣而受到熏陶和升华。

黄庭坚把文学创作本身也当成了心性存养的过程,他的一些诗篇有的因事而发,起首时情绪比较激愤,但在创作过程中通过观照历史、思维佛禅义理,渐渐消解并平复了原先激烈的情绪,归于通脱和雅。他这方面的的诗与谢灵运的诗风相类似,都是以山水与佛理来使自己的心归向平静,写诗的过程就是禅观的心灵历程。古今诗歌中一个重要的主题是"士不遇"。这是最容易激发忧愤之情的题材,我们且看他是怎么处理这个题材的。他也有多篇诗作赋咏涉及这个主题,如上文所提到《寄晁元中十首》,其首篇是:

> 国工裁白璧,巧冶铸干将。成为万乘器,贯日吐寒光。
> 其谁涮拂汝,岁月海生桑。蛛网连城玉,苔生百炼刚。③

---

①《黄庭坚全集》,第 666 页。
②黄庭坚《写真自赞》:"余往岁登山临水,未尝不讽咏王摩诘辋川别业之篇,想见其人,如与并世。"(《黄庭坚全集》,第 559 页)
③《山谷诗集注》,第 869 页。

虽是在写晁元中的理想，又何尝不是山谷自己的襟抱。但是在后面的诗歌里，他渐渐地超脱出来，化解了愁思，写出"遥思甄生尘，汗漫观古今。无为愁肝肾，君子要刳心"①的诗句，最后一首是："文章不经世，风期南山雾。化虫哦四时，悲喜各有故。吾独无间然，子规劝归去。"②情绪基本上得到平复。由于受佛禅和庄子思想的影响，黄庭坚对于"士不遇"的命题，有更为圆融的态度。他说："天难于生才，而才者须学问琢磨以就晚成之器，其不能者则不得归怨于天也。世实须才而才者未必用，君子未尝以世不用而废学问。其自废惰轶，则不得归怨于世也。"③在不能为世所用时，他也能够"抱道而居"，自持自适。在《古诗二首上苏子瞻》中他就已经明确表白了自己的人生态度并以此劝慰苏轼："但使本根在，弃捐亦何伤。""医和不并世，深根且固蒂。"④黄庭坚甚至认为在不利的形势下强求用世是无益的。他说：

> 在学若是也，不及质，盍尝与言其本？虽物不同量，吾不心化，而欲奏族庖之刀，是螳螂用其才也。事是君为容悦，安社稷以为悦，揭日月而求之四方，其去道远矣。至于以诗礼发家，疲于世故之追胥而反于家，人藏器于户牖，收息于踵，则万物皆投戈而受命矣。……质之柔者，能有所不为则刚；气之弱者，不从于无益则强。知柔之刚者观水，知弱之强者观弓弛。以此向道，六通四辟而安乐，以天下为无畛之域，子之家也，又安用建鼓而求之？⑤

黄庭坚的诗学观随着他政治际遇上的沉浮也发生了变化。诗的讽谕传统在他早期入仕时比较显明，但在党争之祸中，亲见苏轼遭遇乌台诗案之灾，后来自己也被贬谪，他渐渐调整了人生态度，对道的认识、诗之主旨的认识也有了较大的改变。试看他在《罗中彦字说》中对于道的分析：

> 道之于天地之间，无有方所，万物受命焉，因谓之中衡。称物低昂，汹汹愤愤，我无事焉。叩之即与为宾主，恬淡平愉，宴处而行，四时

---

①《寄晁元中十首》，《山谷诗集注》，第869页。
②《山谷诗集注》，第869页。
③《答李几仲书》，《黄庭坚全集》，第465页。
④《山谷诗集注》，第7页。
⑤《文安国字序》，《黄庭坚全集》，第620页。

> 生死之类皆得宜,当是,非中德也与? 惟道之极,小大不可名,无中无
> 徵,以其为万物之宰,强谓之中。知无中之中,斯近道矣。①

道的特征是遍一切处,是"万物之宰",是遍布万物间恒常的规律。他赋予
道以"恬淡平愉"的性格,并强化了"道"随物低昂、顺其自然的特征——"无
事",以无事之心应对一切境界,这个特征综合了佛、道两家之道的精神。
山谷认为人们应该从道的品质中得到启发,不择所遇,随时都能保持"恬淡
平愉"的精神。

在黄庭坚诗美意识里,人品胸次与诗美境界是一体化的。而读者从诗
歌里所受到的感染和启发也与其中呈现的诗人精神境界密不可分。他在
《上苏子瞻书二首》这样评价苏轼的诗作:"昨传得寄子由诗,恭俭而不迫,
忧思而不怨,可愿手如南风报德之弦,读之使人凛然增手足之爱。"②苏轼
在逆境中依然态度从容,与苏辙相互激励,这让读者也深受感动,对手足之
情有了更深的体会和领悟。他的《宿旧彭泽怀陶令》是怀念陶渊明的一篇
诗作:

> 潜鱼愿深渺,渊明无由逃。彭泽当此时,沈冥一世豪。司马寒如
> 灰,礼乐卯金刀。岁晚以字行,更始号元亮。凄其望诸葛,抗脏犹汉
> 相。时无益州牧,指挥用诸将。平生本朝心,岁月阅江浪。空余时语
> 工,落笔九天上。向来非无人,此友独可尚。属予刚制酒,无用酌杯
> 盎。欲招千载魂,斯文或宜当。③

这是黄庭坚对陶渊明有趣的"误读"。他怀念陶潜,不从诗文成就入手而从
道德着眼。在东晋灭亡后,陶渊明弃官不做,并把自己的名字改回元亮,以
纪念先朝。据《南史·陶潜传》记载:"(陶潜)自以曾祖晋世宰辅,耻复屈身
后代。自宋武帝王业渐隆,不复肯仕,所著文章,皆题其年月义熙以前,明
书晋氏名号,自永初以来,唯云甲子而已。"④但是,现代学者的研究成果却
表明,实际情况并非如此。但由此我们可以见出黄庭坚的价值观,他所欣
赏陶渊明之处首先在于其"临大节而不可夺"。诗中对渊明的文学成就仅

---

① 《黄庭坚全集》,第 629 页。
② 《黄庭坚全集》,第 457 页。
③ 《山谷诗集注》,第 15 页。
④ 《南史》卷七五,《四部备要》本。

以两句带过。在黄庭坚看来,陶潜之值得"尚友"学习,不仅在于其诗歌的高妙,而更在于精神上的操守。他在《跋子瞻送二仸归眉诗》里写道:"观东坡二丈诗,想见风骨巉岩而接人仁气粹温也。观黄门诗,顾然峻整,独立不回,在人眼前。"①也是从诗歌里读出了诗人独特风度气质与高情远韵,从而对读者产生感染的力量。苏轼也是这样评价黄诗的,尝云:"读鲁直诗,如见鲁仲连、李太白,不敢复论鄙事。"②所以,从诗的功能来说,黄庭坚已经将政教讽谕转换成了人格的感化,也就是他所说的"心化"③。周裕锴先生说:"直到熙宁以后,道德修养才进一步转向心性证悟,且在诗学中成为最重要的论题。而黄庭坚正是将理学的心性修养工夫移植于诗学的关键人物。"④他对宋代这一道德修养的转向看得是很敏锐的。黄庭坚的心性修养工夫固然与当时兴起的理学不无关系,但更主要的还是缘于他自身所受佛禅思想之濡染。

对于创作主体内在修养的重视,必然导致黄庭坚对创作心态与诗歌整体风格的特殊追求。换言之,作家的精神境界会自然地映射到他的创作过程当中。他的抒情诗也着力向心灵世界透视、开掘,以刻画入微见长。他在《道臻师画墨竹》中言:

> 夫吴生之超其师,得之于心也,故无不妙;张长史之不治它技,用智不分也,故能入于神。夫心能不牵于外物,则其天守全,万物森然出于一镜,岂待含墨吮笔槃礴而后为之哉!故余谓臻:欲得妙于笔,当得妙于心。臻问心之妙,而余不能言,有师范道人出于成都六祖,臻可持此往问之。⑤

这里涉及了两个问题,一个是道与艺的问题,也就是"妙心"与"妙笔"的问题,吴道子之所以能超过他的老师,是因为他在提高心灵境界上所作的努力,以心合道,所以技进于道。而张旭不学它技,专攻书艺,进行了长期专

---

①《黄庭坚全集》,第 659 页。

②〔宋〕苏轼:《仇池笔记》卷一,中华书局,1985 年。

③其《观道》诗曰:"廉蔺向千载,凛凛若生者。曹李虽无恙,如沈九泉下。短长略百年,共是过隙马。事来磨其锋,意气要倾泻。风云灭须臾,草木但春夏。唯此一物灵,不可藉外假。誉髦天下才,西伯本心化。君无诮斯文,可以观大雅。"(《《山谷诗集注》,第 1192 页》)他把周文王的王化理解为"心化"。《文安国字序》也提及"吾不心化"(《黄庭坚全集》,第 620 页)。

④周裕锴:《宋代诗学通论》,巴蜀书社,1997 年,第 141 页。

⑤《道臻师画墨竹序》,《黄庭坚全集》,第 416 页。

业化的钻研,以至于书法出神入化。黄庭坚指出"欲得妙于笔,当得妙于心",学画者于此处虽云画竹,实则艺术创造的规律是相通的,在艺术创作过程中精神需要高度的专注,心灵需要高度的净化,不受其他事物干扰,才能明澈如镜,照见万物。而如何是心之妙呢? 山谷让道臻去请教师范禅师。其中不言而喻的结论是:禅宗的修心之术与超然无累的心境可以帮助艺术家更好地进入创作状态。他在《觉民对问字说》里也以琴艺与书法作喻引导觉民对心灵修养的重视:

> 觉民曰:"我始于何治,而可以比于先民之觉?"问之曰:"若善琴,何自而手与弦俱和?"曰:"心和而已。""若善篆,何自手与笔俱正?"曰:"心正而已。"曰:"然则求自比于先民之觉,独不始于治心乎?"①

山谷在传授诗法时,也要求学人"会古人之意",求得精神品格的相似与心灵的共鸣。所以我们可以看出,黄庭坚无论是论学诗、作诗,还是读诗,都贯穿着心性之学的意脉,把心性修养当作文艺创作的重要前提,这与他在佛禅信仰影响下所形成的心性本体论思想是分不开的。张耒评价他说:"鲁直于治心养气,能为人所不为,故用于读书、为文字,致思高远,亦似其为人。"②认为他的诗歌境界与道德修养是统合的、一致的。

　　黄庭坚的诗学思想以治心养气为根本,以表现人格境界为诗的指归,典型地代表了宋代由"外圣"向"内王"转换的时代思潮,不但开宋人以内心存养论诗之门,而且与当时理学家提出的心性诚明的哲学体认和道德修养相通。黄宝华先生指出,迨至北宋,诗文革新运动与儒学的复兴相表里,韩愈的思想与文学遗产又重新得到继承与发扬。黄庭坚的文学思想即循此而来,但他不是一般地重复文从于道、文为道用之类的论调,而是突出了道的心性内涵,也就是说,道的实质由经世致用向正心诚意倾斜。这和北宋儒学转型、"内圣"之学愈益成为儒学主流的时代思潮是息息相通的③。

第二节　观化与阅世——独特的观物方式

　　诗歌创作,在描摹外物、创造意境之前首先要解决的是心物关系、主客

①《黄庭坚全集》,第632页。
②《书鲁直题高求父扬清亭诗后》,〔宋〕晁补之:《鸡肋集》卷三三,《四部丛刊》本。
③参见黄宝华:《黄庭坚评传》,第251页。

体关系的问题,对心物关系的不同认识和处理会造成诗人视角的差别、造境方式的差异,从而形成不同的艺术风格。中国古典诗歌在"天人合一"哲学观的影响下形成了"缘情感物"的传统诗学观。但是,自从佛教传入中国以来,它独特的思想内容和思维方式给中国哲学和诗学带来了新的资源,其中,佛禅思想中有关人是怎样认识自身与外部世界的观想方法给诗学思想和诗歌创作带来了深远的影响。第二章笔者曾经分析过,黄庭坚佛禅思想的核心是般若思想,而他常用的思维方式是"观照"。观照的对象既可以是景物、社会、人生等外部事物,也可以是自己的内心。观照的目的是调整错误的想法和情绪,深化对"毕竟空"法性的认识,生起平静淡泊、清净超然的心境。在"观空观梦"念念如斯的思维训练中,黄庭坚形成了"观化"与"阅世"这样对世界、人生"冷静谛观"的思维模式,并将之运用到了诗学思想与创作实践之中,以心观物,以物印心,这使他的诗歌充满了一种冷峻孤峭、超秩绝尘之美。他的这种禅观方式既不同于中国诗学传统上的感物,又不同于以王维为代表的唐代禅宗追求"无我之境"的风格,而是在诗歌中呈现出明显的思理痕迹,蕴含理趣,凸显了主体精神的高情远韵,代表了宋诗的独特风味。

一、闻道之心,照物如镜

　　鉴于对创作主体精神境界的注重,黄庭坚对创作心态有着特殊的要求,他认为诗人要通过闻道获得一种清明的心境。他说:"未闻道之心照物不彻,随流而善埋。不倚则不立,世故忧患之风雨能倾动人。"[①]这是说,如果没有以道作为内心的信念和支柱,就会"照物不彻",不能明白事物的真实道理,而且自己的心会被现实的忧患所动摇,被外界事物所干扰。在《在刘仲明墨竹赋》序言中他以文与可画竹、王羲之书法为例,说明他们之所以能够刻画万物到达绝妙的境地,是由于内心的明彻:"若夫燕荆南之无俗气,庖丁之解牛,进技以道也。文湖州之得成竹于胸中,王会稽之用笔,如印印泥者也。……妙万物以成象,必其胸中洞然。"[②]
　　如何能做到心中的明彻呢? 黄庭坚说:

①《文安国字序》,《黄庭坚全集》,第 620 页。
②《刘仲明墨竹赋》,《黄庭坚全集》,第 1361 页。

> 盖庖丁之解牛,梓庆之削鐻,与清明在躬,志气如神者同一枢纽,不容一物于其中,然后能妙。若夫外矜于众人议己,内藏于识不似,则画虎成狗,画竹成柳,又何怪哉! 观此竹,又知其人有韵。①

庖丁"技进乎道""以神遇而不以目视","梓庆"(《庄子·达生》)则通过心斋的方法到达"以天合天",削出来的木鐻可以惊鬼神;这与《礼记·孔子闲居》所说的"清明在躬,气志如神"是同一种境界,黄庭坚在此处把禅、庄、儒的心之妙明境界统合为没有任何干扰、虚静空明的状态。

这种状态的作用在于"照"见万物。他以镜与水为喻:

> 物材、美火齐得,然后成镜,镜明则尘垢不止。明虽镜之本性,不以药石磨砻,则不能见其面目矣,况于下照重渊之深,上承日月之境者乎! 学者之心似镜,求师取友似药石。②

> 惠示诗文,皆有为为之,甚善! 更权以古人之言,求合于六艺,当有日新之功。书室可名曰"求定斋",古人有言:"我徂惟求定。"彼盖以治国家,我将以为养心之术。木之能茂其枝叶者,以其根定也;水之能鉴万物者,以其尘定也。故曰能定然后能应。③

以上两段话既申明主体之心"明"与"定"的特征,又说明了其能"照"能"鉴"的作用,强调了主体"观照"的功能。

把心比喻为"镜",能够比较全面地阐释主体与客体的关系,实现诗学审美与心性哲学的会通。"镜"之意象的变迁也能够说明从老庄到禅学观照方式的转向,从而引出诗学思想的嬗变。

把人的心比喻为镜,始于老子,《老子》第十章有曰:"涤除玄览,能无疵乎?"这种思想被庄子继承,《庄子·应帝王》:"至人之用心若镜。"韩经太先生对中国传统哲学中的水镜意识应用到诗学上之内涵作了详细的阐述和深入的分析。他在《"清"美文化原论》一文中指出:

> 《老子》第十章有曰:"涤除玄览,能无疵乎?"此说之关键,在于对清静境界和涤除工夫的同等重视。后来,《庄子·天道》云:"圣人之

---

①《题杨道孚画竹》,《黄庭坚全集》,第 1580 页。
②《侍其鉴字说》,《黄庭坚全集》,第 636 页。
③《与王立之》,《黄庭坚全集》,第 1369 页。

心,静乎天地之鉴,万物之镜也。"《应帝王》又云:"至人之用心若镜。"
再后来,《淮南子·修务篇》承此而曰:"执玄鉴于心,照物明白。"如此
等等,都是沿着老子的思路在做阐发。综合其阐发而言之,那"涤除玄
鉴"之"涤除"的主体修养,原来是与"照物明白"之"明白"的客观目的
相统一的,而两者赖以同构的基础正是人心如水镜而"静"且"清"的思
想意识。如果说"涤除玄鉴"会导致对清静虚无、空明透彻之主体精神
状态的追求,那么,"照物明白"则又会导致虚心应物而反映客观真实
的思想追求和艺术追求。以此为出发点,就不仅会有强调神思澄明的
艺术创作论,也不仅会有偏爱清静境界的审美理想,而且同时会有虚
心体物、写实传真的美学传统。①

　　"镜"又是一个有着"原型"意味的物象,在东西方文化中都有以镜喻心的传
统,凝聚着各个民族的共同智慧。来源于印度文化的佛教思想,其中也有
以镜为喻的观念。《楞严经》提出修行中修到"想阴尽"的时候就会"观诸世
间山河大地,如镜鉴明,来无所粘,过无踪迹,虚受照应,了罔陈习,唯一精
真"②。永明延寿禅师以"镜"名书——《宗镜录》,希望"举一心为宗,照万
物以镜"。宋代大居士杨杰在《宗镜录》的序言中写道:

　　　　诸佛真语,以心为宗。众生信道,以宗为鉴。众生界即诸佛界,因
　　迷而为众生;诸佛心是众生心,因悟而成诸佛。心如明鉴,万象历然。
　　佛与众生,其犹影像。涅槃生死,俱是强名。鉴体寂而常照,鉴光照而
　　常寂。心佛众生,三无差别。……返鉴其心,则知灵明湛寂,广大融
　　通,无为无住,无修无证,无尘可染,无垢可磨,为一切诸法之宗矣。③

永明延寿禅师在书中说:

　　　　世间无有一法不从缘生。缘生之法,悉皆无常。唯有根本心,不
　　从前际生,不于中际住,不于后际灭,实为万有之根基,诸佛之住处。
　　是以喻之如镜,可以精鉴妍丑,深洞玄微,仰之为宗,犹乎巨浸纳川,太
　　虚含像。④

---

①《中国社会科学》,2003 年第 2 期。
②《大正藏》卷一九。
③《大正藏》卷四八。
④《宗镜录》卷五一,《大正藏》卷四八。

《楞严经》中把人的认识比作镜,举出了镜的两种含义,一是明照,二是性空,影像来往而不粘着。杨杰的序言中以镜的"照"和"寂"两重特性来比喻人的心灵,并且指出镜不但可以照鉴外物,也可返鉴自心。延寿禅师认为,世间万法皆从缘生,都是无常,只有心的本性不生不灭,是"万有之根基",也是诸佛成佛的途径。所以把它比喻成镜,可以"精鉴妍丑,深洞玄微"。佛家对镜的照过即空特征的描述与庄子之"至人用心若镜,不将不迎"相仿佛(这是心之用),但是又以"本寂"来比喻心的本来面目,就与之不同了(心之体);通过镜喻进一步把心提高到本体的高度,只有佛家是这样做的。

佛教还用镜来比喻智慧。法相宗把佛的四种最高智慧之一命名为"大圆镜智",此智由转第八识(阿赖耶识)而得,能明察三世一切诸法,万德圆满,无所欠缺,犹如大圆镜,能显现一切色像,故称为大圆镜智。《广释菩提心论》卷四云:"大圆镜智,是智远离我、我所相,及离能取、所取分别,不杂一切烦恼垢染,于一切所缘、所行、所知相中,不忘不愚,智影相生现种依持,彼一切智所依清净,是即真如所缘无分别智。"①禅宗重要经典、记载六祖慧能大师言行的《坛经·机缘品》对四智的特点进行了区分:"大圆镜智性清净,平等性智性无病。妙观察智见非功,成所作智同圆镜。"②黄庭坚在诗歌中有两处提到大圆镜:"文书满案惟生睡,梦里鸣鸠唤雨来。乞与降魔大圆镜,真成破柱作惊雷。"③这是把茶饼比喻成大圆镜,并以大圆镜智可以降住心魔比喻茶叶驱除睡魔。在《法云秀禅师真赞》中他用"击大雷霆,布洒甘露……大圆镜中,慈悲威怒"来形容法秀禅师峻猛的禅风,赞扬他可以把圆满的智慧化为灵活的度人手段,慈悲威怒,随机应变。此外,因为镜能映现一切万物,无有差别,所以禅宗经常用"古镜"来形容佛性④。山谷《观世音赞》中也有"梦时捉得水中月,亲与猕猴观古镜"⑤之语。可见,在使用"镜"这个意象时,他还吸收了佛禅思想中关于"镜"的新义,把"镜"与佛性和真如智慧联系起来,为"镜"的传统涵义注入了新的内蕴,进而也为他的诗学创作思维带来新的视角。

---

①《大正藏》卷三二。
②《大正藏》卷四八。
③《谢公择舅分赐茶三首》,《山谷诗集注》,第70页。
④《景德传灯录》卷一六雪峰义存章:普请往庄中,路逢猕猴,师曰:"遮畜生!一个背一面古镜,摘山僧稻禾。"僧曰:"旷劫无名,为什么彰为古镜?"(《大正藏》卷五一)
⑤《黄庭坚全集》,第571页。

在黄庭坚的笔下,"镜"有自照明己与鉴别他人的功能。如:

> 引镜照清骨,惊非曩时人。天地入喻指,芭蕉自观身。[1]
> 潇洒侯王非爵命,道人胸中有水镜。[2]
> 道人不雕琢,万镜自明己。愿公勤此履,深彻法源底。[3]
> 胸次九流清似镜,人间万事醉如泥。[4]

表面上看,还是沿用了传统的映照之义,但从观照的深度来看,更为透彻,"明己"已含有禅宗"自见本性"的含义。

此外,山谷在启动自心观照功能的同时,不忘回顾关照内心,警醒不为外境所染,所以他在传统镜子映物"清明"的性质之外,还增添了"本空"、"平等"的特点。如"一一浮沤镜本空,八万四千垂手处"[5],"养性霜刀在,阅人清镜空"[6],"要须玄览照镜空,莫作白鱼钻蠹简"[7],"如来无简择,清镜坦然平"[8]等等。

黄庭坚不仅仅是把"心"当作观照的主体,而且把"心"的功能提高到佛性真如的层面。把这种理想的哲学境界转为诗性思维,诗人所摄取的时空就将更为广阔,所察见的事物就更为深透。这样,对主体的净化以及对外境的开拓是同时向两极扩展的。这代表了宋代诗人在诗歌创作上一种努力的方向。苏轼在《次韵僧潜见赠》所写的"道人胸中水镜清,万象起灭无逃形。……乞取摩尼照浊水,共看落月金盆倾"[9]也表达了几乎是同样的审美观念。

虽以万物为观照对象,观照的内容却不是万物本身,而是"光透尘劳一一法",窥入万物表象之中所蕴含的"理"。黄庭坚所追求的是"影像圆

---

[1]《次韵师厚病间十首》,《山谷诗集注》,第 592 页。
[2]《戏用题元上人此君轩诗韵奉答周彦起予之作病眼空花句不及律书不成字》,《山谷诗集注》,第 1111 页。
[3]《以皮鞋底赠石推官三首》,《山谷诗集注》,第 1352 页。
[4]《戏效禅月作远公咏》,《山谷诗集注》,第 416 页。
[5]《观世音赞》,《黄庭坚全集》,第 571 页。
[6]《陈留市隐》,《山谷诗集注》,第 147 页。
[7]《次韵元实病目》,《山谷诗集注》,第 469 页。
[8]《圆通玑禅师赞》,《黄庭坚全集》,第 1512 页。
[9]《苏轼诗集》卷一七。

成"①,是形与理的统一,不但要曲尽其形,还要妙尽其理,"事须钩深入神"②。这一点,他与苏轼是一致的。他说:

> 苏子曰:世之工人,或能曲尽其形;至于其理,非高人逸才不能办。意其在斯,故籍外论之。梓人不以庆赏成虞,痀偻不以万物易蜩。及其至也,禹之喻于水,仲尼之妙于《韶》,尽因物而不用吾私焉。③

他与苏轼一样,认为只有高人逸才才能妙尽其理。在《岩下放言五首之池亭》一诗中他写道:"水嬉者游鱼,林乐者啼鸟。志士仁人观其大,薪翁筍妇利其小。有美一人,独燕居万物之表。"④鱼游鸟乐,其有玄机耶?无玄机邪?全在乎观察者之一心,唯心所现,志士仁人得其理趣,薪翁筍妇则只能看到利生之资。黄庭坚这种冷静谛观的态度从青年时代就开始了。他在二十二岁时写的《至乐词寄黄几复》中即言:

> 余泛观於天下兮,何者乐而谁者足忧。忧於窘窘不得兮,乐尽万物而无求。玩声色而弊形性兮,维造化之螟蠹。将逍遥炉锤之外兮,尚何俛首而婴此细故。百年存亡得失兮,吾既视奕棋与樗蒲。寒暑浅夜极则迁兮,有满则有虚……⑤

黄几复深通庄子之学,是他启发了黄庭坚对庄子的兴趣。我们曾在第一章内容中分析过,黄庭坚早年的思想比较倾向于庄子,而几复又是他的庄学之师,所以他在这首诗中的"观",主要还是借用庄子的观点。以后他渐渐深入佛理禅学,树立了比较系统的心性哲学时,他所用的观物方法,就更带有禅观的味道了:"不改五官之用,而透声色。"⑥黄庭坚在《次韵杨明叔见饯十首》中写道:"虚心观万物,险易极变态。皮毛剥落尽,惟有真实在。"⑦就是要在虚心映照的状态下看取万物的"真实"。其《陈师道字说》又说:

> 师道陈氏,怀璧连城。字曰无己,我琢以万乘之器,维求王明。我

---

①《缺月颂》,《黄庭坚全集》,第 614 页。
②《赠高子勉四首》,《山谷诗集注》,第 395 页。
③《刘仲明墨竹赋》,《黄庭坚全集》,第 1361 页。
④《山谷诗集注》,第 514 页。
⑤《黄庭坚全集》,第 1352 页。
⑥《杂言赠罗茂衡》,《山谷诗集注》,第 868 页。
⑦《黄庭坚全集》,第 55 页。

则无师,道则是我;其师道者,即水而为波。高明一路,入自圣门,观已
无己,而我尚何存? 入以万物,出以万物,寂寥法窟,伏兴用其律。其
入无底,其出无穷,是谓道妙。①

黄庭坚曾以"陈侯学诗如学道"评价陈师道。他的理想人格最重要的特征
是"合道",这与儒家、道家的提法并无二致。不过,如何能做到"合道"呢?
在这篇字说里,他指出,学道之人要观无我、无己,这样才能"因物而不用吾
私",与万物合一,消除自他的对立,真实把握客观事物的规律。"无我"方
能通达道妙,黄庭坚在这里综合了庄子与佛家的观点。

在黄庭坚的影响下,后来的江西诗派诗人亦多用明镜之喻说心性,强
调这种心态对于创作的重要性。曾几《赠空上人》诗说:

> 时从禅那起,游戏于笔端。当其参寻时,恣意云水间。松风激齿
> 颊,萝月入肺肝。政使不学诗,已见诗一斑……乃知心中镜,万象纷往
> 还。皆吾所现物,摹写初不难。②

在佛禅思想中,"观"不是目的,而是手段,通过观照内心与外境获得对真理
的觉悟性认识才是终极追求。所以观物与净心是一个双向互动式的过程。
"触目皆如,无非见性"③,对外境的认识深度体现着内心的觉悟层次,是体
认真如法性的印证。正如黄庭坚在《次韵答斌老病起独游东园二首》中所
言:"主人心安乐,花竹有和气。"④黄龙派禅僧双岭化禅师曾说:"翠竹黄花
非外境,白云明月露全真。头头尽是吾家物,信手拈来不是尘。"⑤这是典
型的"心外无境"的观点,在清净心的观照下,一切事物是既有差别相,又有
同一性;"头头尽是吾家物",一切事物都与我的心合一,不再是外在于我的
客尘(外境)。

二、观化阅世,妙尽形理

在这种诗学思想的影响下,黄庭坚形成了观化与阅世的观物方式。他

---

① 《黄庭坚全集》,第 620 页。
② 《茶山集》卷一,《全宋诗》卷一六五二。
③ 《景德传灯录》卷四,益州保唐寺无住禅师语录,《大正藏》卷五一。
④ 《黄庭坚全集》,第 53 页。
⑤ 《五灯会元》卷一七,双岭化禅师语录,《续藏经》第 80 册。

的诗歌中多处塑造了阅世而超然的主人公形象。

黄庭坚在熙宁元年罢太平州后,自荆州居家时写了《观化》诗,计十五首。序言中写道:"夫物与我若有境,吾不见其边;忧与乐相遇乎前,不知其所以然,此其物化与? 亦可以观矣,故寄名曰观化。"①虽然也表达了物我一体的观点,但他的"物化"观已不完全是庄子物化观的原义。结合具体诗作,我们能够更清楚地理解山谷的"物化"之义。

《观化》诗中所描绘的全部是春天的自然景色。有的诗几乎是完全写景,淡化人的情感,传达出生机盎然、人与自然和谐相融的意境,有陶渊明和王维诗歌的蕴味。如:"不知喜事在谁边,风结灯花何太妍。恐是邻家醅瓮熟,竹渠今夜滴春泉。"②"山回路转水深深,欲问津头谷鸟吟。隔岸野花随意发,小蹊犹忆去年寻。"③"竹笋初生黄犊角,蕨芽已作小儿拳。试挑野菜炊香饭,便是江南二月天。"④有的以春景比喻人事。如第一首:"柳外花中百鸟喧,相媒相和隔春烟。黄昏寂寞无言语,恰似人归锁管弦。"⑤首二句以鸟儿为主角,描写了一幅鸟儿在明媚的春光中同气相求的和谐场景。但接着笔锋一转,便写到黄昏鸟儿各自归巢的安静画面,衬托出人的寂寞和失落。不在一个场景过分渲染、粘着。第二首曰:"生涯萧洒似吾庐,人在青山远近居。泉响风摇苍玉佩,月高云插水晶梳。"⑥前二句写人与自然的相亲,有陶渊明的诗意。后二句虽嫌造语刻意,但选取独特的声色意象进行描写,造就了清丽的诗境,玉之清冷,月之皎洁又让人联想到高情远韵的主人公形象。在整体观化诗中,虽然大都描写的是春景,但其中却有着一位清晰的主人公形象,他随着春天一路走来,无边的春色一会儿感发他的喜悦,一会儿触拨他的愁思——"忧乐相遇乎前",这是中国古典诗歌中春天意象的经典情思,也是时序感物的传统写法。但最后三首却对这种感物的伤感情绪作了超越:

　　　　身前身后与谁同,花落花开毕竟空。千里追奔两蜗角,百年得意

---

①《黄庭坚全集》,第 1319 页。

②《观化十五首并序》,《黄庭坚全集》,第 1319 页。

③《黄庭坚全集》,第 1319 页。

④《黄庭坚全集》,第 1319 页。

⑤《黄庭坚全集》,第 1319 页。

⑥《黄庭坚全集》,第 1319 页。

大槐宫。

　　淘沙邂逅得黄金,莫便沙中著意寻。指月向人人不会,清霄印在碧潭心。

　　花开岁岁复年年,病眼看花隔晚烟。春去明明红紫落,清风明月是春前。①

第十三首中,诗人的视角猛地发生了提升和跳跃,从一时一地的感受变成更广阔时空的观照和省思,把人的生命意义放到永恒的自然中去度量。以名利的渺小短暂,引导人反思在变化不居的空性中什么才是真正的永恒,从而完成自我的生命抉择。第十四首是指明观化的目的,在于从现象当中获取对真相的认识。第十五首的诗义,花开花落是自然的循环,"病眼看花"是指人由于无明,自生颠倒,不知境性是空,执世法是实,便在境上生心住心。因为外境的变化而生起忧乐之心,如果以一种无所得的心来观察世间,就不会为春来春去而伤感,因为明月清风在春前春后都不会改变的,要去除虚妄,看取无常变化中的真相。他的《杂诗》:"扁舟江上未归身,明月清风作四邻。观化悟来俱是妄,渐疏人事与天亲。"②也表达了同样的义旨。黄庭坚反对诗歌无目的而作,他的观化诗,在景致描写中包蕴着哲思,是为了在观察与思索中完成人生抉择。

　　"阅世"一语也经常出现在黄庭坚的诗歌中:

　　　　戏弄丹青聊卒岁,身如阅世老禅师。③
　　　　飘萧阅世等虚舟,难息眼前无此流。④
　　　　畏人重禄难堪忍,阅世浮云易变迁。⑤
　　　　至人来有会,吾道本无家。阅世鱼行水,遗书鸟印沙。⑥
　　　　翩翩魏公子,阅世无全牛。吹嘘鼓万物,领袖倾九流。⑦

---

①《黄庭坚全集》,第 1319 页。
②《黄庭坚全集》,第 1341 页。
③《咏李伯时摹韩干三马次子由韵简李伯时兼寄李德素》,《山谷诗集注》,第 164 页。
④《题双凫观》,《山谷诗集注》,第 1269 页。
⑤《次韵胡彦明同年羁旅京师寄李子飞三章一章道其困穷二章劝之归三章言我亦欲归耳胡李相甥也故有槟榔之句》,《山谷诗集注》,第 1023 页。
⑥《次韵吉老知命同游青原二首》,《山谷诗集注》,第 912 页。
⑦《次韵章禹直魏道辅赠答之诗》,《黄庭坚全集》,第 960 页。

老松阅世卧云壑,挽著苍江无万牛。①

如果说,"观化"的对象更多在自然现象的话,那么"阅世"的观照对象就是社会人事了。"阅世"的目的在于看穿世间人所追求的功名利禄的虚幻、短暂、渺小,穿过虚幻把握永恒,从变迁中体认不变的真如本性,所以他的诗往往凸显了一种坚守的精神,持节不改,傲睨俗世,给人以清峻孤峭的感觉。如:

松柏生涧壑,坐阅草木秋。金石在波中,仰看万物流。抗脏自抗脏,伊优自伊优。但观百世后,传者非王侯。②

纷纷不可耐,君子有忧之。鞅掌诚庄语,贤劳似怨诗。颓波阅砥柱,浊水得摩尼。知我无枝叶,刳心只有皮。③

凄其望诸葛,抗脏犹汉相。……平生本朝心,岁月阅江浪。④

从时空无穷的变化中体认"不变",从纷繁万事的虚妄中找寻"真实",给黄诗增添了一种两极对比中的张力,也使他的诗歌呈现一种理性的深刻、冷峻。

在"照万象如镜"的宗旨下,黄庭坚在"观化"与"阅世"时,笔下摄取的时空更为广阔、深微,随时可以突破当下之事与眼前之景,开拓出更为广远的诗境。"观化"与"阅世"都是一种超脱的视角,既有"以道观之"的俯视角度,又有"婆娑万物表"⑤的气魄。

《观化》诗中的"千里追奔两蜗角,百年得意大槐宫"⑥,以"千里追奔"比喻俗世中的人竭尽全力奔波追逐名利,"千里"让这一行为有了可视化的效果,而千里之远又成为"两蜗角"之小的可笑对比,在这种极端对比中消解了前者的意义和价值。以"百年"之长对一梦之短,也有同样的效果。《清明》中"人乞祭余骄妻妾,士甘焚死不公侯。贤愚千载知谁是,满眼蓬蒿共一丘"⑦,以"千载"与"一丘"相对,虚化了时间的流程,直接把结果呈现

①《秋思寄子由》,《黄庭坚全集》,第 240 页。
②《次韵杨明叔见饯十首》,《山谷诗集注》,第 342 页。
③《陈荣绪惠示之字韵次韵三首》,《山谷诗集注》,第 447 页。
④《宿旧彭泽怀陶令》,《山谷诗集注》,第 15 页。
⑤《送李德素归舒城》,《山谷诗集注》,第 163 页
⑥《观化十五首并序》,《黄庭坚全集》,第 1319 页。
⑦《黄庭坚全集》,第 1114 页。

出来,戛然而止,不说而说,把所有的反思空间留给读者。"万壑秋声别,千江月体同"①,"万壑"、"千江"代表了广袤的空间与无限的事物,虽然表相千差万别,但是其中的真如法相"月体"却是不变的。"身更万事已头白,相对百年终眼青"②,"万事"、"百年"是把人的整个一生作为思考的基点,从世事纷杂的变迁中辨出不变之情。其他如"世态已更千变尽,心源不受一尘侵"③,"半世交亲随逝水,几人图画入凌烟。春风春雨花经眼,江北江南水拍天"④,都是以同样的方式表达着相似的主题,把迁变流逝的时空作为背景,在对比中突出其中不变的真实和永恒。

　　这是一种全体把握的视角,诗人把世间百事、宇宙万物与整个浩渺的时空作为思考的对象,在开阔的时空内观照人生,诗语纵横,很有气势。黄庭坚的这种写法,受到杜甫的影响,其千古名句"万里悲秋常作客,百年多病独登台"⑤,从空间(万里)、时间(百年)两方面着笔,把诗人在战乱中漂泊万里、一生忧患多病的感情,融入一联雄阔高浑的对句之中,情景交融,使人深深地感到他那沉重的感情脉搏。虽然写法相同,但诗人的取境指向是非常不同的,杜诗中高度浓缩的时空是为了增加、强化情感的悲怆与厚度,而黄庭坚却体现了一种观照中的理性与超然,以及以心转物、随处做主的雄健自信。

三、细化外境,深入观照

　　黄庭坚"观化"与"阅世"的视角,不仅是向高远开阔处开拓,同时也向幽微处深入,甚至把观照的外境细化为色、声、香、味等感官层面,对物性之理进行深入观照。

　　黄庭坚在《祝晁深道冠字词》中说:

　　　　咨尔深道,圣学无蚤。与其闻于门,不如观于奥。昔在圣人,行深道时,照蕴处空,万物君之。⑥

①《次韵十九叔父台源》,《黄庭坚全集》,第 1063 页。
②《次韵和台源诸篇九首之南屏山》,《黄庭坚全集》,第 1305 页。
③《次韵盖郎中率郭郎中休官二首》,《黄庭坚全集》,第 1077 页。
④《次元明韵寄子由》,《山谷诗集注》,第 778 页。
⑤〔唐〕杜甫:《登高》,《全唐诗》卷二二七。
⑥《黄庭坚全集》,第 634 页。

此处的深道即是指"般若",照见的是"五蕴皆空",是在所有一切物质与精神现象中所体现的"空性"。佛教把一切众生,内外心境根尘,以十八界括之,即六根、六尘、六识,并认为不论从哪个方面进行智慧观照,都可以通达真如实相之理。《楞严经》就详细记载了二十五位菩萨从六尘①、六根②、六识③、七大④等二十五个方面入手修行,获得解脱的故事。禅宗认为,体证到六根、六尘、六识的空性,就能透过声色纷纭的感官世界,彻见本来面目,此时通过清明通脱的心灵,就可以对自然物象作即物即真的感悟。正如黄龙宗一位禅师说:"花开似锦,普现法身。鸟语如簧,深谈实相。见闻不昧,声色全真。"⑤

黄庭坚也有意从声色香味这些细化的境界中描写自己的感受。他在建中靖国元年(1101)五十一岁时一连写了四题八首咏水仙花的诗,其中最为著名的一首:

> 凌波仙子生尘袜,水上轻盈步微月。是谁招此断肠魂,种作寒花寄愁绝。含香体素欲倾城,山矾是弟梅是兄。坐对真成被花恼,出门一笑大江横。⑥

开头几句不惜笔墨,巧妙设喻,把水仙花比拟为凌波仙子,体态轻盈,摇曳生姿。还以山矾与梅花作比,来形容水仙之清香醉人。但最后结句却出人意料,"坐对"是诗人的反省,他不允许自己在花的世界太过沉迷动情,丧失了清明的心态。于是陡然离境,出门而去,视野里出现了一个壮美的境界,大江滔滔,无限广阔,一笔扫尽了此前对色香境界的粘着。这是黄庭坚诗常见的特色。陈长方《步里客谈》说:"古人作诗断句,辄旁入他意,最为警策,如老杜云'鸡虫得失了无时,注目寒江倚山阁'是也,黄鲁直作水仙花

---

① 外境,指色、声、香、味、触、法。
② 器官,指眼、耳、鼻、舌、身、意。
③ 指眼识、耳识、鼻识、舌识、身识、意识,是六根对于色、声、香、味、触、法之六境,而生见、闻、嗅、味、觉、知了别作用者。
④ 指地、水、火、风、空、见、识。《楞严经》把色心万法之体性,大致分别为地大、水大、火大、风大、空大、见大、识大七种。地、水、火、风称四大,为色法之体;加空大为五大,复加识大为六大。大,乃周遍法界之义。万法之生成,不离四大,依空建立,依见有觉,因识有知。前五乃非情所具,后二则有情所兼;然举七法该摄万法。
⑤《续古尊宿语录》卷四,《续藏经》第 68 册。
⑥《王充道送水仙花五十枝欣然会心为之作咏》,《黄庭坚全集》,第 114 页。

诗,亦用此体。"①这后一句,即"旁入他意"。这确实受到了杜诗的影响,但也不妨说是受到了禅观的启迪,即色而悟空,钱志熙先生亦谓之"解脱语,是空中观色相语"②。

黄庭坚喜欢和香,也擅长香术,曾作《香之十德》,说香的好处是:"感格鬼神、清净身心、能拂污秽、能觉睡眠、静中成友、尘里偷闲、多而不厌、寡而为足、久藏不朽、常用无碍。"并有多首诗咏香。其《有惠江南帐中香者戏答六言二首》③对江南帐中香的材料、形状、作用都作了详细的描写,表明了诗人对香的精通和喜爱,但他在《谢王炳之惠石香鼎》写道:

> 熏炉宜小寝,鼎制琢晴岚。香润云生础,烟明虹贯岩。
> 法从空处起,人向鼻头参。一炷听秋雨,何时许对谈。④

"香润"二句把香的形态写得非常美,令人着迷。"法从"二句却从这个境界里出离,要从鼻子的嗅觉来参香的空性。正如他在《题海首座壁》所写的"香寒明鼻观"⑤与《有闻帐中香以为熬蝎者戏用前韵二首》:"但印香严本寂,不必丛林遍参。"⑥这是从闻香之中获得解脱智慧的途径。《楞严经》卷五描述香严童子通过闻香而观照到香气的实相,从而悟道:

> 香严童子,即从座起,顶礼佛足,而白佛言:我闻如来教我谛观诸
> 有为相。我时辞佛,宴晦清斋。见诸比丘烧沈水香,香气寂然来入鼻
> 中。我观此气,非木非空,非烟非火,去无所著,来无所从,由是意销,
> 发明无漏。如来印我得香严号。尘气倏灭,妙香密圆。我从香严,得
> 阿罗汉。⑦

香严童子谛观香气的实相,香气"非木非空,非烟非火",由众缘和合而成,经过解构,其中实在没有一个香气的自性,它来无所从,去无所著,所以当体即空。

---

①李裕民:《四库提要订误》,书目文献出版社,1990 年,第 202 页。
②钱志熙:《活法为诗》,吉林文史出版社,1997 年,第 111 页。
③《有惠江南帐中香者戏赠二首》,《黄庭坚全集》,第 194 页。
④《黄庭坚全集》,第 128 页。
⑤《黄庭坚全集》,第 1130 页。
⑥《黄庭坚全集》,第 195 页。
⑦《大正藏》卷一九。

《又答斌老病愈遣闷二首》中"鸟语入禅味"①,是从声音当中悟出禅味。《春游》"把酒忘味著,看花了香寂"②,是在面对酒味与花香时提起观照之心,享受而不沉溺的一种心态。山谷嗜茶,作有多首茶诗,但是,在观看茶艺、品味佳茗时,也还是保持着理性的观照。如《奉同六舅尚书咏茶碾煎烹三首》中的"乳粥琼糜雾脚回,色香味触映根来"③,以及《送张子列茶》:"斋余一椀是常珍,味触色香当几尘。借问深禅长不卧,何如官路醉眠人。"④

中国文论史上对于心物关系的理解,主要受到儒家和道家思想的影响,始终存在着两种侧重点不同而又相互交融的诗学观念。一种是"物感说",强调外物对人心的感发作用,这涉及到古人对艺术发生学的认识。《淮南子》与《乐记》中对此均有阐述。《淮南子·本经训》云:

> 夫声色五味,远国珍怪,瑰异奇物,足以变心易志,摇荡精神,感动血气者,不可胜记也。⑤

《乐记·乐本篇》曰:

> 凡音之起,由人心也。人心之动,物使之然也,感于物而动,故形于声。乐者,音之所由生也;其本在人心之感于物也……是故先王慎所以感之。⑥

虽然这两部书分别从道、儒两家不同的思想体系立论,但对"物感人心"的认识是一致的。刘勰在《文心雕龙·物色》篇里进一步总结了创作中的"物感"理论:"春秋代序,阴阳惨舒,物色之动,心亦摇焉……岁有其物,物有其容;情以物迁,辞以情发。……是以诗人感物,联类不穷。流连万象之际,沉吟视听之区,写气图貌,既随物以宛转;属采附声,亦与心而徘徊。"⑦刘勰认为,外物乃是感发诗心的重要因素。在这种观念的影响下,中国古代

---

① 《黄庭坚全集》,第 54 页。
② 《黄庭坚全集》,第 878 页。
③ 《黄庭坚全集》,第 1174 页。
④ 《黄庭坚全集》,第 1339 页。
⑤ 〔汉〕高诱注:《淮南子注》,上海书店,1986 年,第 123 页。
⑥ 吉抗联译注:《乐记》,人民音乐出版社,1958 年,第 1 页。
⑦ 黄霖编:《文心雕龙汇评》,上海古籍出版社,2005 年,第 149 页。

诗歌形成了"缘情感物"的传统,借用物象来表现丰富的情感,以情景交融作为诗的最高美学追求。而另一种诗学观念则更侧重于创作者的精神状态,老庄,尤其是庄子哲学中所蕴含的美学思想,比如"以道观之"整体把握的视角,"不以物易其性"的超脱人生观,"涤除玄览"、"虚静"的空明心态、"心与物化"的艺术境界等等,更为强调主体精神境界的修养,强调人的心灵在创作中的主导作用。但是,这种创造又不是完全主观的,而是"从主体入手而讲到与客体的结合,是中国古代艺术创作理论的重要特点"①。

自从佛教传入中国以来,其独特的思想内容和思维方式给中国诗学带来了新的资源。比如,佛教认为"万法唯心"、"心能转物",禅宗提出"心外无法",在心物关系中,认为心是占主导地位的,而且主张佛禅修行的最高境界必须消除心物的二元对立关系,使心与宇宙万物融为一体。这种新思想与中国本土老庄文艺观念在强调心灵的主体作用等方面不谋而合,而在对心的体用的认识上,其理论阐述更为系统。它不但确立了人心在认识世界过程中的主体地位与能动作用,还打破了心与外境二元对立关系,给中国诗歌理论与创作实践带来了深刻的影响,具体而言,涉及到对言意关系的重新认识,观物方式的转变以及美学意境的新开拓等等。

当然,这种哲学思想对艺术观念与创作实践的影响也不能一概而言,从谢灵运、王维、皎然、白居易到苏轼、黄庭坚,中国诗歌史上受到佛教思想影响的诗人很多,但由于诗人所处时代不同,所接受的佛教宗派思想也有很大的差异,辐射到其诗学思想上,也呈现出不同的风貌。就本书所涉及的内容,笔者认为,在佛禅思想中,对诗歌创作作用比较大的因素是禅观的方式与目的,它直接影响了诗歌中观物的方式。比如,王维受北宗禅"凝心入定,住心看净,起心外照,摄心内证"修证方法影响,禅修方式是去染还净、证得清净心,目的在于达到"无我"的境界,所以在《辋川集》那些五言绝句的创作中他注重现量直观,消融自我视角,让景物原样呈现,善于捕捉刹那体验、"须臾之物",以小见大,以瞬刻表现永恒,这使王维的"辋川绝句,字字入禅",造就了清淡旷远的诗风。

而对黄庭坚来说,他身处儒家"纳佛入儒"与佛禅"以佛融儒"两相交合的时代思潮中,除了接受儒家思想与庄子的影响之外,对佛禅思想也吸纳

①张少康、刘吉富:《中国文学理论批评发展史》,北京大学出版社,1995 年,第 71 页。

甚多,尤其是般若思想与禅宗的心性思想。他是临济宗黄龙派的法嗣,曾以黄龙派的参禅手段为禅修方法,打破疑情,体悟到心是幻法,勘破心念的虚幻,体会到心性本体(真如)清净、寂静的特质,并以般若思想为指导进行禅观实践,通过对自我身心进行深入观照,以期达到般若思想"毕竟空"的境界。因此,黄庭坚经常以佛禅义理对世间事物与现象进行"观照",观照的对象既有景物、社会、人生等外部事物,也有自己内心情绪的微妙起伏。其目的是消除思想上的各种执着,深化对般若空性的认识,生起平静淡泊、清净超然的心境①。这种对世界、人生"冷静谛观"的思维模式,体现在创作实践之中,就是以心观物,以物印心。与王维追求"无我"之境不同,黄庭坚恰恰是强调以我观物,高扬主体精神的照耀,透过现象观察本质,讲求"道机禅观转万物"②;并注重选取特殊意象,描摹内在意趣,以印证自心境界。所以他的诗歌清峻,对境不粘,有一种超然的卓越风姿,形成了不同的禅味③。超脱的观物方式,具有特殊象征意义的意象,力图穿越事物表相、归趣般若空观的价值取向,凸显出了作者清净、高洁的精神境界,这是黄庭坚将"性情"表现于诗歌的主要渠道,也是黄诗形成"格韵高绝"风格的重要动因。

　　不过,由于黄庭坚"观化"与"阅世"的目的是为其自身道德修养、人生态度抉择服务的,以物印心,表现诗人的高尚情操,所以他的"观物"又有一定的主观性,诗歌中所摹写的往往不是实景而是虚景,或者在面对景物时以心择景,在选择景象后,他有时并不对景象本身作过多的描写,而是直接刻画其内在精神。正如韩经太先生所指出的:"黄庭坚诗在景象塑造上的典型特征则是主观裁制……其景象塑造都以特定心理势态为制约,都是特意裁剪安排的。"④这使他笔下的诗歌意象有时呈现出内涵同一性现象,成为象征性的喻象,比如以秋月明珠等意象象征心的光明与清凉,以窗牖和镜比喻人心的观照作用以及过而不留的清净本性,以金石、砥柱、寒松表现持节不移的品格等等,不像苏轼笔下的花草树木那样"随物赋形",姿态横

----

①参见拙文《"心是幻法"与"自见其性"——黄庭坚对佛教般若思想的吸收及其禅观实践》,《中国文化研究》2009年夏之卷。

②《再次韵兼简履中南玉》,《山谷诗集注》,第329页。

③这并不是说他的诗作中就没有现量直观的内容,而是说以此种观照方法为主。

④见韩经太:《苏黄诗比较论》,《社会科学战线》,1993年第5期。

生,这使其意象的多样性与诗歌内容的丰富性受到了一定的影响。

第三节　不立文字与不离文字——句中有眼的语言艺术观

一、佛禅语言观简介

佛教对待语言的态度乍看起来是有些自相矛盾的:一方面,大乘佛教普遍否定语言的实在性,认为最高真理是语言难以表达的。另一方面,佛教在弘法的过程中又离不开语言的教化作用。所以,佛教用了多种方法来提高、丰富语言的功能,"诸佛亦以无量无数方便、种种因缘譬喻言辞而为众生演说诸法"①。其中最重要的两种方式是"表诠"和"遮诠",即正面的肯定与反面的否定。前者是通过显示事物的属性来诠释事物"是什么",后者是通过排除事物的属性来诠释事物"不是什么"。方立天总结说:"佛教尤其是般若学系统,认为语言只能表示相对的现象,作用是有限的。最高真理是超越多种相对现象之上的绝对者,必须通过'遮诠',即通过'不'、'非'、'无'、'离'、'绝'等否定式的表述来表示最高真理。"②但是,佛教总的理路还是:最高真理是语言无法表达的,学佛者需要超越语言文字来感悟它。这方面最典型的例子是《维摩诘所说经》中对于语言的看法:

> 如是诸菩萨各各说已,问文殊师利:"何等是菩萨入不二法门?"文殊师利曰:"如我意者,于一切法无言、无说、无示、无识,离诸问答,是为入不二法门。"于是文殊师利问维摩诘:"我等各自说已,仁者当说!何等是菩萨入不二法门?"时维摩诘默然无言。文殊师利叹曰:"善哉!善哉! 乃至无有文字语言,是真入不二法门。"③

中国的禅宗,对语言的态度也经历了一个从"不立文字"到"不离文字"的发展过程。禅宗的终极关怀是明心见性,彻见本来面目。它以禅悟作为修持方式,而禅悟是追求心灵超越的主观感受,是超越经验、知识、理性、逻辑

①《妙法莲花经》卷一《方便品》,《大正藏》卷九。
②方立天:《中国佛教哲学要义》下册,第1080页。
③《大正藏》卷一四。

的。所以禅宗的宗旨是："教外别传，不立文字，直指人心，见性成佛。"①意思是禅以心传心，不能通过语言文字来传达。如禅宗六祖慧能即说："若大乘者，闻说《金刚经》，心开悟解，故知本性自有般若之智，自用智慧观照，不假文字。"②所以禅宗的修持重视个体的自我证悟，发掘自身本有的智慧宝藏，回归清净心性，而不是向外驰求，迷着经典、拘泥文字，陷入知解当中。有的禅师甚至把语言文字当作悟道的障碍。禅宗棒喝中著名的"德山棒"就是德山禅师发明的启悟禅人的方法，他见人开口便打："道得也三十棒，道不得也三十棒。"③认为语言会妨碍学人认识自性或实相。

但是，在禅宗中，佛理既不可言说又需要言说，禅不可言说又需要言说，在禅师们引导学人的过程中，语言是不可缺少的重要工具；在师徒印证的悟境的情况下，语言也是必要的传达手段。所以语言在禅宗这里似乎承担着一个"不可能"完成的任务——传达语言所不可能传达的意蕴，这就使语言的张力得到了最大的体现。此外，各个宗派的禅师们为了得到士大夫文人的外护，也必须迎合他们对禅语文字的爱好。所以，禅宗最终从"不立文字"发展到了"不离文字"，甚至在北宋出现了专门在文字上追求禅意的禅法——"文字禅"。

"不立文字"与"不离文字"二者的关系不是对立的，两者看似相反，实则相通。实际上，"不离文字"是以"不立文字"作为大前提的，而"不立文字"精神的存在，又时时提醒着禅者在"不离文字"的同时又不能执着于文字。禅宗于是形象地把言与意的关系比喻成指和月，学人因指而见月，但既不能以指为月，也不可弃指望月。指月的比喻原本来自《楞严经》：

> 佛告阿难，汝等尚以缘心听法，此法亦缘非得法性。如人以手指月示人，彼人因指当应看月，若复观指以为月体，此人岂唯亡失月轮，亦亡其指。④

"指"喻经教中的一切语言文字，"月"喻佛法的真实义谛。"指"与"月"喻言与义、相与性的关系。"指月"的目的，要人观月，而不是观指。同样，经教

---

① 《镇州临济慧照禅师语录》，《大正藏》卷四七。
② 《六祖大师法宝坛经·行由品》，《大正藏》卷四八。
③ 《五灯会元》卷七，《续藏经》第 80 册。
④ 《大正藏》卷一九。

中的万言千语,要人悟道见性,而不是执着名相,纠缠字句。后来禅宗屡屡借用这一比喻,加以发挥。圆悟禅师在解释了《楞严经》这一段经义之后说:

> 理妙非粗不传,由影之传于形者,明丈六虽粗而能传妙理。托事表理,寄言显道,犹影传于形,亦如指指月。[①]

他首先肯定了语言的意义,没有语言就传达不出妙理;但又进一步指出,托事(指佛经中的比喻)、寄言的目的是为了表理显道,所以不能执着于事和言自身,而要领悟言外的道理。

宋初永明延寿禅师从禅宗修行角度来提醒学人不要随语生见,而要因言悟道:

> 问:多闻广读习学记持,徇义穷文,何当见性? 答:若随语生见,齐文作解,执诠忘旨,逐教迷心,指月不分,即难见性。若因言悟道,藉教明宗,谛入圆诠,深探佛意,即多闻而成宝藏,积学以为智海。从凡入圣。皆因玄学之力。[②]

为此,禅师们纷纷发挥自己运用语言的智慧和能力,既要充分地施展语言表情传意的功能,最大限度地负载所要传达的信息,又要让语言有指向言外的引导性,让人获得超越语言的感悟,而不是滞留于语言自身。在这种情况下,禅师们创造了机语、玄言、公案、偈颂、话头等特殊的语言形式,并发明了各种各样的言句,如所谓"透法身句"、"临机一句"、"当锋一句"、"该天括地句"、"绝渗漏底句";又有参"活句",不参"死句"之说,并析出"云门三句":"一句函盖乾坤,一句截断众流,一句随波逐浪。"还模仿佛陀的"三转法轮"而为"三转语"[③],即把同样的意思变换三种方式来加以表述。禅师们在这些言句中运用了象征、譬喻、反语、诘问、夸诞、矛盾等种种修辞手法,构建了灵动活泼的语言模式,极大地丰富了语言的表达方式。有的学者认为:"禅宗把中国的语言艺术推向了一个新的顶峰,禅宗语言极大地丰富了中国艺术语言的宝库。"[④]

---

① 《宗镜录》卷一六,《大正藏》卷四八。
② 《万善同归集》,《大正藏》卷四八。
③ 《碧岩录》卷二第十三有巴陵三转语,卷十第九十六有赵州三转语等,见《大正藏》卷四八。
④ 方立天:《中国佛教哲学要义》下册,第 1137 页。

　　北宋初期,禅宗的临济宗、云门宗、曹洞宗禅师们先后采用偈颂(诗歌)等体裁传法,从文字上讲求禅意,兴起了文字禅之风。所谓"文字禅",是指通过学习和研究禅宗经典而把握禅理的禅学形式,它不仅通过语言文字习禅、教禅,还通过语言文字来衡量迷悟和得道深浅。文字禅有独特的表现方法和固定的体裁。禅师们在论禅之时,往往采取宾主互相激扬、讨论、启发的形式,应对之间产生的所谓"机锋语"具有犀利迅捷,不落迹象,深意内含的特点。虽然也有禅宗末流争斗机锋,故作怪诞不经之语,可是不能不承认,禅宗在斗机锋方面积累了丰富的经验,有助于启发人们哲理的思辩以及连珠频发的联想、奇特的想象和新鲜生动的比喻。这一切与诗人锻炼艺术技巧的基本功大有共通之处。从文学的角度来看,文字禅作品尤其是其中的偈颂,文学性很强。"从纯形式的角度看,禅宗的偈颂在格式、声律、辞藻、对偶、意象等方面都与诗歌完全一样,有古体,也有近体,有五言古诗、七言歌行,也有五绝、五律、七绝、七律,常被众称为'诗偈'或'歌颂'。"①这些偈颂把哲理与意象相结合,具有象征性、暗示性,受到了文人们的喜爱。

　　与这种风气相呼应,宋代的文人士大夫在习禅中也喜欢参究公案和偈颂,体会其中的禅味;甚至尝试创作了大量的偈颂赞铭。他们与禅师们来往唱和,叩问禅机,有意无意地从公案和偈颂中的文学性(包括立意与意境等)与文字技巧中汲取营养,来丰富诗学思想、提高文学技巧、开拓诗歌意境。黄庭坚就是其中突出的一位。

二、黄庭坚句法与意蕴并重的诗学观

　　"不立文字"与"不离文字"的双重标准导致了禅师们在说禅时婉转曲折,不点破、不坐实,避免说破语中意趣的语言特点,与学禅之人必须寻求言外之意的解语趋势,这时,"活句"就成了对禅师语言的必然要求,参寻"句中之眼"、不死于句下也成为禅人在学禅中要做足的工夫。黄庭坚注重"句法"、讲求诗歌表现技巧就与禅宗的这一风气密切相关。不过,目前学界对黄庭坚诗歌语言艺术理论的研究往往偏重在对其具体"句法"的研究上,而忽略了"句法"其实是为其独特的诗意服务的,正如禅宗的种种语言

---

①周裕锴:《禅宗语言》,浙江人民出版社,1999年,第95页。

技巧是为了让学人"悟入"一样。如果能够从句法与意蕴并重的角度来分析黄庭坚的诗歌语言艺术，我们的理解将会是更全面、更通透的。

　　黄庭坚所师承的临济宗黄龙派禅人非常重视语言的作用，也讲究语言的技巧。晦堂祖心禅师说："问道本无言，因言而显道"，"若离文字，还同认贼为子；若即文字，又却认子为贼"[1]，希望从不离不即的辩证关系中来灵活使用语言。笔者曾在第二章中阐述过，黄龙派的宗风之一就是"参活句"，从创始人慧南到他的弟子晦堂祖心与再传弟子死心悟新禅师都遵守了这一传统。黄庭坚的《黄龙心禅师塔铭》记载了祖心向慧南请益的对话：

　　　　……（祖心）即应曰："大事本来如是，和尚何用教人看话下语，百计搜寻？"南公曰："若不令汝如此究寻，到无用心处，自见自了，吾则埋没汝也。"师从容涵泳，陆沉于众，时往咨决云门语句……

死心悟新在上堂教导学人时说：

　　　　参玄上士，须参活句，直得万刃崖前，腾身扑不碎，始是活句。若不如是，尽是意根下纽捏将来，他时异日，涅槃堂内手脚忙乱。只如达摩西来，不立文字，直指人心，见性成佛。又岂是传你言说，觅你聪明。只要你达自本心，见自本性，永脱死生，归家稳坐。若得到家，须知家里事。既知家里事，于一切处炼教成熟，似一头露地白牛去，然后触着便发，方有自由自在分。[2]

禅宗"活句"之语来自洞山守初禅师所说："语中有语，名为死句；语中无语，名为活句。""活句"是指语言没有限定的含义，也超出了寻常逻辑之外，留出联想、参究的广阔空间，让人充分发挥自己的主观能动性，去顿悟"本心"，所以"参活句"的目的在于"见自本性"。黄龙宗禅人大都具有丰厚的古典诗词修养，创作了大量的诗偈，其中巧妙无痕地运用古典诗词；在应机示法时，也常常随手拈用、化用古典诗词成句、意境。比如晦堂的《晚春道中》"江边草色和烟碧，岭上云容带雨飞"，系化用江淹《别赋》"春草碧色"典故；《早秋示众》"尘月成魄"，熔铸《别赋》"秋月如圭"意境；"风萧萧兮木叶飞"，借用"楚辞"句式和词汇。这些诗句，形象地表达了家园景色之美、流

---

①《宝觉祖心禅师语录》，《续藏经》第 69 册。
②《死心悟新禅师语录》，《续藏经》第 69 册。

落他乡的落寞,以游子不归比喻禅人不能回光返照,明心见性。这种归乡的主题与借鉴古诗词表达新颖禅境的"点铁成金"手法对黄庭坚都有影响。他说:"学者若不见古人用意处,但得其皮毛,所以去之更远。"①认为在学习句法技巧时,还要会得古人之"意",即用此句法的目的。在《与孙克秀才书》②中他又强调:"读老杜诗,精其句法,每作一篇,必使有意,为一篇之主,乃能成一家,不徒老笔砚,玩岁月矣。"主张在"意"的主宰下来使用句法技巧,实现"词意相得"③,他认为如果失去了诗意精神的笼罩,玩弄语言花样是没有意义的。

　　"句中有眼"是黄庭坚所重视的句法标尺。他有诗云:"拾遗句中有眼,彭泽意在无弦。"④黄氏亦将之用来评书法:"用笔不知擒纵,故字中无笔耳。字中有笔,如禅家句中有眼,非深解宗趣,岂易言哉!"⑤"余尝评书:字中有笔,如禅家句中有眼。至如右军书,如《涅槃经》说,伊字具三眼也。"⑥所谓"眼",即"正法眼藏",是禅宗教外别传的要义。本来,依禅宗祖训,"眼"是外于文字言句的,但到了晚唐五代禅宗五家形成之后,使用新的农禅话语"宗门语"成为教外别传正法眼藏的主要途径。因而,禅宗的要义精髓虽外于经教的文字言句,但可以蕴藏于特殊的宗门语句之中。临济义玄云:"一句语须具三玄门,一玄门须具三要。"⑦大概的意思是,话要讲活,要话中有话,言中有玄,含有玄意,言外有旨,蕴藏禅理,以让学人领会语句中的真实意旨,在不离文字中贯彻不立文字的玄意⑧。法眼文益在《宗门十规论》中说得更明白,要求在对答中"须语带宗眼,机锋酬对,各不相辜"⑨。所谓"语带宗眼",即指某一宗派所具有的代表性观点;又指透彻了解宗旨奥义之明眼。以上所引,都是说明禅宗的"正法眼"就体现在语词中,有如诗歌和书法的韵味要体现在句法和笔法中。

---

①转引自《潜溪诗眼》,郭绍虞辑:《宋诗话辑佚》,中华书局,1980年,第317页。
②《与孙克秀才》,《黄庭坚全集》,第1925页。
③《论作诗文》,《黄庭坚全集》,第1684页。
④《赠高子勉四首》其四,《山谷诗集注》,第395页。
⑤《自评元祐间字》,《黄庭坚全集》,第677页。
⑥《题绛本法帖》,《黄庭坚全集》,第746页。
⑦《镇州临济慧照禅师语录》,《大正藏》卷四七。
⑧方立天:《中国佛教哲学要义》下册,第1139页。
⑨《续藏经》第63册。

　　黄庭坚"句中有眼"之论显然从禅宗用语而来①。他在诗中所提的"句中有眼"与"意在无弦"应理解成互文,二者是圆融一体的。圆悟克勤禅师在《碧岩录》卷三第二十五则《莲花峰拈拄杖》云:"不妨句中有眼,言外有意。自起自倒,自放自收。"②句中之眼分明是指向言外之意的。"句中有眼"的目的是为了更好地传达出言外之意,这个"眼"正是句中的关键点,是语言通向言外之意的桥梁。惠洪《冷斋夜话》卷五《句中眼》条载山谷评荆公、东坡诗曰:"此皆谓之句中眼,学者不知此妙,韵终不胜。"不过"句中有眼"与江西诗派的一些人所说近体诗对仗炼字的"句眼"不同,而是整个句子通过用字、象征、比喻等修辞手法所传达出的言外之意。在黄庭坚的心中,这样的"言外之意"又往往与庄禅之境相合,是一种浑厚而深邃的哲学境界,是"道"的境界。刘成纪先生对道禅的语言观进行了研究,他指出:

　　　　对于中国哲学来说,一方面,道的无言要求人归于沉默,另一方面,哲学作为对哲学家知性活动成果的宣示,又不得不借助语言。面对这种矛盾,人唯一的选择只能是在两者之间做出某种程度的妥协,即:以无言作为言说的指归,以言说使无言的价值得到彰显。比如,庄子说"天地有大美而不言",这种来自自然的静默为本质意义上的言说树立了典范。但这种典范性,并不必然意味着对语言的全面放弃,而关键在于如何使语言向更加深邃的意义空间拓展。③

在道禅思想的影响下,黄庭坚的"句中有眼"语言观正体现了"使语言向更加深邃的意义空间拓展"的这种努力。

　　具体到句法创新上,黄庭坚在学习杜甫、韩愈"无一字无来处"的用典经验的基础上,从禅宗语言"点铁成金"、"夺胎换骨"、"翻案"技巧中获得启发,提出了活用典故、推陈出新的句法理论,追求词与意的双重创新。

　　黄庭坚《答洪驹父书》云:"自作语最难,老杜作诗,退之作文,无一字无来处。盖后人读书少,故谓韩、杜自作此语耳。古之能为文章者,真能陶冶万物,虽取古人之陈言入于翰墨,如灵丹一粒,点铁成金也。"④"点铁成金"

---

① 周裕锴先生对此作了详细的论述,见其论文《宋代诗学术语的禅学语源》,《文艺理论研究》1998年第 6 期。
②《大正藏》卷四八。
③ 刘成纪:《道禅语言观及其对语言世界的开启》,《意象》第一期,北京大学出版社,2006 年。
④《黄庭坚全集》,第 473 页。

这一术语来自禅宗典籍。它原是道教炼丹术,但禅宗却常用来譬喻学人经过禅师的一言点化而开悟。如:"问:'环丹一颗,点铁成金;妙理一言,点凡成圣。请师点。'师云:'不点。'"(《祖堂集》卷一三《招庆和尚》)这是禅师在点化学人时使用的语言艺术,有时候可以用一个字来启发学人开悟。如百丈禅师著名的"不落因果"与"不昧因果"的故事,后来的很多禅师也让学生们去参究这个公案:

> (宏智禅师)举百丈上堂,常有一老人听法,随众散去。一日不去,丈乃问:立者何人? 老人云:某甲于过去迦叶佛时,曾住此山。有学人问:大修行底人,还落因果也无? 对他道:不落因果。堕野狐身五百生。今请和尚代一转语。丈云:不昧因果。老人于言下大悟。①

"因果"是指因果法则。佛教认为,世上一切事物都在因果法则的规律下运行,如是因,如是果,任何人或事物无能超出其外。这是佛教的根本教义。而"不落因果"就违背了这个根本教义,认为大修行人能超出因果法则控制之外。这种论调是错误的,因此才堕落野狐身五百世的果报。而"不昧因果"就是对因果的道理明了不昧,即使是大修行人也不可否定因果。从"不落因果"到"不昧因果",百丈禅师只改了一个字就使老人言下顿悟,显示了语言在禅宗传法中重要而神奇的功能。这样的语言又叫"转语",在禅者迷惑不解、进退维谷之际,老师为令禅者颖解,蓦地翻转语意而下转语,有"一转语"、"三转语"等称。"转语"使语言的灵活性得到了最大体现和运用,禅师根据情况可以自由自在地转变词锋,以达到不同的目的。

黄庭坚借用了禅宗语言"点铁成金"的技巧,将之运用到诗法中,主要是指借用前人已使用过的语言材料,根据自己的构思重新组织,提升意境,为我所用。这也就是他说的:"安排一字有神。"②这样的一字在诗句中是最重要的,"一句诗靠最贴切、最新颖或含义最丰富的一字(相当于"至理一言")的锤炼选择,从而化平庸为警策"③。从"不落因果"到"不昧因果",不仅仅表现了百丈禅师高度的语言使用艺术,更显示了他高明的识见。所以,在提出"点铁成金"一语时,山谷强调的不仅是对诗歌语言艺术的高度

---

① 《大正藏》卷四八。
② 《荆南签判向和卿用予六言见惠次韵奉酬四首》,《黄庭坚全集》,第203页。
③ 周裕锴:《宋代诗学术语的禅学语源》,《文艺理论研究》,1998年第6期。

重视,还有对诗人"具眼"和炼意的要求,因为只有心中有了对意境的把握,才谈得上下语的准确。

具体到化用典故与前人诗语的技巧,黄庭坚提出了"夺胎换骨"之说。他说:"诗意无穷,而人之才有限;以有限之才,追无穷之意,虽少陵、渊明,不得工也。然不易其意而造其语,谓之换骨法;窥入其意而形容之,谓之夺胎法。"①

"夺胎换骨"也是受到禅宗用语的影响。"夺胎"原指高僧迁化之时,利用别人的胎体,注入自己的神识,变成一个新的生命体②。这个新的生命体是他人之胎与我的神识的组合。"换骨"一语亦来自禅语。以龙换骨的典故比喻"新生"③,在自身"神识"不变的情况下,更换了身体。夺胎和换骨,都意味着一种"新生"。不过前者指的是"神识"的改变,而后者指的是身体的改变。同样的意思应用到诗学语言艺术上,"夺胎",就指的是利用别人的语言材料、构思经验,注入自己新的意蕴,使意境得到提升或深化;而"换骨"就是利用前人的语意、诗意,更换一种表达方式,使诗思更加隽永。如葛立方云:"诗家有换骨法,谓用古之意而点化之,使加工也。"④曾季狸指出:"山谷咏明皇时事云:'扶风乔木夏阴合,斜谷铃声秋夜深。人到愁来无处会,不关情处总伤心。'全用乐天诗意。……此所谓夺胎换骨者是也。"⑤

黄庭坚提出这一诗法后,在当时就产生了影响。后出的禅僧惠洪为了让学人更好地理解"夺胎换骨",还举山谷诗例进行印证。其《冷斋夜话》卷一云:

> 如郑谷《十月菊》曰:"自缘今日人心别,未必秋香一夜衰。"此意甚佳,而病在气不长。西汉文章雄深雅健者,其气长故也。曾子固曰:

①《冷斋夜话》卷一。
②见周裕锴《宋代诗学术语的禅学语源》。海印禅师夺朱家女之胎而生之事,见《补续高僧传》卷八。海印,名超信,为临济宗琅邪慧觉禅师的法嗣,是黄庭坚同宗的叔祖师。其"夺胎"之事,为丛林盛传,黄庭坚当熟知。
③《景德传灯录》卷二八记载南阳慧忠国师问一僧人南方禅的特征是怎样的,他回答说:"……此身即有生灭,心性无始以来未曾生灭。身生灭者,如龙换骨、蛇脱皮、人出故宅。即身是无常,其性常也。南方所说大约如此。"(《大正藏》卷五一)
④〔宋〕葛立方:《韵语阳秋》卷二,《历代诗话》,中华书局,1981 年。
⑤《艇斋诗话》,丁福保辑:《历代诗话续编》,中华书局,2001 年,第 314 页。

"诗当使人一览语尽而意有余,乃古人用心处。"……又如李翰林诗曰:"鸟飞不尽暮天碧。"又曰:"青天尽处没孤鸿。"然其病如前所论。山谷作《登达观台》诗曰:"瘦藤拄到风烟上,乞与游人眼界开。不知眼界阔多少,白鸟去尽青天回。"凡此之类,皆换骨法也。

山谷借用郭功甫"鸟飞不尽暮天碧"①与李白"青天尽处没孤鸿"的诗意,这两句都是写人的视觉追逐飞鸟,一直延伸到天际的感觉,形容登高后视域的远阔感。但山谷换了表达方法,一个"回"字,本来已经拉远的视线突然折回,视点在瞬间转移,使得青天似乎有一种"扑面而来"的错觉,增加了视觉的冲击力;而且白鸟与青天似乎有了一种一来一去的关系,给诗意增添了回旋的动感,展现了山谷"安排一字有神"的炼字成就。"瘦藤"是借代写法,代指拄杖,与以"青州从事"②代指酒一样是禅宗"不犯正位"的修辞手法,显得更为雅隽。

由于受到禅宗般若思想的影响,黄庭坚将一些古典诗歌的传统意象进行了转换,使之呈现了一种新鲜的禅意。如《平阴张澄居士隐处三诗之亨泉》诗中的"栖迟林丘下,欲濯无尘缨"③,"濯缨"本自《孟子》:"沧浪之水清兮,可以濯我缨。"但是,山谷将之改为"无尘缨",是比喻心体本来清净,虽洗而无洗,增加了新意。山谷诗歌中类似的"夺胎法"还有很多。在第四章分析诗歌意象时我们将会详细阐述。

由此可见,黄庭坚的重要诗歌语言艺术,都与禅宗诠释方法相关。禅宗"不立文字"与"不离文字"的语言观给他以深刻的影响,而禅家独特的语言表达方式则给了他直接的启示。当然禅宗与诗家对待语言的态度是不可能完全一致的。元好问在《陶然集诗序》(《遗山先生文集》卷三七)说:

> 方外之学有为道日损之说,又有学至于无学之说,诗家亦有子美夔州以后,乐天香山以后,东坡海南以后,皆不烦绳削而合,非技进于道者能之乎?诗家所以异于方外者,渠辈谈道,不在文字,不离文字;诗家圣处不离文字,不在文字。唐贤所为,情性之外不知有文字云尔。

---

① "鸟飞不尽暮天碧"应为宋熙宁进士郭功甫所作。《苕溪渔隐丛话前集》卷三七曰:"'飞鸟不尽暮天碧'之句,乃郭功甫《金山行》,《冷斋》以为李翰林诗,何也?"
② 《醇道得蛤蜊复索舜泉》,《山谷诗集注》第10页。
③ 《山谷诗集注》,第25页。

他点出佛禅所谈之道超乎文字之外,但又需要文字来进行表达;而诗人的优势与着力点正在于文字,但必须使文字有高远的言外之意。

"点铁成金"、"夺胎换骨"、"句中有眼",这些都是黄庭坚从禅家语言经验中学习并总结出来的,显示出他对诗歌语言艺术的高度重视。他自觉学习、揣摩前人的诗学经验,对语言技巧的钻研具体而细微,精致到了"字法"、"句法"、"章法",总结出了一套有章可循的诗法,给后人树立了学习的榜样。刘克庄《后村诗话》云:"元祐后,诗人迭起,一种则波澜富而句律疏,一种则锻炼精而性情远,要之不出苏黄二体也。""锻炼精而性情远"准确地描述了山谷语言艺术"句法"与"立意"并重的特征。因为山谷并不是专重技巧的人,他极力反对"镂冰文章费工巧"。他所总结的句法本身就包含着对诗人立意的强调。在"点铁成金"的过程中,诗人下"至理一言"的目的是为了使意境完成从铁到金的飞跃;"夺胎换骨"也是为了完成诗意和语言的创新;"句中有眼"的"眼"也正是为了更好地传达出言外之意。三者都是以我之意贯穿语言材料,使他人可以因指见月,"生于吾言之外"——这是黄庭坚真正的"活法",也是山谷真正的用意所在。正如禅宗话语的纵夺杀活说都是为了启发学人自见本性,山谷所提出的这些语言表现技巧都并不是为了让读者滞留于词藻本身,而是要把他们引向诗人所喻指的意境,只有在高远意境的役使驱动下,造语精工才有了意义。如果能这样从黄庭坚文、意并重的角度来重新审视山谷的句法思想,我们就可以更好地理解他"独用昆体工夫而造老杜浑成之地"①的艺术成就,不唯如此,还可以在进一层的诗眼管窥之妙中体会黄庭坚在语言中要达到的以技进道之旨。

他在《论作诗文》中说:

> 吟诗不必务多,但意尽可也。古人或四句、两句便成一首;今人作诗,徒用三十、五十韵,子细观之,皆虚语矣。要须意,律谅田夫、女子皆得以知之,盖诗之言近而指远者,乃得诗之妙。②

他要求一字要有一字的用意,反对用"虚语"。同时指出诗之妙在于言近旨远。这正是在不离文字的基础上对言外之意的重视。而言外之意往往取

---

①〔宋〕朱弁:《风月堂诗话》卷下:"西昆体,句律太严,无自然态度,黄鲁直深悟此理,乃独用昆体功夫,而造老杜浑成之地,今之诗人少有及者。此禅家所谓更高一着也。"(中华书局,1988 年)
②《黄庭坚全集》,第 1684 页。

决于诗人的精神境界,这个境界是一种超轶绝尘的丰神:"诗来清吹拂衣巾,句法词锋觉有神。……文如雾豹容窥管,气似灵犀可辟尘。"①所以他不但鼓励高子勉"作诗以杜子美为标准,用一事如军中之令,置一字如关门之键",还希望他"充之以博学,行之以温恭"②,加强学养、充实道德,这样才能给诗歌创作注入深厚的内容和高远的意境。在黄庭坚看来,治心养性,强根固本是诗歌创作的源头,诗歌是心灵境界的呈现。黄庭坚云:"杜子美'读书破万卷,下笔如有神',此做诗之器也。然则虽利器而不能善其事者,何也? 无妙手故也。所谓妙手,殆非世知下聪所及,要须得之心地。"③

　　黄庭坚总结、创造的诗歌句法理论在江西诗派中得到了继承和发展,铸就了江西诗派诗风的显著特征:"人入江西社,诗参活句禅。"④"要知诗客参江西,正如禅客参曹溪。"⑤同时,作为宋诗的代表性作家,山谷的诗歌语言艺术成就也成为宋代诗学重要的成果,对后世影响深远。

---

①《次韵文少激推官纪赠二首》,《山谷诗集注》,第 326 页。
②《跋高子勉诗》,《黄庭坚全集》,第 669 页。
③《与徐甥师川》,《黄庭坚全集》,第 485 页。
④〔宋〕章甫:《送谢王梦得监税借求诗卷兼简王金》,《全宋诗》卷二五一五。
⑤〔宋〕杨万里:《送分宁主簿罗宏材秩满入京》,《全宋诗》卷二三一二。

第四章　黄庭坚的佛禅思想对其诗歌创作的影响

第一节　文学意象的禅学内蕴

如前所述,由于受到佛禅思想的影响,黄庭坚形成了"心性论"的哲学思想,并提出了"文章本心术"的文学观念,把文章当作心灵的艺术,是创作主体内心世界与心性存养功夫的生动显现。他在诗歌创作中也贯穿了这一理念。在他的笔力驱使下,秋月临江、莲花出水、老松经霜、金石不移、白鸥自在……这些客观景象成为了心灵化的意象,被灌注了一股活泼泼的生命精神,与作者的人格境界交相辉映,构成了一组组饱含禅意的美学意象群,集中地展现了主人公的超脱、高洁的精神情操。

"月"、"松"、"竹"、"莲"是黄庭坚诗歌中最为常见的意象,下面笔者将逐一分析之。

一、明月禅心

月,是佛教中的一个重要喻象,也是中国传统文化与古典诗歌中的一个重要意象。佛教传入中国后,由于文人士大夫对于佛教的信仰与对佛经的阅读,尤其是唐宋时期,随着禅宗的兴起,在以诗说禅和绕路说禅的风气中,"月"被更广泛地用作喻体。从此,"月"所负载的佛禅象征意义被引入中国哲学和诗歌,增添了更多的哲学意蕴和人文情怀。"月"在中国古典诗歌中的传统寓意悄悄地发生着变化,已经带有了几分禅意。作为佛教徒与禅宗传人,黄庭坚也把"月"的新寓意引入到诗歌中,"月"是他非常爱用的意象,从他的诗歌中我们可以清晰地看到"月"之意象的禅意化变迁。

月亮在中国文化中有丰富的涵义,张节末先生经研究举出了与美学、诗学相关的三条:其一,月有圆缺:"月之为言阙也,有满有阙也。"(《白虎通·日月》)其二,月性为阴,与日相对:"月为阴精。"(《颜氏家训·归心》)其光清冷;其三,月性为水:"月者,水之精也。"(《论衡·说日》)后来月光如水的意象大概就是从此而来①。月亮纯洁、明亮、幽冷、清凉、永恒等特征使得它成为中国诗人歌咏不尽的一个审美意象。以之起兴者,有《诗经·月出》之"月出皎兮,佼人僚兮。舒窈纠兮,劳心悄兮";以之比德者,有汉初公孙乘《月赋》之"月出皦兮,君子之光"。南宋谢庄《月赋》的"美人迈兮音尘阙,隔千里兮共明月,临风叹兮将焉歇?川路长兮不可越",和鲍照《玩月城西门廨中》"蛾眉蔽珠栊,玉钩隔琐窗。三五二八时,千里与君同",都把月亮当作了一个超越空间的共时性意象,使月亮从此成了寄托怀人情思的经典意象。唐初张若虚的《春江花月夜》则在略带惆怅的情怀中歌咏了月亮的永恒,它是宇宙自然之永恒的代表性意象,从而对照出人生的短暂,引起人们对生命与永恒的哲思。

在佛教语义系统中,"月"有非常广泛的喻义,成为佛性、智慧、清净心、慈悲等佛之品质的象征,构建了一个与中国古代哲学不同的象征系统。《大般涅槃经》卷九《如来性品》以月无圆缺比喻佛性与佛身:

> 复次善男子,譬如有人见月不现,皆言月没而作没想,而此月性实无没也。转现他方,彼处众生复谓月出,而此月性实无出也。何以故?以须弥山障故不现。其月常生,性无出没,如来应正遍知亦复如是。……如是众生所见不同,或见半月,或见满月,或见月蚀。而此月性实无增减蚀噉之者,常是满月。如来之身亦复如是,是故名为常住不变。复次善男子,喻如满月一切悉现,在在处处,城邑聚落,山泽水中,若井若池若盆若镬,一切皆现。②

《大般涅槃经》卷五云:"又解脱者名曰除却。譬如满月,无诸云翳。解脱亦尔,无诸云翳";"如秋满月,处空显露,清净无翳,人皆睹见。如来之言亦复如是,开发显露,清净无翳。愚人不解,谓之秘密。"这是以满月的清净来比喻佛的解脱境界与语言特点。

后来永嘉玄觉禅师在《永嘉证道歌》中也以月现多处的喻义以之比喻佛性:"一性圆通一切性,一法遍含一切法。一月普现一切水,一切水月一

---

① 张节末:《禅宗美学》,北京大学出版社,2006 年,第 251 页。
② 《大正藏》卷一二。

月摄。"影响更为广泛,禅林中纷纷征引此语。如黄庭坚的老师祖心禅师,他说:"佛真法身,犹若虚空。应物现形,如水中月。作么生说个应底道理。遂举拂子曰:见么? 幸无偏照处,刚有不明时。"[1]由于喻体与喻义之精当奇妙,南宋理学大家朱熹也以月印万川来说明"理一分殊"的道理[2]。禅宗在"一月普现一切水"的基础语义上又延伸出以水映月来比喻禅者心与境(能观与所观)的关系,在最高的禅境中,能观的心与所观的境融为一体,成为一种水月相忘的直觉观照。禅者的心,脱离了情感、知识、逻辑等的限制与障碍,呈现出澄明晶莹的境象,物我合一,圆融互摄:"宝月流辉,澄潭布影。水无蘸月之意,月无分照之心。水月两忘,方可称断。"[3]

唐代著名诗僧寒山有诗云:"吾心似秋月,碧潭清皎洁。无物堪比伦,教我如何说?"[4]碧潭水清,故映照月影亦格外皎洁,以月色之清净皎洁,比喻心性之解脱无碍。在禅宗中被反复引用,以之比喻心性的清净、光明,如《全唐诗》卷八五文益《睹木平和尚》:"相看陌路同,论心秋月皎。"即是用寒山此诗典故。再如唐代僧人皎然的诗:"夜夜池上观,禅身坐月边。虚无色可取,浩浩意难传。若向空心了,长如影正圆。"[5]不过后来为了破除学人对这个定说的执着,又有禅师对它进行反说或者作翻案文章[6]。另外,黄庭坚在《题吉州承天院清凉轩》所引用《华严经》的偈颂"菩萨清凉月,游于毕竟空"[7],是以月之游空无住比喻佛智的不执着。

黄庭坚诗歌中"月"的意象很多,有的是沿用了传统诗歌中"月"的寓意,意境优美动人,如"未栽姑熟桃李径,却入江西鸿雁行。别后常同千里

---

[1]《宝觉祖心禅师语录》,《续藏经》第 69 册。
[2]朱熹提出:"本只是一太极,而万物各有秉受,又自各全具一太极尔。如月在天,只一而已;及散在江湖,则随处而见,不可谓月已分也。"(〔宋〕黎靖德编《朱子语类》卷九四,王星贤点校,中华书局,1986 年)《朱子语类》卷一八对此解释说:"释氏云:'一月普现一切水,一切水月一月摄。'这是那释氏也窥得这些道理。"
[3]丹霞子淳禅师语录,载《五灯会元》卷一四,《续藏经》第 80 册。
[4]《寒山诗注》,第 137 页。
[5]《南池杂咏五首·水月》,《全唐诗》卷八二〇。
[6]如《五灯会元》卷一六:(灵隐惠淳禅师)上堂:"吾心似秋月,碧潭清皎洁。"乃喝曰:"寒山子话堕了也。诸禅德,皎洁无尘,岂中秋之月可比? 虚明绝待,非照世之珠可伦。独露乾坤,光吞万象,普天匝地,耀古腾今。且道是个甚么? 良久曰:"此夜一轮满,清光何处无!"此外,黄庭坚熟识的本权禅师上堂举了寒山偈,曰:"老僧即不然,吾心似灯笼,点火内外红。有物堪比伦,来朝日出东。"传者以为笑。死心和尚见之,叹曰:"权兄提唱若此,诚不负先师所付嘱也。"事见《五灯会元》卷一七,《续藏经》第 80 册。
[7]《山谷诗集注》,第 772 页。

月,书来莫寄九回肠"①,表达了与元明之间的手足深情;"曲肱惊梦寒,皎皎人牖下。出门问何祥,岑寂省中夜。姮娥携青女,一笑粲万瓦"②,把常用的嫦娥拟月写得更加细节化,以美女一笑粲然来比喻月光皎洁灿烂,新颖奇特;"与子观化言两忘,浩歌放船入莽苍。绿藻刺眼红蕖香,湖月夜飞衣袂凉"③,写的是湖上观月的幽人情致。

但是山谷很多诗歌里的"月"明显地带有几分佛心禅韵。"落木千山天远大,澄江一道月分明",是黄庭坚的名句,它的艺术价值在于,所写之景既是寓目直观之境,又是诗人以明净禅心所体悟到的独特之境,秋月、澄江,两者都是清净明彻的,交相辉映,生发了一种水月两忘的明澈禅境。外境与内心契合统一,心即是境,境即是心,融理于景,又不落痕迹,意境雄浑,充满理趣。

在《次韵文安国纪梦》中,诗人以"室虚壁月映琉璃"④比喻文安国心性修养的成就。"月映琉璃"来自《楞严经》卷八,经文曰:

> 阿难,如是清净持禁戒人,心无贪淫,于外六尘不多流逸。因不流逸,旋元自归。尘既不缘,根无所偶,反流全一,六用不行。十方国土,皎然清净。譬如琉璃,内悬明月。身心快然,妙圆平等,获大安隐。一切如来密圆净妙,皆现其中。⑤

这是说,修行者通过持戒,心无贪着,不再向外境攀缘,而是回心向内,所有的感觉器官就合一了,以全部的身心整体地认识世界。这时只见十方国土,皎然清净,就像看见琉璃瓶内,高悬明月一样。身心洒脱,无挂无碍,无拘无束,身量与心量,周圆沙界,有情与无情,同体不分。心佛与众生,融合无二,获大平等,得大安乐。所有十方诸佛之秘密、圆满、清净、神妙境界,皆显现于心镜之中。琉璃与明月的关系正如秋月澄江、雪月并明,是佛教特有的能所双亡、圆融互摄的比喻,显现出高华澄澈的审美境界。同类型的诗句还有:"德人天游,秋月寒江。映彻万物,玲珑八窗。"描写禅人在澄明的心态下透彻地映照万物;黄庭坚诗中有好几处用了秋月澄江这对组

①《罢姑熟寄元明用舫字韵》,《山谷诗集注》卷,第412页。
②《秘书省冬夜宿直寄怀李德素》,《山谷诗集注》,第252页。
③《答阎求仁》,《山谷诗集注》,第1168页。
④《山谷诗集注》,第441页。
⑤《大正藏》卷一九。

合,但用得很灵活,"吾宗落笔赏幽事,秋月下照澄江空"①,是以之形容诗人的创作风格明澈高华;而"无人知句法,秋月自澄江"②则是反用秋月、澄江本应两相凑泊、交相辉映之意,以秋月独照澄江比喻谢公句法无人呼应的遗憾。《被褐怀珠玉》中的"安知蓝缕底,明月弄寒江"也表达了同样的情绪。

　　以月喻心,是佛禅常用的比喻。在黄庭坚的诗歌里,以月喻心也十分常见,大多指人的清净心,发挥月亮"清净、无心"等喻义。如:"百忧生火作内热,何时心与此月同"③,"明月本无心,谁令作寒鉴"④,"是师胸中抱明月,醉翁不死起自说"⑤。而"胸怀作恶无处说,天气昏昏月含雾"⑥,"龟以灵故焦,雉以文故翳。本心如日月,利欲食之既"(《奉和文潜赠无咎篇末多见及以既见君子云胡不喜为韵》),则以云雾遮月、月蚀比喻恶劣情绪和名利欲望对清净心的遮蔽。"指月向人人不会,清霄印在碧潭心"(《观化》),分别用了《楞严经》和禅宗"指月"⑦的典故与寒山子的诗句,将两者融在一个完整的诗意中。"嗣宗须酒浇,未信胸怀阔。自状一片心,碧潭浸寒月"⑧,也是借用寒山的诗歌意象。"万壑秋声别,千江月体同。须知有一路,不在白云中"(《次韵十九叔父台源》),以月比喻觉悟的心,意思是只要有一颗觉悟的心,身处何地是不重要的。"黄流不解浣明月,碧树为我生凉秋"(《汴岸置酒赠黄十七》),以明月比喻人本有的真性、佛性,自性本自清净,是不会被世相(黄流)所迷惑和改变的。

　　在《朱道人下世》这首诗里,山谷以月虽有隐没而实际长在来比喻道人神识不灭:"桑户居然同物化,青灯犹在读书檠。身如陌上狂风过,心似夜

---

①《答黄冕仲索煎双井并简扬休》,《山谷诗集注》,第197页。
②《奉答谢公静与荣子邕论诗长韵》,《山谷诗集注》,第107页。
③《和舍弟中秋月》,《山谷诗集注》,第1185页。
④《和邢惇夫秋怀十首》,《山谷诗集注》,第97页。
⑤《元师自荣州来追送余于泸之江安绵水驿因复用旧所赋此君轩诗韵赠之并简元师法弟周彦公》,《山谷诗集注》,第1117页。
⑥《奉和慎思寺丞太康传舍相逢并寄扶沟程太丞尉氏孙著作二十韵》,《山谷诗集注》,第1200页。
⑦以指譬教,以月譬法。《楞严经》卷二曰:"如人以手指月示人,彼人因指,当应看月。若复观指,以为月体,此人岂唯亡失月轮,亦亡其指。"(《大正藏》卷一九)故诸经论多以指月一语以警示对文字名相之执着。禅宗则借此发挥其"不立文字,教外别传"之教义。
⑧《再和答为之》,《山谷诗集注》,第693页。

来新月明。"①以新月比况新生,而正像前文所引《大般涅槃经》中的经义所说:"此月性实无没也。转现他方,彼处众生复谓月出,而此月性实无出也。"月本无新旧,正像生命之本无来去。这与草庵居士胡安国怀念死心禅师的偈颂如出一辙:"祝融峰似杜城天,万古江山在目前。须信死心元不死,夜来秋月又同圆。"②

宋代惠洪《冷斋夜话》记黄庭坚语云:"天下清景,初不择贤愚而与之,然吾特疑端为我辈设。"明月清风,正是天下清景之代表,苏轼《前赤壁赋》曰:"惟江上之清风,与山间之明月,耳得之而为声,目遇之而成色,取之无禁,用之不竭,是造物者之无尽藏也!"二者任何时候本然俱在,只要放下诸缘,拥有一颗清净的心,自然触手可及,当下享用,正像禅诗所咏:"春有百花秋有月,夏有凉风冬有雪。若无闲事挂心头,便是人间好时节。"③宏智禅师偈颂:"百战成功老太平,优柔谁肯苦争衡。玉鞭金马闲终日,明月清风富一生。"④说的也是同样意旨。山谷屡用此语,表达潇洒自如、任运腾腾的心境。如:

> 花开岁岁复年年,病眼看花隔晚烟。春去明明红紫落,清风明月是春前。⑤

> 四顾山光接水光,凭栏十里芰荷香。清风明月无人管,并作南楼一味凉。⑥

> 逸人生长在林泉,更筑亭皋名意在。明月清风共一家,全以山川为眼界。

> 鸟度云行阅古今,溪演木末听竽籁。老夫平生行乐处,只今许公分一派。⑦

> 一屏一榻无俗尘,左置枯桐右开易。重门不闭谁往还,明月清风

---

① 《山谷诗集注》,第 1256 页。

② 《大正藏》卷五一。

③ 无门慧开禅师《无门关》,《大正藏》卷四八。

④ 《宏智禅师广录》卷二,《大正藏》卷四八。

⑤ 《观化》,《山谷诗集注》,第 1250 页。

⑥ 《鄂州南楼书事四首》,《山谷诗集注》,第 435 页。

⑦ 《高至言筑亭于家国以奉亲总其观览之富命日溪亭乞余赋诗余先君之弊庐望高子所筑不过十牛鸣地尔故余未尝登临而得其胜处》,《山谷诗集注》,第 927 页。

是相识。①

　　小黠大痴螳捕蝉,有余不足夔怜蚿。退食归来北窗梦,一江风月桃李船。②

　　平生性拙触事真,醉里笑谈多忤人。安得眼前只有清风与明月,美酒百船酬一春。③

"忧虞欢乐皆占月,月本无心同不同。"④千古明月,万世同看,月本无心,而其人其境不同,月也就有了忧悲喜乐之异趣,这也造就了月光下一篇篇动人的歌赋。但是,在禅者的眼中,"月"别有一番情味,它明亮、皎洁、清凉、遍照万物,亘古如斯⋯⋯与人的清净心、佛性有了几分相似。南宋陈善言:"天下无定境,亦无定见。喜怒哀乐,爱恶取舍,山河大地,皆从此心生。"⑤于是在浸染于禅境的诗人笔下,"月"也就有了不同的风味。黄庭坚诗歌里的"月"塑造了澄澈高华的诗境,诉说着隽永清新的艺术情思。

二、阅世老松

　　孔子创立了诗教,率先开启了以松比德的传统。他说:"岁寒,然后知松柏之后凋也。"(《论语·子罕》)以松柏象征君子刚正不屈的人格。孔子对青松品质的诗性点化,为后世咏松的诗文定下了基调。《荀子·大略》中对孔子的以松比德有进一步的阐释:"君子隘穷而不失,劳倦而不苟,临患难而不忘细席之言。岁不寒无以知松柏,事不难无以知君子无日不在是。"松柏成为了坚贞不屈的人格象征。从此,"松"以其独特的品质成为中国古典诗歌里的一个重要意象。

　　建安七子之一刘桢的《赠从弟三首》之二云:

　　亭亭山上松,瑟瑟谷中风。风声一何盛,松枝一何劲。冰霜正惨凄,终岁常端正。岂不罹凝寒?松柏有本性。⑥

勉励堂弟要像松柏那样坚贞自守,不因"凝寒"似的环境而改变本性。这是

---

①《和柳子玉官舍十首之心适堂》,《山谷诗集注》,第1127页。
②《寺斋睡起二首》,《山谷诗集注》,第265页
③《戏题》,《山谷诗集注》,第1221页。
④皎然《山月行》,《全唐诗》卷八二一。
⑤〔宋〕陈善:《扪虱新话》卷上,上海书店,1990年。
⑥《建安七子集》卷七《刘桢集》,俞绍初辑校,中华书局,1989年。

较早地以"松"喻文士的诗篇。晋代左思《咏史》以涧底松喻士,为出身低下的文士鸣不平:

> 郁郁涧底松,离离山上苗。以彼径寸茎,荫此百尺条。世胄摄高位,英俊沉下僚。地势使之然,由来非一朝。金张藉旧业,七叶珥汉貂。冯公岂不伟,白首不见招。①

从此"涧底松"也成为一个固定的意象,诗人以此来比喻沉沦底层、不得其志的文人。

陶渊明《饮酒诗》第八首诗开头四句是:"青松在东园,众草没其姿,凝霜珍异类,卓然见高枝。"②诗中的松平时虽被众草掩没,但是在霜后,草类凋萎,而松卓然挺立,显出气节的高贵。这是在对比中刻画松的高洁形象。李白也以桃李衬托松的高傲气节:

> 太华生长松,亭亭凌霜雪。天与百尺高,岂为微风折!桃李卖阳艳,路人行且迷。春光扫地尽,碧叶成黄泥。愿君学长松,慎勿作桃李。受屈不改心,然后知君子。③

桃李卖荣,但是只能得意一时。而长松却凌霜傲雪,不会折节事人,即使受到压抑也不改心。在李白笔下,长松形象代表了君子高尚持节的品质。柳宗元的《孤松》是他个人心态的外化:

> 孤松停翠盖,托根临广路。不以险自防,遂为明所误。幸逢仁惠意,重此藩篱护。犹有半心存,时将承雨露。④

诗人以孤松自况,因不会在险恶的政治环境中保护自己而被弃用。但在这样的情况下,他也不改初衷,希望还能为国所用。

但是,在佛禅道场和"诗佛"王维诗歌中,"松"已经由儒家的君子形象悄悄地演变成禅者修行的助伴,身上凝聚着一股静定的气息。很多禅师喜欢栽松,古松给修禅的人营造了清幽的环境,可谓"去与青山作主人……栽松种竹是家风"⑤。如洞山聪禅师"手植万松于东岭,而诵金刚般若经。山

---

① 〔宋〕郭茂倩编:《乐府诗集》,中华书局,1979 年。
② 袁行霈:《陶渊明集笺注》,中华书局,2005 年,第 254 页。
③ 《赠韦侍御黄裳》,《全唐诗》卷一六八。
④ 《全唐诗》卷三五一。
⑤ 《送密老住五峰》,《山谷诗集注》,第 408 页。

中人名其岭曰金刚。方植松，而宝禅师至，时亲自五祖来。……逍遥问：岭在此，金刚在什么处？聪指曰：此一株松，是老僧亲栽"①。兜率从悦禅师上堂时说："耳目一何清，端居幽谷里。秋风入古松，秋月生寒水。衲僧于此更求真。"②有的禅师还以松喻禅，有僧人问大阳山警玄禅师："如何是大阳境？"他说："孤鹤老猿啼谷韵，瘦松寒竹锁青烟。"③王维诗作中，青松、明月、清泉组合成幽深宁静的禅境，与他的禅心和谐一致，密合无垠。如："松风吹解带，山月照弹琴"④；"明月松间照，清泉石上流"⑤；"泉声咽危石，日色冷青松"⑥；"声喧乱石中，色静深松里"⑦；"山中习静观朝槿，松下清斋折露葵"⑧；等等。松树岁寒不凋，生命长久，有的禅师还用松树之长青不变的特点来比喻涅槃的永恒性，如黄州护国院寿禅师在回答"如何是一路涅槃门"时曰："寒松青有千年色，一径风飘四季香。"⑨

到了山谷笔下，"松"的意象综合了儒家、庄子、佛家的三方面品质，体现了宋人新的道德取向与审美意识。

在山谷的诗篇中，有的"松"意象沿用了传统的寓意，描写了松面对严峻形势不改气节的形象。如"猛虎擅文章，斑斑被诸儿。长松抱劲节，惟有岁寒知"⑩，"扬雄老执戟，金张珥汉貂。松柏有本心，蒲柳望秋凋"⑪等等。

在两首《岁寒知松柏》诗中，黄庭坚在松的身上寄寓了儒、庄合一的人格精神：

> 群阴凋品物，松柏尚桓桓。老去惟心在，相依到岁寒。霜严御史府，雨立大夫官。牺象沟中断，徽弦爨下残。光阴一鸟过，翦伐万牛难。春日辉桃李，苍颜亦预观。⑫

---

① 《禅林僧宝传》卷一一，《续藏经》第79册。
② 《续传灯录》卷二二，《大正藏》卷五一。
③ 《景德传灯录》卷二六，《大正藏》卷五一。
④ 《酬张少府》，《全唐诗》卷一二六。
⑤ 《山居秋暝》，《全唐诗》卷一二六。
⑥ 《过香积寺》，《全唐诗》卷一二六。
⑦ 《青溪》，《全唐诗》卷一二五。
⑧ 《积雨辋川庄作》，《全唐诗》卷一二八。
⑨ 《五灯会元》卷一五，《续藏经》第80册。
⑩ 《次韵师厚病间十首》，《山谷诗集注》，第592页。
⑪ 《次韵答常甫世弼二君不利秋官郁郁初不平故予诗多及君子处得失事》，《山谷诗集注》，第1187页。
⑫ 《山谷诗集注》，第253页。

　　　　松柏天生独,青青贯四时。心藏后凋节,岁有大寒知。惨淡冰霜
　　晚,轮囷涧壑姿。或容蝼蚁穴,未见斧斤迟。摇落千秋静,婆娑万籁
　　悲。郑公扶贞观,已不见封彝。①

这是元祐年间,山谷仿进士体所做的两首诗。诗中的"松"保留了儒家所发
掘的岁寒不改其节的品质,它在为世所用之时也刚直不阿,敢于担当;但是
它又深知用世的危险,"牺象"二句实际上是对儒家用世观念的反省,意思
是百年老木被锯断一段刻成牺尊,画上文采,一段扔在沟里,牺尊这一段和
沟里的一段相比,有美丑之区别,但同样都失去了本性②;桐木虽然被蔡邕
从爨下救出,造出音色优美的名琴"焦尾琴",但用作琴与烧作柴也没有太
大的差别,都远离了桐树本身的天性。所以不愿意失身斧斤,希望能保全
本性。第二首中松柏独立世外,不为所用,却又有不被器重的悲凉。真可
谓入世有入世的忧惧,弃用有弃用的悲哀。这也是黄庭坚在现实中的矛盾
心理。这样的心情也出现在另一首诗中:"千年涧谷松,惭愧雨露恩。思为
万乘器,顾掩斧凿痕。"③实际上黄庭坚并不反对用世,但是他又有着王化
的政治理想,认为有唐太宗与魏徵那样的君臣相遇为前提,才能够真正施
展才华。

　　不过,同样是勾画郁郁不得志的涧底松,黄庭坚的笔触显然少了几分
激愤与不平,而多了一些超然。如:"松柏生涧壑,坐阅草木秋。金石在波
中,仰看万物流。抗脏自抗脏,伊优自伊优。但观百岁后,传者非公侯。"④
他笔下的松仍然是那样耿直抗脏,却多了一分自信从容,因为他经过了理
性的观照,"坐阅草木秋"与"但观百岁后,传者非公侯",就不会因一时一地
的得失而忧恼。在他的岳父谢师厚失官多时后通判襄州时,他写了《四月
戊申赋盐万岁山中仰怀外舅谢师厚》对之进行宽慰:

　　　　只今汉庞公,白发佐州郡。穷通视寒暑,仕已谁喜愠。长松卧涧
　　底,桴溜多裂璺。未须论才难,世人无此韵。禅悦称性深,语端入理
　　近。涣若开春冰,超然听年运……⑤

────────

①《山谷诗集注》,第 1029 页。
②《庄子·天地》:"百年之木,破为牺尊,比沟中之断,则美恶有间矣,其于失性一也。"
③《圣柬将寓于卫行乞食于齐有可怜之色再次韵感春五首赠之》,《山谷诗集注》,第 653 页。
④《次韵杨明叔见饯十首》,《山谷诗集注》,第 342 页。
⑤《黄庭坚全集》,第 938 页。

虽然沉沦洞底，但视穷通如寒暑自然轮转，毫无愠色。反而充满禅悦，有超逸之丰神。山谷在《古诗二首上苏子瞻》中托物引类，以梅、松比喻东坡。其二曰：

> 青松出涧壑，十里闻风声。上有百尺丝，下有千岁苓。自性得久要，为人制颓龄。小草有远志，相依在平生。医和不并世，深根且固蒂。人言可医国，可用太早计。小大材则殊，气味固相似。①

青松喻东坡以大材而沉沦下僚，虽然如此，其盖世之名却如松风劲烈，不可掩也。如果不能为世所用，那就自养心性，深根固蒂。像上一篇中的江梅一样，即使被弃置一旁，也无须伤感，因为有本根在。全篇用意曲折，怨而不怒，结束时归于一片平和之气。这是黄庭坚注重心性存养，排遣愁思的结果，也是宋人不愿情感过于激烈，讲求"有道气象"的清明心境。

在《秋思寄子由》《题万松亭》等诗歌中，山谷眼中的"松"就更带有一种阅世沧桑、超然世外的禅者风韵了：

> 黄落山川知晚秋，小虫催女献功裘。老松阅世卧云壑，挽着沧江无万牛。②

> 天柱峰无心肩，郁郁高松满川。万身苍鬐老禅，刳心忘义忘年。
> 说法曾无间歇，松风寺后山前。四海五湖衲子，更于何处参玄……③

老松卓立云间世外，它不再只是禅者修禅的环境和背景，而是"身如阅世老禅师"，直接成为阅尽世间沧桑的老禅师之化身。松风滔滔，犹如翠竹黄花，诉说着无尽的禅意。学禅的人就应从这里参取玄义啊！

在《南安岩主大严禅师真赞》里，山谷也将禅师比作松："……松不春而骨立冰霜。今得云门柱杖，打破鬼窟灵床……其松也，欲与三界作阴凉。"④《送谢公定作竟陵主簿》诗中的"涧松无心古须鬣，天球不琢中粹

---

① 《山谷诗集注》，第 7 页。
② 《山谷诗集注》，第 19 页。
③ 《黄庭坚全集》，第 707 页。
④ 《黄庭坚全集》，第 581 页。

温"①,则以"无心"取代了涧松先前固定的坚强不屈的岁寒之心。

山谷以禅的精神颠覆了传统老松形象的诗歌是《戏答陈季常寄黄州山中连理松枝二首》:

> 故人折松寄千里,想听万壑风泉音。谁言五鬣苍烟面,犹作人间儿女心。
>
> 老松连枝亦偶然,红紫事退独参天。金沙滩头锁子骨,不妨随俗暂婵娟。②

众所周知,"松"在中国传统诗歌中不是普通的意象,而是沉淀着特定的人文精神。山谷也是这样落笔的,一写到松,他就思接千里,联想到一个万壑松风、清泉泠然的意境。这是山谷常用的路数,小中见大,由近见远。但是,连理枝打断了这个心理定势:本来是老松,却以连理的形式出现,就像一位历经沧桑的老人本应超脱,但却充满着儿女情长的绮思,让人无法把这个看起来不相干的意象统合到一起。怎么会这样呢?诗人此时的心情就像禅徒起了疑情。下一首回答了这个问题,老松连枝其实事出偶然,虽然它本应在桃李谢幕豪华落尽时,独自参天,"参天"的形象洋溢一种冷峻、雄奇的精神。但是,它又像一位禅者,不拘泥于一定要以什么形象出现,随俗婵娟一下也未尝不可嘛!这就在传统意象的固化内涵中注入了禅学意蕴。诗人在打破传统"松"的寓意的同时,也暗示着人要消除一切执着的思想。所以不仅在诗语上给人以新奇之感,而且也在哲学思维上给人以启迪。这种思维方式深受禅宗思想的影响。禅宗六祖慧能大师在离世前教导弟子:

> 吾今教汝说法、不失本宗。先须举三科法门,动用三十六对,出没即离两边,说一切法,莫离自性。忽有人问汝法,出语尽双,皆取对法,来去相因。究竟二法尽除,更无去处。清与浊对、凡与圣对……痴与慧对、愚与智对……师言此三十六对法,若解用,即道贯一切经法,出入即离两边。③

---

① 《山谷诗集注》,第 106 页。
② 《黄庭坚全集》,第 208 页。
③ 《坛经·付嘱品》,《大正藏》卷四八。

这是教给弟子们禅宗的语言艺术,如何以此让学人开悟。后来的禅师们就经常使用这种方法,在禅语中把对立的两个事物放到一起,让人起疑苦参,直至破除二元对立的观念,达到融合对立、树立不二观念的般若境界。如峨嵋灵岩徽禅师答僧问"文殊是七佛之师,未审谁是文殊之师?"之时,他说:"金沙滩头马郎妇。"①把菩萨与多情少妇的形象放到一起,破除禅僧对文殊菩萨之师一定如何庄严的执着,正像有的禅师不惜以干屎橛之类的话打破对佛的神圣性的执着一样。这是禅宗最深刻的精神,它是开放的,不拘一格的,要求人抛弃所有心中的知见,以纯真新鲜的眼光来看待每一个事物、感受每个当下,永远有新解的灵活性,永远有理解的个性化。一旦陷入某种定解之中,就变成死语。

可见,"松"的形象在山谷诗中更多带有禅者的超然,阅尽世事,透彻物理,寓示着生命的静定与长久,这也是山谷理想人格精神的体现。

三、翠竹说法

"竹"也是中国古典诗歌中的传统意象。由于竹具有挺拔、常青、中空、有节等自然属性,在诗歌中,它被赋予了刚直、贞节、谦虚等人文特点,用以比德,表现了诗人特定的情感寄托与价值取向。尤其是竹子的"节"又与文人们所提倡的气节之"节"同音,所以诗人在咏竹时特别注重描写其"有节"的特点。如元稹《新竹》所咏"惟有团团节,坚贞大小同"②;宋代王禹偁《官舍竹》所写:"谁种萧萧数百竿,伴吟偏称作闲官。不随夭艳争春色,独守孤贞待岁寒。"③

如前所分析,佛教传入中国后,信仰佛教的士大夫文人们又将佛禅的一些精神内蕴移于他们文学创作的歌咏对象之中。白居易是著名的大居士,号称"广大教化主",他酷爱竹,在《养竹记》里对竹的特性概括为"性直"、"本固"、"心空"、"节贞"四个方面,其中"心空"就明显带有佛教色彩:"竹心空,空似体道;君子见其心,则思应用虚者。"唐代的禅者更有"青青翠竹,尽是法身;郁郁黄花,无非般若"④之说。在唐宋之际,"黄花翠竹"遂成

①《续传灯录》卷三〇,《大正藏》卷五一。
②《全唐诗》卷四〇九。
③《全宋诗》卷六五。
④《景德传灯录》卷六,《大正藏》卷五一。

为一个被不断参悟与诠释的著名公案。

黄诗中的竹意象很多,据白政民先生统计,黄庭坚写到竹的诗歌有一百六十五首之多,在他的诗歌自然意象中是最多的①。黄庭坚的诗中对竹意象描述最多的蕴义是"岁寒"、"抱节",这是对传统诗歌中竹意象的继承。如"尤知赏异老苍节,独与长松凌岁寒"(《观崇德墨竹歌》);"平生岁寒心,乐见岁寒色。翩翩佳公子,为致一窗碧……清风吹月来,懂甚齿折屦。有节似见圣,无言谅知默"(《和甫得竹数本于周翰喜而作诗和之》);"人有岁寒心,乃有岁寒节。何能貌不枯,虚心听霜雪"(《画墨竹赞》)。

黄庭坚爱竹,还在于竹的形象中寄寓了他所雅好的"不俗"之气质风韵,其《寄题安福李令爱竹堂》云:

> 渊明喜种菊,子猷喜种竹。托物虽自殊,心期俱不俗。千载得李侯,异世等风流。为官恐是陶彭泽,爱竹最知王子猷。寒窗对酒听雨雪,夏簟烹茶卧风月。小僧知令不凡材,自扫竹根培老节。富贵于我如浮云,安可一日无此君。人言爱竹有何好,此中难为俗人道。我于此物更不疏,一官窘束何由到。②

从这首诗中,我们可以看到黄庭坚所谓"不俗"精神的具体指向。"寒窗对酒听雨雪,夏簟烹茶卧风月",竹林幽静,为人提供了一种远离尘俗的环境,雨洒雪落,风过月映,竹林的风景无时不美,于其间煮酒烹茶,或独酌或邀友,这种高雅的生活情趣,是宋代士大夫普遍的爱好。但这还是比较表相的爱竹情结。"自扫竹根培老节",这才是山谷独特的精神追求,讲求气节,而气节的培育又归结到自身的道德涵养中来,根深方能叶茂。黄庭坚所注重的人格操守是"临大节而不可夺",具体而言,气节的表现就是不为富贵所动摇,不为名利所诱惑。他曾作《跋砥柱铭后》形容这种人格精神:"砥柱之屹中流,阅颓波之东注,有似乎君子士大夫立于世道之风波,可以托六尺之孤,寄百里之命。不以千乘之利夺其大节,则可以不为此石羞矣。"③他的《竹颂》:"深根藏器时,寸寸抱奇节。遭时上风云,故可傲冰雪。"④也从

---

①参见白政民:《黄庭坚诗歌研究》,宁夏人民出版社,2001年,第227页。

②《黄庭坚全集》,第1029页。

③《黄庭坚全集》,第699页。

④《黄庭坚全集》,第1521页。

歌咏竹之"奇节"延伸到"深根",也就是涵养道德的深度,丰富了对竹意象的理解。从以上两首诗可以看出,竹子的清雅、"有节"、"根深",正是平日里黄庭坚不断歌颂的人格精神。如果说,月的禅意与松的阅世代表了山谷精神追求的不同侧面的话,那么,"竹"更与他的自我形象契合。他的《画木石赞》曰:"小山丛竹,到天古木。石下有人,定是山谷。"①把自我形象融入了山、石、竹、木的自然环境中,显得是那样和谐。

除了"青青翠竹,尽是法身"的说法,禅宗还有一个著名的公案,即香严智闲禅师击竹开悟,据《景德传灯录》卷一一记载,智闲去跟沩山灵祐禅师学禅,灵祐给他出了个难题,让他说出"汝未出胞胎未辨东西时本分事",结果他回答数次,与老师皆不投机,就离开了。后来他在芟除草木的时候,以瓦砾击竹作声,廓然省悟。从此,在禅人眼中,青青翠竹不但是法身的显现,也是悟道的契机。于是,"翠竹"在后来的禅诗、颂古等文字禅形式中屡屡出现,沉淀为一个经典的意象。如宋代圆悟禅师把香严击竹悟道与灵云睹桃花悟道放到一起歌咏,其文辞曰:"门下青山泼黛,途中细雨如膏。灵云陌上桃华,处处芳菲溢目;香严岩畔翠竹,时时撼影摇风。直得一击忘所知,一见绝疑惑。"②黄庭坚的《题吉州承天院清凉轩》也把这两个典故放到一起:"僧发侵眉白,桃花映竹红。傥来寻祖意,展手似家风。"③以桃花、竹林的意象,含蓄地赞叹承天院的禅师已经像灵云、智闲那样悟道。

由于黄庭坚自身对禅宗公案非常熟悉,他诗中的竹意象也就渗透了几分禅意,在他的笔下,青青翠竹似乎总在微风中婆娑说法。其《题醒心轩》曰:"尽日竹风谈法要,无人竹影又斜阳。"④风过青竹,萧飒自语,谈法尽日,能够领悟,就得看观者是否用心了。他的《题息轩》把这层意思说得更为清楚:

> 僧开小槛笼沙界,郁郁参天翠竹丛。万籁参差写明月,一家寥落共清风。蒲团禅板无人付,茶鼎薰炉与客同。万水千山寻祖意,归来

①《黄庭坚全集》,第 1515 页。
②《圆悟佛果禅师语录》卷二,《大正藏》卷四七。
③《黄庭坚全集》,第 772 页。
④《黄庭坚全集》,第 1481 页。

笑杀旧时翁。①

这首诗前后呼应,开头四句似是写景,其实暗含禅理,郁郁参天的翠竹,和应着清风吟唱,万籁中发,把天上的明月衬托得更为皎洁。"翠竹"不仅是景物,更是法身的体现;而"明月"似乎又隐喻着禅者的心性。结句"万水千山寻祖意,归来笑煞旧时翁"引用禅典揭出本诗宗旨。"祖意"即公案中的"祖师意",又叫"祖师西来意",亦即禅宗祖祖相传的心印。自古以来,禅人以到处寻师访道为参禅,踏遍千山万水,不避艰苦,但是归来却发现"祖意"即在自心。"旧时翁"指禅者自己。"归来笑煞旧时翁",点出了"佛向自心求"的禅义。所以诗人想说的意思是,只要在自家门口、从身边的自然景物中就可以体悟到法义和祖师西来意,何须到外面千山万水地苦苦追寻呢?全诗围绕着"息"字展开,由"息轩"引出"息心"之意,立意巧妙,饱含禅趣。

黄庭坚受到佛禅思想的影响,认为一切外境都是内心的反映,"心外无法",一切境界"唯心所现",与主体的内心是相互呼应的,所以"主人心安乐,花竹有和气"②。他在《归宗茶堂森明轩颂》中写道:"万竹森然,莫非自己。作如是观,可谓明矣。菁菁翠竹,来者得眼。其不得者,我亦无简。助发此观,亦有风雨。若问轩名,请与竹语。"③含义即是人们眼中所看到的翠竹,其实是自己主体精神的投射。如果从这个角度去体悟,就能够明白翠竹当中所含藏的法要。

在山谷的眼中,竹不但有气质和柔的一面,有时还有"心如铁石"④的另一面。其《题竹尊者轩》就把竹的形象与脊骨如铁,坚守所悟境界、不掉进任何言语圈套的老禅师形象叠合到一起:

平生脊骨硬如铁,听风听雨随宜说。百尺竿头放步行,更向脚跟参一节。⑤

①《黄庭坚全集》,第1100页。
②《次韵答斌老病起独游东园二首》,《山谷诗集注》,第316页。
③《黄庭坚全集》,第1523页。
④其《筇竹杖赞》曰:"涪翁昼寝,苍龙挂壁。涪翁履危,心如铁石。"(《黄庭坚全集》,第566页)
⑤《黄庭坚全集》,第234页。

"脊骨硬似铁"是后代禅师对德山宣鉴的描述①。百尺竿头,百尺高的竿子顶端,指极高处。《景德传灯录·湖南长沙景岑禅师》:"百尺竿头不动人,虽然得入未为真;百尺竿头须进步,十方世界是全身。"前云"竿头",意在"不动";后云"进步",意在"十方",比喻不要满足于当下之所得,而要放下这种"有所得"的执着。"脚跟"亦是禅林用语。在禅林中,常指本来自我。禅师语录中常说的"脚跟着地",即以脚跟坚着于大地而丝毫不动摇,故用以比喻本来自我。"脚跟点地",指前后际断,彻见本来面目,一切功夫皆有着落。而"脚跟未点地",又作脚下未稳在,系对修行未纯熟之用语。故山谷诗中的末句是指要参透自性,明心见性——这是禅宗最核心的宗旨了。诗人把禅理与竹的形象巧妙融会,使竹子在传统的意象内涵之外又有了禅者的情韵,可谓别出心裁,令人耳目一新!

此外,黄庭坚还多处借竹子形象展现禅家"荣枯一如"的境界。"荣枯"这个公案本来是禅者用来谈树的②,但被山谷移用到竹子身上。宋代以来,文人画兴起,诗人、画家多喜咏竹、写竹。山谷的朋友文同、苏轼、黄斌老、黄彝(字子舟,斌老之弟)、姨母李夫人皆喜画竹,他也多次为此类画作题诗,在赞叹画者高超画艺的同时,山谷也借画中的竹子形象道出了自己的心声。如《用前韵谢子舟为予作风雨竹》:

> 子舟诗书客,画手睨前辈。把袂拍其肩,余力左右逮。摩拂造化炉,经营鬼神会。光煤叠乱叶,世与作者背。看君回腕笔,犹喜汉仪在。岁寒十三本,与可可追配。小山苍苔面,突兀谢憎爱。风斜兼雨重,意出笔墨外。吾闻绝一源,战胜自十倍。荣枯转时机,生死付交态。狙公倒七芧,勿用嗔喜对。此物当更工,请以小喻大。③

画之主题为"风雨竹",这是很特别的形象。在赞叹子舟的画艺,并对画作

---

①《五灯会元》卷七记载:僧问:"如何是菩提?"师打曰:"出去! 莫向这里屙。"问:"如何是佛?"师曰:"佛是西天老比丘。"雪峰问:"从上宗乘,学人还有分也无?"师打一棒曰:"道甚么!"曰:"不会。"至明日请益,师曰:"我宗无语句,实无一法与人。"峰因此有省。岩头闻之曰:"德山老人一条脊梁骨硬似铁,拗不折。然虽如此,于唱教门中,犹较些子。"(《续藏经》第80册)

②《五灯会元》卷五记载:道吾、云岩侍立次,师(药山惟俨)指按山上枯荣二树,问道吾:"枯者是,荣者是?"吾曰:"荣者是。"师曰:"灼然一切处,光明灿烂去。"又问云岩:"枯者是,荣者是?"岩曰:"枯者是。"师曰:"灼然一切处,放教枯淡去。"高沙弥忽至,师曰:"枯者是,荣者是?"弥:"枯者从他枯,荣者从他荣。"师顾道吾、云岩曰:"不是,不是。"(《续藏经》第80册)

③《黄庭坚全集》,第51页。

略作描写后，以"意出笔墨外"作转，山谷从经受风雨的竹子上看到了理想的人格精神，"绝一源"指绝去利欲之源，道艺之增长则可十倍之效，到了这种境界，荣荣枯枯只是时节的变换，生生死死也不过是世间的常态耳！这样就会平静地接受自然的流转与人事的变迁，不会喜此恶彼。他在这里把禅家的荣枯无分别与庄子的死生自然观结合起来了。其《再用前韵咏子舟所作竹》中的"虚心听造物，颠沛风云会。荣枯偶同时，终不相弃背"①与《姨母李夫人墨竹二首》之一中的"深闺静几试笔墨，白头腕中百斛力。荣荣枯枯皆本色，悬之高堂风动壁"②皆是此意，表达了作者不受外境影响的超然心态。

四、无染莲花

莲花是古代文学作品中的常见意象，与其他花卉不同，莲花虽常见，而自有其独特之处。如桃花，爱之者喜其映丽，恶之者贬其轻浮；若牡丹，爱之者喜其富贵，恶之者贬其庸俗。又如梅花、桂花、菊花等，历代之中或褒贬不一，或显隐各异。唯独莲花自先秦两汉以来，于吟咏之中未见"色衰"，世人对莲花亦未尝"爱弛"。究其原因，莲花初见于《诗经》《楚辞》之时，便兼具"美"与"善"两重特质。《郑风·山有扶苏》与《陈风·泽陂》中皆以"硕大且卷"的莲荷隐喻男女情爱，荷花的女性象征意义与桃李一般无二，而在《离骚》中，"制芰荷以为衣兮，集芙蓉以为裳"的莲花则成为彰显君子美德的饰物，作为"修能"与"内美"相配。由此，"美"的观赏价值与"善"的审美内核共同建构了莲花的"兼美"特质，成为莲花不同于其他花卉的特征。

莲花生于水，钟嵘以"芙蓉出水"评谢诗，取莲花之清丽；而佛教以莲花为圣物，则着眼于莲花清净无染、不为泥所污，如"不染世间，如水莲花"（《华严经》卷五八）；"诸佛如来，虽处众恶，无所染污，犹如莲花"（《大般涅槃经》卷一五）；"犹如莲华，于诸世间无染污"（《佛说无量寿经》卷二）。中唐以后，文人参禅之风日盛，而北宗禅与南宗禅"渐修"、"顿悟"之理有别，莲花在诗作中的佛理内涵也呈现出"不染"与"本净"的差别，如李端与李群玉的两首诗作：

①《黄庭坚全集》，第 52 页。
②《黄庭坚全集》，第 209 页。

若问无心法,莲花隔淤泥。(李端《同苗发慈恩寺避暑》)

惊俗生真性,青莲出淤泥。(李群玉《法性寺六组戒坛》)

"隔淤泥"谓不使莲花受到淤泥染污,正如神秀作偈:"时时勤拂拭,勿使惹尘埃。""出淤泥"谓莲花心性本净,处淤泥之中而无所浸染,与慧能所作偈"本来无一物,何处惹尘埃"意旨相近。禅宗讲求明心见性,因而文人对莲花"染"与"净"的不同态度实际上与"心性"的认识相关。

　　山谷尤爱莲之清净,在他的笔下,莲花不染淤泥,是清净心的象征,如《赣上食莲有感》:"莲生淤泥中,不与泥同调。"①《再留几复》:"鄙心须澡雪,莲藕在淤泥。"②莲花意象延续了"心性"的禅意内涵,将莲花视为观照心性、参悟禅理的途径。在山谷诗作中,莲花多是实景,藉景而悟佛理,山谷笔下莲花的佛禅意蕴可分为"观物修心"与"造境悟理"两类。"观物修心"为由莲花而体悟心性,在诗中莲花作为着力描写的意象,观物细致入微,故悟理愈见深入,如《次韵答斌老病起独游东园二首·其一》与《又答斌老病愈遣闷二首·其一》两首诗,由莲花体悟自性、点化禅心。

次韵答斌老病起独游东园二首·其一

万事同一机,多虑乃禅病。排闷有新诗,忘蹄出兔径。

莲花生淤泥,可见嗔喜性。小立近幽香,心与晚色静。③

又答斌老病愈遣闷二首·其一

百痾从中来,悟罢本谁病。西风将小雨,凉入居士径。

苦竹绕莲塘,自悦鱼鸟性。红荷倚翠盖,不点禅心静。④

两首诗皆为山谷病中游园"遣闷"所作,前一首中直言"多虑"为"禅病",故作诗以排遣思虑,而园中所见莲花恰好成为了吟咏赋诗的灵感与观照心性的载体。"莲花生淤泥,可见嗔喜性",所见者为何?山谷见莲花生于淤泥,知莲花本性清净,无嗔无喜,故能遇八法不污,处淤泥而不染,转念自身因尚存嗔喜之心,而思虑纷扰,故藉由莲花体悟自性,心与莲花同归于清净。

———————

①《山谷诗集注》,第 18 页。

②《山谷诗集注》,第 1288 页。

③《山谷诗集注》,第 316 页。

④《山谷诗集注》,第 318 页。

后一首诗,则为病中观景,西风小雨微凉,莲塘四周苦竹丛生,鱼与鸟自得其乐,见万物皆安然自适,于此领悟病从多忧而来,而眼前所见"红荷倚翠盖",正是使山谷顿悟的契机所在。

而"造境悟理"中,莲花则为景致中的一部分,笔墨虽简,但却是禅意诗境中的点睛之笔,顿悟禅理与莲花密不可分。如《又和二首·其一》中,莲塘、竹径皆为清净雅致之景的一部分,然心与境合之中,莲花亦是禅理的化身:

> 西风鏖残暑,如用霍去病。疏沟满莲塘,扫叶明竹迳。
> 中有寂寞人,自知圆觉性。心猿方睡起,一笑六窗静。①

西风初至,溽暑顿消,莲塘水满,竹径隐约,置身此景之中,山谷反以"寂寞人"自谓,无人往来,可谓寂寞,而禅理自悟,心却不孤。于此景中知圆觉心性,心猿已醒,然六根清净,无须系缚,自能定心。而"一笑六窗静"中隐含双重比喻意义,山谷诗中常以"六窗"喻"六根",六根通透、一心无染是其追求的禅观境界。莲藕中通而有节,不染污泥,将六根比喻为莲藕的孔窍,缘于禅宗以孔窍喻人心的公案,如《五灯会元》卷一九所载:"针锋上狮子翻身,藕窍中大鹏展翅。"山谷熟知禅宗公案,因而将藕根与藕孔比作六根与心性,如《白莲庵颂》:"入泥出泥圣功,香光透尘透风。君看根元种性,六窗九窍玲珑。"②莲花出淤泥而不染,缘于六根澄澈,自性清净。

山谷诗中的"白莲"常与东晋慧远白莲结社相关,结社种植的"白莲",取白莲的清净无染特质与西方净土意蕴。宋代题咏莲社的诗作往往着重表现白莲作为结社象征的清净意义,如陈深《题郑柏窗所藏莲社图》中"白莲生清地,至洁尘不行。当时取我社,亦以清净故"。而在山谷诗中,不仅在运用莲社典故上翻新出奇,而且对白莲的观照已深化为对清净本质的了悟,如两首《东林寺》③:

其一

白莲种出净无尘,千古风流社里人。

---

① 《黄庭坚全集》,第 53 页。
② 《黄庭坚全集》,第 595 页。
③ 《黄庭坚全集》,第 2146 页。

禅律定知谁束缚，过溪沽酒见天真。

其二

胜地东林十八公，庐山千古一清风。

渊明岂是难拘束，正与白莲出处同。

两首诗中"过溪沽酒"与"渊明难拘束"皆取自陶渊明性嗜酒，生性洒脱，以入社念佛三昧为束缚，故辞慧远之邀不入莲社的典故。前一首中白莲清净无尘，此处白莲兼有虚实两义，东林寺白莲为所见之景，白莲出水，清净香洁；而虚指的白莲则为莲社诸贤的化身，不染于俗，千古风流。而下句言陶渊明不愿入社，解作不愿为禅律束缚，此句的落点却并非"束缚"，而在"天真"二字，因襟怀天真，故不拘泥于佛教仪轨，渊明不入社，殆同此理。下一首中"正与白莲出处同"，认为白莲的清净无染缘于本性的天真，天真之心澄澈空明，故不着纤尘，正是"本来无一物，何处惹尘埃"的注解。

唐人从莲花中领悟禅理，多赏其出水亭亭之姿、喜见花开香洁之美，且宋代以来，世人喜爱白莲，贬抑红莲。在山谷笔下，不仅莲花的色与香可供参禅，其茎、叶与藕亦蕴含禅理，如《赠别李次翁》一诗："于爱欲泥，如莲生塘。处水超然，出泥而香。孔窍穿穴，明冰其相。维乃根华，其本含光。"[1]莲花生于淤泥，如人处于爱欲之中，观其花叶，出水而不染；观其藕根，孔窍通透，不染淤泥仅是莲花的外在净洁，而藕孔玲珑才是莲花清净本心所在。此外，不同于世人好清美、喜白莲，山谷诗中对白莲与红莲的喜好并无差别，白莲不染纤尘，而红莲并非徒有色貌，亦能构成清净雅致的禅境，且有引发禅思、点化禅心之用，如《乙卯宿清泉寺》："莲荡落红衣，泉泓数白石。人如安巢鸟，稍就一枝息。"[2]《又答斌老病愈遣闷二首·其一》："红荷倚翠盖，不点禅心静。"[3]世人以白莲为君子，红莲为艳女，本是凭一己之好恶的评判，而白莲与红莲又何曾有差别？山谷诗中视二者如一，消弭了色相的差别，白莲非禅，红莲非俗，境由心生，而心外无物，故参禅在心而不在于外境。

此外，山谷诗中的莲花还体现为佛道融合的特征。山谷以禅理修心，

①《山谷诗集注》，第19页。

②《山谷诗集注》，第822页。

③《山谷诗集注》，第318页。

也采用道教的服食之法养生,莲子、莲蓬常做食用,有调养身体之效,如《赣上食莲有感》:"莲心正自苦,食苦何能甘。甘餐恐腊毒,素食则怀惭。"①《邹松滋寄苦竹泉橙曲莲子汤三首·其三》:"新收千百秋莲荫,剥尽红衣捣玉霜。不假参同成气味,跳珠椀里绿荷香。"②山谷家居双井塘多种莲花,食莲之风盛行,莲心与莲荫苦能回甘,比肥美甘旨更有益于身,而"太华峰头玉井莲"则是取自道教中华山峰顶千叶莲华,服之成仙的典故。佛教中的莲花为禅理化身,而道教中的莲花则为服食灵药,山谷取二者之意,故其笔下的莲花兼具象征与功用。如《赠清隐持正禅师》:"水鸟风林成佛事,粥鱼斋鼓到江船。异时折脚铛安稳,更种平湖十顷莲。"③水鸟风林是禅境,粥鱼斋鼓是禅机,而种莲十顷亦是禅趣,领悟佛理不独在观物印心,饥餐困眠皆是禅。

　　莲在山谷笔下,整体上显现了宋代尚清贞风骨、喜超逸标格的审美风貌,并且由吟咏花与叶的局部审美,到茎、实、根皆可入诗,莲成为了完整的哲理世界。宋人称莲花为"浮友"、"净客",赏其出水之姿,而山谷诗中的莲花,虽为景物,却通人情,花色可亲近,幽香可静心,可观心性、明禅理,更是如同禅友契交的存在。

　　除了这四个典型意象之外,由于禅宗的影响,黄庭坚还在诗歌中以不同的意象、从不同的层面歌颂了"心"作为本体的特质,并以不同的意象塑造了主人公的超脱、高洁的精神风貌。这些意象,其形虽异,内在品质却有相通之处,一以贯之,形成了独特的意象群现象。如,以秋月明珠等意象展现心的光明与清凉,已如前说。以窗牖和镜比喻人心的观照作用以及过而不留的清净本性,如"垣衣蛛网蒙窗牖,万象纵横不系留"(《题槐安阁》);"若问深明宗旨,风花时度窗棂"(《深明阁》);"月坠镜中,无灭无生。月虽缺半,影像圆成"(《缺月镜颂》)。以"太阳"来比喻心灵的智能,照耀万物,驱走黑暗:"象踏恒河彻底,日行阎浮破冥。"(《深明阁》)用贫子还乡来比喻寻找自我的佛性,其《和程德裕颂五首》中云:"贫子还家作富儿,粪箕苦帚未曾遗。"④还以白鸥比喻清闲自在、心无系缚的境界,《演雅》在罗列种种

①《黄庭坚全集》,第 2134 页。
②《山谷诗集注》,第 360 页。
③《山谷诗集注》,第 1339 页。
④《山谷诗集注》,第 599 页。

鸟兽鱼虫为生机而忙碌奔波、厮杀、算计之后突然煞尾："江南野水碧于天，中有白鸥闲似我。"①

意象是主观情意与客观物象结合的产物，鲜明独特的意象往往体现出诗人的个性风格，而意象群的流变又从一个侧面反映出诗歌史的变迁。从以上分析我们可以看出，黄庭坚由于对禅宗浸染较深，所以他的相当一部分诗歌，从意象的选择与意境的塑造上，显然透出禅宗的影响。这些诗歌意象，沿用了古典诗歌中的传统寓意，又在其内涵上有所开拓，以俗为雅，以故为新，添加了禅的超脱精神，富有佛禅意韵，不但深化了中国传统诗歌意象的内涵，也以禅心点化诗境，使诗歌意境透露着浓浓的禅意。有些诗句，像"落木千山天远大，澄江一道月分明"②等，在前代诗人所营造的意象内涵基础上又加以丰富，无禅语而有禅意，意与象弥合无痕，是他诗禅结合的一种化境，即使在不懂佛禅的人看来，也是一首意境深远、意象清新的好诗。黄庭坚诗歌中的禅意意象群，交织着诗情与哲思，为宋诗增强意象的表现力作出了重要贡献，对江西诗派形成"诗到江西别是禅"的诗风以及后代诗人的影响也是明显的。

黄庭坚精心选择意象，以意炼象，在其中寄托了诗人的高洁襟怀。他以出水莲花、经霜老松、砥柱中流、清闲白鸥、阅世老禅师、在家僧来比喻理想人格与自我形象，显示出绝尘去俗，淡泊名利，在尘不染，历风波而不变，凸显坚守的精神。这些诗歌意象，与作者对主体精神的追求息息相通。其中，禅宗的超脱精神不但使黄庭坚创新了诗歌意象，也使他的诗歌境界比较高远，塑造了超逸高洁的人格精神，所以苏轼阅读其诗而称赞他"超逸绝尘，独立万物之表，驭风骑气，以与造物者游"③。方东树亦褒之曰："英笔奇气，杰句高境。"④

但是，由于个人的偏好，黄庭坚有时在诗歌中不免堆砌了太多的禅语，有的诗几乎成了禅家偈颂，哲理性太强，有理语而无理趣，使诗歌的美感大打折扣，蔡絛对此评价说："黄太史诗，妙脱蹊径，言谋鬼神，唯胸中无一点

---

①《山谷诗集注》，第 21 页。
②《登快阁》，《山谷诗集注》，第 840 页。
③《苏轼文集》，第 382 页。
④〔清〕方东树：《昭昧詹言》卷一〇，汪绍楹校点，人民文学出版社，1961 年，第 225 页。

尘俗,故能吐出世间语。所恨务高,一似参曹洞下禅,尚堕在玄妙窟里。"①
此外,由于主体精神的投射太过强烈,价值指向比较固化,这使得黄庭坚在
择取与营造意象时,意象的种类不够繁多,内涵也相对固定,缺乏活色生香
的美感与丰富饱满的多样性,这一点,比起苏轼信手拈来、随物赋形所表现
出的那种诗材的开阔、感受的真切以及哲理升华的自然就要逊色几分了。

第二节　以诗说禅与幻出万象:黄庭坚的禅意造境艺术

一、佛教以偈说理与禅宗以诗说禅的传统

　　以偈说理是佛教的传统,也是佛教语言一个鲜明的特点。在很多佛经
中,说法者在以长行(散文体裁)铺陈了一段法义之后,往往要重宣此义,而
说偈颂,使听者抓住重点、方便背诵。这些偈颂有的哲理深刻,有的形象优
美,有的比喻生动,富有文学性,给中国信仰佛教或喜阅佛典的诗客、文人
们的文学创作提供了有益的借鉴。比如《金刚经》中著名的四句偈:"一切
有为法,如梦幻泡影,如露亦如电,应作如是观。"还有前文我们提到过的
《华严经》中的"犹如莲花不着水,亦如日月不住空","菩萨清凉月,游于毕
竟空"等等。中国的禅宗,在神秀与慧能分别呈出"悟道偈"之时,也揭开了
以诗说禅的帷幕,其后禅师们创作了大量的禅门偈颂,以显示悟境。尤其
在石头、马祖以后,随着禅门中独特的教学制度的形成,在师资问答、上堂
示法以及说公案、斗机锋等场合,也更多地利用了诗偈②。这些禅门偈颂
的形式有开悟偈、传法偈、示法偈、劝学偈、赞颂偈、明志偈等等,语言形式
与古典诗歌一样,大部分是五言绝句或七言绝句。

　　禅门用诗还有另一种形式,就是用诗句来对答。使用形象、象征的诗
句来问答勘辨,是丛林中斗机锋的方式。耐人寻绎的诗句引导人对它所表
现的境界深入参详,师资间也可以彼此考验对方的悟境。这些诗句大部分
是利用自然景物组合成一个意境,如夹山善会曾用"猿抱子归青嶂后,鸟衔

---

① 见宋代胡仔《苕溪渔隐丛话后集》卷三三所引,《四部备要》本。
② 孙昌武先生在《禅思与诗情》(中华书局,1997 年)一书第十章"玄思与乐道"与十三章"以诗说禅"
　　对此有详尽的分析;吴言生先生之《禅宗诗歌境界》(中华书局,2001 年)则对禅宗五家七宗禅诗
　　的特征作了分析和总结。

花落碧岩前"①这样鲜明生动的如画境界来形容禅境,他的作法被后人广泛沿袭。用一联诗创造出充满画意的诗境,成了展示个人禅解的手段。这些诗句作为艺术描写看,许多是相当优美、含蕴丰富的。如中唐天柱崇慧禅师(?—799)回答弟子问道的几则记载:

> 问:"如何是天柱家风?"师答:"时有白云来闭户,更无风月四山流。"

> 问:"如何是道?"师曰:"白云覆青峰,蜂鸟步庭华。"

> 问:"如何是和尚利人处?"师答:"一雨普滋,千山秀色。"

> 问:"如何是天柱山中人?师曰:"独步千峰顶,优游九曲泉。"②

从这些问答可以看出天柱禅师取象自然,动静空有互摄,充满诗意与禅机。

黄龙派禅师也继承了以诗论禅的传统,托事表理,寄言显道。慧南禅师有《赵州吃茶》两首诗偈,对赵州和尚"吃茶去"的公案提出了自己的理解,其第二首云:

> 相逢相问知来历,不拣亲疏便与茶。翻忆憧憧往来者,忙忙谁辨满瓯花。

他认为来参禅的人求悟心切,行为忙乱,缺乏平常心,所以无法静下心来真正品尝茶的滋味,实际上,禅不正在那茶碗里翻滚生灭的茶花上吗?除了自己的心,还到哪里去求禅呢?

他在开示学人时说:

> 千般说、万般谕,只要教君早回去。去何处?良久云:夜来风起满庭香,吹落桃花三五树。

这使人想起黄庭坚闻桂花香有悟的故事。慧南禅师用一个风吹落花香满园的现量境来启示禅者要回归当下,回归自己心灵的家园。

黄庭坚不但阅读了大量的佛教经典、禅宗语录,他还参与佛教内部事务,应禅师们的请求创作了很多佛教的偈颂,形式广泛,有开堂疏、赞颂偈、烧香偈等等,其中烧香偈是他的首创,被晦堂禅师笑着说为:"岂可以般若

---

①《祖堂集》卷七,蓝吉富主编:《大藏经补编》第25册,台北华宇出版社,1985年。
②《景德传灯录》卷四,《大正藏》卷五一。

为戏论乎!"山谷本就谙熟文字技巧,他的这些偈颂模仿学习前人之作,用语老练精当,有的机锋峻峭,有的禅意盎然,有的呵佛骂祖,有的正话反说,深得禅宗以诗说禅的精髓,把它们放到禅师们的作品中也毫不逊色。可以说,他在学习、创作这些佛教文学作品的同时,也吸收了其中以诗说禅、禅境创造方面的技巧。

佛教认为,一切外境皆是唯心所现,山谷在诗学思想中提出"文章本心术"的观点,认为意境是心灵的外现;他在书画理论中提出了"幻出万物"①的创作方法,认为东坡所画的枯木是"胸中元自有丘壑,故作老木蟠风霜"②,所画的竹"枝掀叶举是精神",这是他"幻物出无象"③,把无形的精神借有形的物体表现出来了。山谷并提出"诗成无色之画,画出无声之诗"诗画相通的艺术理论。山谷虽然没有明确提出在诗歌中"幻出万法",但在实际创作中却经常借用禅宗以诗说禅的方法,利用虚实相生的方法创造意境。缪钺先生论唐宋诗之不同说:"唐诗以韵胜,故浑雅,而贵酝藉空灵;宋诗以意胜,故精能,而贵深析透辟。"④张培锋先生指出,"意"是主观性的东西,包括主体的感觉、情绪、意志、观念、认知等等。它不同于六朝时期重视的"物",也不同于唐代诗论标举的"境",而更接近于禅佛的"心"⑤。作为宋诗代表性诗人,黄庭坚的诗歌创作也有"以意胜"的特点。他把诗境当作心象的呈现,他的诗经常从实境上宕开,凭空创造一个虚景,以表现自己的情感或精神境界,"托物虽自殊,心期俱不俗"⑥,这让他的诗充满了一种禅意和远韵。目前学术界在研究佛禅思想对黄庭坚诗歌创作影响时多数只是论及用典及语言技巧,从整体上分析他从禅宗中取境的研究成果几乎没有。笔者试从这一方面作出一些努力。

二、黄庭坚诗歌禅意境界类型

1.本来现成,花光竹影

---

① 如《戏答赵伯充劝莫学书及为席子泽解嘲》:"晚学长沙小三昧,幻出万物真成狂。"《小鸭》:"小鸭看从笔下生,幻法生机全得妙。"

②《题子瞻枯木》,《山谷诗集注》,第236页。

③《题子瞻墨竹》,《山谷诗集注》,第1094页。

④《论宋诗》,《宋诗鉴赏辞典》,上海辞书出版社,1987年,《代序》第3页。

⑤张培锋:《宋代士大夫佛学与文学》,宗教文化出版社,2007年,第257页。

⑥《寄题安福李令爱竹堂》,《山谷诗集注》,第838页。

禅宗以明心见性为宗,讲求在自己心地上下功夫,是反观内照的功夫,不论是读经还是参禅都要回向自己的内心体验,寻找到心的清净本性,而不是向外寻求。黄庭坚的《题息轩》就说明了这个道理:

> 僧开小槛笼沙界,郁郁参天翠竹丛。万籁参差写明月,一家寥落共清风。
>
> 蒲团禅板无人付,茶鼎熏炉与客同。万水千山寻祖意,归来笑杀旧时翁。①

前四句勾画了息轩的幽美环境。万籁参差,显出明月的寂照;息轩虽然寥落,却是与山林一起共享着清风。"蒲团"、"禅板"是僧家坐禅之具,这里还有一段公案:

> 师(临济慧照义玄)问一尼:善来? 恶来? 尼便喝。师拈棒云:更道更道。尼又喝。师便打。
>
> 龙牙问:如何是祖师西来意? 师云:与我过禅板来。牙便过禅板与师,师接得便打。牙云:打即任打,要且无祖师意。牙后到翠微问:如何是祖师西来意。微云:与我过蒲团来。牙便过蒲团与翠微,翠微接得便打。牙云:打即任打,要且无祖师意。②

在这个公案中,"蒲团"、"禅板"又是师徒斗机锋时所用的道具。所以山谷诗中"无人付"之意是指无人可以传法。最后两句"万水千山寻祖意,归来笑煞旧时翁"引用禅典揭出本诗宗旨。"祖意"即公案中的"祖师意",又叫"祖师西来意",亦即禅宗祖祖相传的心印。禅林常有僧问"如何是祖师西来意"之类问题,将悟道见性称为"彻通祖意"。自古以来,禅人以到处寻师访道为参禅,踏遍千山万水,不避艰苦,但是归来却发现"祖意"即在自心。作者表达的正是"尽日寻春不见春,芒鞋踏破陇头云。归来笑拈梅花嗅,春在枝头已十分"的意思。"旧时翁"指禅者自己。船子和尚偈曰:"愚迷未识主人翁,终日孜孜恨不同。到彼岸,出樊笼,元来只是旧时公。"③未寻到"祖意"之时,终日孜孜以求,不知自己就是主人翁。悟道后才发现"不异旧时人",不由哑然失笑。所以山谷说"归来笑煞旧时翁",点出"佛向自心求"

①《山谷诗集注》,第 928 页。

②《临济慧照义玄公大宗师语录》,《大正藏》卷四七。

③〔唐〕释德诚撰,〔元〕释坦辑:《船子和尚拨棹歌》,华东师范大学出版社,1987 年,第 251 页。

的禅义。诗的前一联虽然纯为景语,其实也透露着浓浓的禅意。"小槛笼沙界"是小中含大的"一沙一世界"之理,"万籁写明月""一家共清风"则表达了法界一体的思想。翠竹、清风、明月都是真如的体现,只要在自家门口领略它们,就可以悟到祖意,何须千山万水苦苦追寻。全诗围绕着"息"字展开,由"息轩"引出"息心"之意,立意巧妙,饱含禅趣。

山谷的《柳闳展如子瞻甥也其才德甚美有意于学故以桃李不言下自成蹊八字作诗赠之》从另一个角度说明了这个道理:

> 八方去求道,渺渺困多蹊。归来坐虚室,夕阳在吾西。君今秣高马,凤驾先鸣鸡。慎勿取我语,亲行乃不迷。①

前二句描写了八方求道的艰难,但是归来后却发现"夕阳在吾西","虚室"比喻放下了执着,心地空明,这时候看到一切事物都以本然的样子呈现。这个典故来自法眼禅师的《金刚经四时般若颂》:"理极忘情谓,如何有喻齐。到头霜夜月,任运落前溪。果熟猿兼重,山长似路迷。举头残照在,元是住居西。"举头而望,残照在西,一切本来如此,原来如此。

为了阐明同样的禅理,《题觉海寺》塑造了一个更为浑融的意境:

> 炉香滔滔水沉肥,水绕禅床竹绕溪。一段秋蝉思高柳,夕阳原在竹阴西。②

没有任何理语在里面,现量直观,随着一阵蝉声,诗人的视线被引到屋外,夕阳正在竹阴西,一切现成,即物而真,如同"师姑元是女人作"③一般,奇特而又平常,真如实相就在每一个当下、眼前的事物上闪耀。正像僧肇所说:"道远乎哉?触事而真。圣远乎哉?体之即神。"

山谷在晦堂禅师的启发下,闻山中桂花香而有悟。所以他反对枯木禅坐,认为自然界的一切无不在昭示着真如法性。松风、竹语、落花、星斗、明月……无一不是"吾无隐乎尔",显露着自性的奥秘,启发着感悟的禅心。

---

① 《黄庭坚全集》,第 9 页。
② 《黄庭坚全集》,第 1480 页。
③ 《五灯会元》卷四记载智通禅师悟道因缘:法华智通禅师:初在归宗会下,忽一日连叫曰:"我大悟也。"众骇之。明日上堂,众集,宗曰:"昨夜大悟底僧出来。"师出曰:"某甲。"宗曰:"汝见什么道理,便言大悟?试说看。"师曰:"师姑原是女人作。"宗异之。师便辞去,宗门送,与提笠子。师接得笠子,戴头上便行,更不回顾。后居台山法华寺。临终有偈曰:"举手攀南斗,回身倚北辰,出头天外看,谁是我般人。"(《续藏经》第 80 册)

这是触目菩提的禅悟之美，是翠竹法身、黄花般若的现量境。晦堂禅师有诗偈曰：

> 风卷残云宇宙宽，碧天如水月如环。祖师心印分明在，对此凭君子细看。①

与黄庭坚亦师亦友的惟清禅师也作有诗偈：

> 天机藏不得，花笑鸟啼时。不待重拈出，当人合自知。②

只要人们涤除妄念，就可以聆听无情说法，在水流花开、天青月明的自然山水中感悟到永恒的佛性。所以黄庭坚反对枯木禅坐，认为真正的禅意就流动在自然之中：

> 北风吹倒落星寺，吾与伯伦俱醉眠。蟆蛉蟆蠃但痴坐，夜寒南北斗垂天。③

这首诗写得很有点酒后疏狂意态，"蟆蛉蟆蠃"戏指禅师，山谷批评他们只知道在屋内"痴坐"，岂不知那天上的北斗星正在熠熠说法④！在他的眼里，大自然的一切都在说法："尽日竹风谈法要，无人竹影又斜阳。"⑤"说法曾无间歇，松风寺后山前。"⑥

他的一些诗注重从意境中体现禅意：

> 万事同一机，多虑乃禅病。排闷有新诗，忘蹄出兔径。莲花生淤泥，可见嗔喜性。小立近幽香，心与晚色静。
>
> 主人心安乐，花竹有和气。时从物外赏，自益酒中味。斸枯蚁改穴，扫箨笋迸地。万籁寂中生，乃知风雨至。⑦
>
> 百痾从中来，悟罢本谁病。西风将小雨，凉入居士径。苦竹绕莲塘，自悦鱼鸟性。红妆倚翠盖，不点禅心静。
>
> 风生高竹凉，雨送新荷气。鱼游悟世网，鸟语入禅味。一挥四百

---

① 〔宋〕师明集：《续古尊宿语要》卷一，《续藏经》第 68 册。
② 《续古尊宿语要》卷一，《续藏经》第 68 册。
③ 《题落星寺·其四》，《山谷诗集注》，第 757 页。
④ 《云门匡真禅师广录》："问：如何是透法身句？师（云门）云：北斗里藏身。"（《大正藏》卷四七）
⑤ 《题醒心轩》，《山谷诗集注》，第 1344 页。
⑥ 《题万松亭》，《黄庭坚全集》，第 707 页。
⑦ 《次韵答斌老病起独游东园二首》，《山谷诗集注》，第 316 页。

病,智刃有余地。病来每厌客,今乃思客至。①

花光竹影、鱼踪鸟语,创造了一个安静和谐的意境,诉说着菩提的秘要。

2.羁旅愁客,一念归心

禅宗认为人人皆有佛性,只要回向心地认取,即如贫子还家。为了让学人回归自心,体认自性真如,彻见本来面目,禅师们以羁旅诗为题材作了大量诗偈,叹老悲逝,渲染客愁,抒写思乡情绪,描写家园美好,以达到"劝归"的目的,正如慧南禅师所说:"千般说、万般谕,只要教君早回去。"这是禅诗中一个重要的主题。如:

> 鬓发已苍浪,言归恨不早。独立秋风前,相思望江岛。②

黄庭坚的老师祖心禅师亦有偈曰:

> 风萧萧兮木叶飞。鸿雁不来音信稀。还乡一曲无人吹。令余拍手空迟疑。③

有人说"陶令无诗不说归",读山谷的诗,也会有这个感觉,他的很多诗篇都在诉说着江湖归去的情怀。这其中有的是实际思乡情感,有的则是抒发一种向自由回归的理想,有的是启发朋友注重根本,将道德修养的重点放到心性之存养上。

如《平阴张澄居士隐处三诗之复庵》就在"复"字上下功夫,充分渲染羁旅久客的痛苦,以衬托出归来的意义:

> 春粮出求仁,行李弥宇宙。久客渺愁人,马饥仆夫瘦。归来一丘中,万事不改旧。禾黍锄其骄,牛羊鞭在后。隐几天籁寒,六凿忽通透。④

"万事不改旧"乃是平常心也,虽是不异旧日行履,但已"我虽昔人非昔人"了,放下执着和妄念,在每一件平常事物上体味禅的平等、清净、自由的境界。"禾黍"以农家事比喻修心,耕耘心地,驯服牛羊,这样就能听懂天籁的舞动,六根圆通,见闻觉知打成一片。

---

①《又答斌老病愈遣闷二首》,《山谷诗集注》,第 318 页。

②〔宋〕颐藏主集:《古尊宿语录》卷二九,《续藏经》第 68 册。

③《宝觉祖心禅师语录》,《续藏经》第 69 册。

④《山谷诗集注》,第 25 页。

他还经常以鱼行千里[1]与歧路亡羊来形容出门学道是向外寻觅,自迷前程,从而说明人需要反观内照,归向自心。在《平阴张澄居士隐处三诗之仁亭》中他写道:

> 张侯大雅质,结发闯儒关。奇赢或谐偶,老大尝艰难。筑亭上云雨,日月转朱栏。床敷听万籁,我家颇宽闲。牧牛有坦途,亡羊自多端。市声鏖什枕,常以此心观。[2]

以家比喻自心,牧牛亦是指修心,归家正是回向自心的观照。只有以宽闲的心来观照,自己才不会被市俗之声被淹没。

黄庭坚诗集中还有多首这样的作品,以羁旅之艰难来衬托家园之可爱、归乡之情切。如:

> 风裘雪帽别家林,紫燕黄鹂已夏深。三釜古人干禄意,一年慈母望归心。
>
> 劳生逆旅何休息,病眼看山力不禁。想见夕阳三径里,乱蝉嘶罢柳阴阴。
>
> ——《初望淮山》[3]
>
> 仕路风波双白发,闲曹笑傲两诗流。故人相见白青眼,新贵即今多黑头。
>
> 桃叶柳花明晓市,荻芽蒲笋上春洲。定知闻健休官去,酒户家园得自由。
>
> 世态已更千变尽,心源不受一尘侵。青春白日无公事,紫燕黄鹂俱好音。
>
> 付与儿孙知伏腊,听教鱼鸟逐飞沈。黄公垆下曾知味,定是逃禅入少林。
>
> ——《次韵盖郎中率郭郎中休官二首》[4]
>
> 主簿看梅落雪中,闺人应赋首飞蓬。问安儿女音书少,破笑壶觞

---

[1]《欸乃歌二章戏王稺川》曰:"从师学道鱼千里,盖世成功黍一炊。"(《山谷诗集注》,第 11 页)

[2]《山谷诗集注》,第 26 页。

[3]《山谷诗集注》,第 1248 页。

[4]《山谷诗集注》,第 657 页。

梦寐同。

马祖峰前青未了,郁孤台下水如空。江山信美思归去,听我劳歌亦欲东。

——《次韵君庸寓慈云寺待韶惠钱不至》①

3.满船明月,任运自在

船子和尚德诚的悟道偈中"满船空载月明归"的意境是山谷最喜欢引用到诗中的,千尺钓丝,信手直垂,明月满船,怡然而返。禅师以无所执着之心沉浸于空明澄澈的意境之中,体现了一种内心明澈、任运自在的精神境界。

"渔父",作为一类虚构的人物形象,经常闪现在我国古代文学和绘画,尤其是古典诗词之中。他们时而独钓于风雪寒江之上,时而出没于斜风细雨之中,时而坐忘于渭水之滨。他们有的劝诫人生,出世隐居;有的潇洒出尘,恬淡闲适;有的清高孤傲,愤世嫉俗;有的蔑视功名,全身远祸;有的待时而动,用世立功。但不管怎样,他们都有一个共同之处,即都是隐者。在我国古代文学的诗词中,可以说渔父就是隐逸的象征,是一个隐逸的符号,但是由于时代精神与主体个人价值取向不同,每个朝代与不同群体对"渔父"形象的解读是有很大差异。正如黄庭坚诗中所言:

避世一丘壑,似渔非世渔。独吟嘉橘颂,不遗子公书。笋蕨园林晚,丝缗岁月除。安知冶容子,红袖泣前鱼。②

此钓台在吉州青原山静居寺,是行思禅师道场,他曾向六祖慧能学法,与南岳怀让并称二大弟子,同嗣六祖之法。这里的渔父"似渔非世渔",既不会以世间得失挂怀,更不会以终南捷径等待时机,期望出山用世。"笋蕨"二句是写他从容地随着四季的轮转而生活,以自然的笋蕨为食,渐渐泯却了垂钓之心。这里的渔父已经完全是一个出世的隐者,带有禅者风范。

唐宋以来,禅师以渔父形象自指的现象比比皆是,确实已经是"似渔非世渔"了。唐五代时期,《渔父词》《渔歌子》《渔父引》《渔家傲》均是歌咏渔家生涯的曲调,德诚开创了以《渔父词》咏禅的传统,使"渔父"成为曹洞宗

---

① 《山谷诗集注》,第863页。
② 《静居寺上方南入一径有钓台气象甚古而俗传谬妄意尝有隐君子渔钓其上感之作诗》,《山谷诗集注》,第926页。

禅法中的重要象征性意象,给渔父的形象增添了禅的内蕴。从此,禅师们灵活利用"渔父"这个喻体,不断开发出新的喻义,为我所用,如以"满船明月"形容渔父的自由任运;以鱼比喻本心或者来参禅的后学,以钓丝千尺比喻本性之难求或接引学人之难;以钩直钩曲比喻接引手段;以鱼吞钩比喻学人接受禅师引导;以锦麟比喻根器上乘的弟子;等等。山谷在诗歌中所借用的是以满船明月表现无所得、逍遥任运的精神,意境空灵、明澈。如:

> 雨洗风吹桃李净,松声聒尽鸟惊春。满船明月从此去,本是江湖寂寞人。
>
> ——《到官归志浩然二绝句》

> 绮席象床珊玉枕,重门夜鼓不停挝。何如一身无四壁,满船明月卧芦花。
>
> ——《薄薄酒》

> 骑马天津看逝水,满船风月忆江湖。
>
> ——《次韵答曹子方杂言》

> 安得归舟载月明,鸬鹚白鸥为友生。一身不是百年物,五湖无边万里行。
>
> ——《奉送时中摄东曹狱掾》

> 小黠大痴螳捕蝉,有余不足夔怜蚿。退食归来北窗梦,一江风月桃李船。
>
> ——《寺斋睡起二首》

> 平生性拙触事真,醉里笑谈多忤人。安得眼前只有清风与明月,美酒百船酬一春。 ——《戏题》

> 建德真乐国,万里渺中州。除荡俗氛尽,心如九天秋。满船载明月,乃可与同游。平生期斯人,共挟风雅辀。
>
> ——《再作答徐天隐》①

> 鱼吼钟鸣索饭钱,牧牛耕种别人田。淮师收得祖关在,一笛操江月满船。
>
> ——《次韵奉答南山禅师二颂兼呈琦上人》②

---

① 以上引诗分别引自《山谷诗集注》第 770 页、628 页、242 页、865 页、265 页、1221 页、1050 页。
② 《黄庭坚全集》,第 1527 页。

身无长物却"满船明月",江湖浩渺,任由来去,这样的渔父心灵纯净,姿态超然,充满了禅者自由、无所挂碍的精神。

"满船明月",是渔父诗意的一面,更多地体现了文人的审美意识。在黄庭坚的笔下,渔父还有率真疏野、豪放自在的另外一面。如:

> 穷秋漫漫蒹葭雨,裋褐休休白发翁。范子归来思狡兔,吕公何意兆非熊。
>
> 渔收亥日妻到市,醉卧水痕船信风。四海租庸人草草,太平长在碧波中。
>
> ——《古渔父》①
>
> 秋风淅淅苍葭老,波浪悠悠白鬓翁。范子几年思狡兔,吕公何处兆非熊。
>
> 天寒两岸识渔火,日落几家收钓筒。不困田租与王役,一船妻子乐无穷。
>
> ——《渔父二首》之一
>
> 草草生涯事不多,短船身外岂知他。蒹葭浩荡双蓬鬓,风雨飘零一钓蓑。
>
> 春鲔出潜留客鲙,秋蒪遮岸和儿歌。莫言野父无分别,解笑沉江捐汨罗。
>
> ——《渔父二首》之二②
>
> 黄须客子居水滨,水行水宿忘冬春。莽渺三江五湖外,短船无地不知津。
>
> 弓弯夜月射鸣雁,舷系晓风歌采苹。时望青旗沽白酒,醉煮白鱼羹紫莼。
>
> 平生未识州县路,鸥鸟蒹葭成四邻。市人诱我利三倍,辍棹一出几危身。
>
> 古来有道处渔钓,岂与荷担为儓臣。欲论旧业谁知者,满地车轮来往尘。

---

①《山谷诗集注》,第 1237 页。
②以上两首引自《山谷诗集注》,第 1236 页。

言归明月沧波上，依旧操舟妙若神。　　　　　——《舟子》①

江鸥摇荡荻花秋，八十渔翁百不忧。清晓采莲来荡桨，夕阳收网更横舟。

群儿学渔亦不恶，老妻白头从此乐。全家醉著篷底眠，舟在寒沙夜潮落。　　　　　——《清江引》②

这几首以渔父为题的诗歌，主题内容略有不同。《古渔父》写出了渔父成为隐士的背景，以范蠡、姜太公作比，前者是功成身退，畏祸避世，后者坐钓时其实并没有功名利禄之想——这是山谷自己的政治态度，在为世所用时并不执着，将之视为机缘巧合般的"邂逅"，同时在入世时保持一种庄子式的深刻清醒，要懂得保护自己，全身而退。就像他在《韩信》这首咏史诗中所说："丈夫出身佐明主，用舍行藏可自知。功名邂逅轩天地，万事当观失意时。"渔父，就是山谷眼中的最后理想结局吧，这是一种无奈，更是对当时翻手为云覆手雨的政治形势的巨大失望。但是，渔父虽然离开了政治中心，却并没有离开生活本身：醉卧小船，任漂东西，从心所欲，不受束缚，妻子相乐，具有温暖的人间气息。而"渔收亥日妻到市，醉卧水痕船信风"，"春鲔出潜留客鲙，秋菰遮岸和儿歌"，"弓弯夜月射鸣雁，舷系晓风歌采苹。时望青旗沽白酒，醉煮白鱼羹紫莼"这几联诗句非常生动具体地描述了渔父自由的生活，透出无心任运、随缘自在的生活态度，在渔父的日常生计中贯穿着禅宗无住、无相、无念的本质精神，这种禅者风味已经与中国诗歌中传统的渔父形象有所不同，与当时的曹洞宗借诗歌以渔父形象诠释禅境之禅风相通。继德诚禅师之后，黄庭坚创作了多首歌咏渔父的诗词，给中国传统的渔钓隐士形象注入了禅意的内涵。

4.饥餐困眠，道在日用

禅宗主张开悟之后繁兴大用，反对死守空寂，摒弃对持戒、禅坐形式上的执着，提倡在生活中体道，"举足下足皆在道场"。禅宗，尤其是到中唐的洪州禅之后，讲求"平常心是道"，"道在日用"，禅的精神就体现在担水、劈柴、饮茶、种地这些日常生活之中。大珠慧海提出"饥来吃饭困来眠"的观点：

①《山谷诗集注》，第 1147 页。
②《山谷诗集注》，第 510 页。

> 源律师问:"和尚修道,还用功否?"师曰:"用功。"曰:"如何用功?"
> 师曰:"饥来吃饭,困来即眠。"曰:"一切人总如是,同师用功否?"师曰:
> "不同。"曰:"何故不同?"师曰:"他吃饭时不肯吃饭,百种须索;睡时不
> 肯睡,千般计较。所以不同也。"律师杜口。[1]

已经开悟的禅者也是饿了吃,困了睡,在外相表现上与常人无异,但因对佛
之见地确认坚固,心总安住于当下,再无驰求,对外境之违顺便能不拒不
迎,自然随缘。如此饥来吃饭困来眠,与佛道合,才是用功。常人心思总在
造作分别,不能停歇,于诸境上百种追求,千般计较。遇顺境者,则千方百
计留之恋之;遇逆缘时,则费尽心机除之去之。若图谋不成,则忧上添忧,
怖上加怖,乃至惶惶然不可终日。至此境地,食不甘味,寝不成眠,虽求"饥
来吃饭,困来即眠",亦不可得。大珠还说:"解道者,行住坐卧,无非是道;
悟法者,纵横自在,无非是法。"因此,只要随缘任性度日即是用功,即是无
修之修。其"饥来吃饭,困来即眠"之语,即源于此理。在明了后,无论吃饭
睡觉,乃至日常生活中种种行为,皆为修行,皆成功德,皆是随缘度化。这
对士大夫的生活态度影响颇深,他们不用到远离人群的山林去过苦修的生
活,而是在日常生活中就能获得解脱。于是,他们以超脱、轻松甚至带一点
戏谑的心对日常生活进行了审美观照,以俗为雅,过着艺术化、审美化的生
活。正如黄庭坚所说的:"若以法眼观,无俗不真;若以世眼观,无真不俗。"
(《题意可诗后》)这种"道在日用"的观念与山谷体会到的"百姓日用而不
知"的儒家周易精神相通[2]。

山谷在《赠刘静翁颂四首》中表达了对佛禅最高境界的理解:

> 万缘空处真如佛,八面风中不动尊。困便横眠饥吃饭,十方无壁
> 又无门。[3]

佛的境界是心中万缘空,放下了一切执着,面对世间的"八风"不为所动。

---

① 《景德传灯录》卷六,《大正藏》卷五一。
② 山谷在尺牍中曾说过,他心醉于《易》三十年,对《周易》体会最深的地方在于"百姓日用而不知"。
③ 《黄庭坚全集》,第 600 页。

"十方无壁"①是禅语,意思是大道无边际,禅人自在潇洒,困眠饥餐,禅的精神弥漫在生活的时时处处。

《何造诚作浩然堂陈义甚高然颇喜度世飞升之说筑屋饭方士愿乘六气游天地间故作浩然词二章赠之》中也勾画了一个随缘任运,尘尘三昧的禅境:

　　　　小雨呼儿藝桃李,疏帘恽客转琵琶。尘尘三昧开门户,不用丹田养素霞。②

他还写诗给杨明叔,表达他对禅的精神的理解,启发对方的向道之心:

　　　　山川围宴坐,日月转庭隅。般若寻常事,如来卧起俱。多闻成外道,只是守凡夫。欲听虚空教,须弥作鼓桴。③

杨明叔看了《七佛偈》有所得,但黄庭坚谆谆教导他说,般若智慧是寻常的事,并不是多么高深的东西,因为人人自足;而佛的精神也不是高不可攀,实际上就体现在每个人的行住坐卧之间。所以"莫向明窗钻故纸"④,不要一味追求"多闻",从书本经典中寻求智慧,而是多在日常生活中去体会与运用。

他在《题默轩和遵老》中对遵老的饥餐困眠的态度表示赞许:

　　　　平生三业净,在俗亦超然。佛事一盂饭,横眠不学禅。松风佳客共,茶梦小僧圆。漫续山家颂,非诗莫浪传。⑤

虽云不学禅,可是禅的气韵不正在那松风茶梦之中缭绕吗!

在《题净因壁二首杂诗》中他以"随食随衣随事办"来描述佛印禅师无心任运的禅风,认为这才是祖师禅的境界。对于自己一生敬重的师友苏轼,山谷在《跋子瞻和陶诗》中抒发了他的默契相知之意:

---

①《宏智禅师广录卷》记载:(宏智禅师)示众,举云居问赵州:老老大大,何不觅个住处? 州云:教某甲向甚么处住? 居云:山前有个古寺基。州云:和尚何不自住? 师云:尔也怎么住。我也怎么住。作业相似贫相聚,十方无壁,四面无门。遮丑无衣,御寒无絮。直下不居功,个中看转处。采华蜂集不萌枝,卧月鸟栖无影树。(《大正藏》卷四八)
②《山谷诗集注》,第 519 页。
③《明叔惠示二颂云见七佛偈似有警觉,乃是向道之端,发于此,故以二颂为报》,《山谷诗集注》,第 1107 页。
④《题杜盘涧叟冥鸿亭》,《山谷诗集注》,第 936 页。
⑤《黄庭坚全集》,第 139 页。

　　　　子瞻谪岭南,时宰欲杀之。饱吃惠州饭,细和渊明诗。彭泽千载
　　人,东坡百世士。出处虽不同,风味乃相似。①

苏轼晚年一再被贬,直至荒远的岭南,“时宰欲杀之”准确地写出了他处境
的艰难与险绝。前二句为整首诗铺垫了一个山雨欲来风满楼的萧杀背景,
但是山谷笔锋一转,化为春风和暖的笔触,在这样困厄的情况下,东坡居然
饱吃饭、细和诗,尤如“无事”人一般。“饱”与“细”非常传神地写出了东坡
心中没有任何挂碍,不受任何干扰,乐在其中的投入状态,自由而逍遥。吃
饭与作诗,在世人眼中,一俗一雅,似乎是两码事,但在禅者的眼里,却是无
分别的境界,超越了俗雅之分。山谷选取了这两个最有表现力的行为,犹
如庖丁切中肯綮,生动地传达出了东坡的道者气象。

　　黄庭坚在《与王子飞书》中提出:“万事随缘是安乐法。”他希望过一种
自在潇洒的生活,但这种生活方式不是坐等外在环境的赐予,而是在清净
心的映照下,“八风吹得行,处处是日用”②。所以他的诗歌题材广罗日常
生活,如赏花、品茶、尝酒、和香、调药、书画、游览等,甚至有意识地表现出
一种不受拘束的疏狂意态。黄庭坚在《次韵喜陈吉老还家二绝》中描写了
日常生活中的情趣:

　　　　公庭无事吏人休,垂箔寒厅对弈秋。催织青笼蒥白酒,竹炉煨栗
　　煮鸡头。
　　　　夜寒客枕多归梦,归得黄柑紫蔗秋。小雨对谈挥麈尾,青灯分坐
　　写蝇头。③

这是山谷在想象中为陈吉老“还家”描画的生活场景,在寻常生活中可以感
受到一种安心的喜悦。

　　煮粥分粥也被他写到了诗中:

　　　　豆粥能驱晚瘴寒,与公同味更同餐。安知天上养贤鼎,且作山中
　　煮菜看。④

不过他已经没有了凡圣之别,把煮粥与天上的养贤鼎等同一味,是禅者的

———————————

①《山谷诗集注》,第416页。
②《代书寄翠岩新禅师》,《山谷诗集注》,第487页。
③《山谷诗集注》,第909页。
④《答李任道谢分豆粥》,《山谷诗集注》,第325页。

无分别状态。

这些充满禅意的诗境使黄庭坚的诗歌呈现出一种清净无染与超然卓立的风貌。苏轼称赞山谷的诗"格韵高绝",造成这种风貌的原因是多方面的,其中一个很重要的原因是黄庭坚的心灵境界比较高逸,并且他很善于以禅的超脱性来提高诗境,这使他的诗歌既有一种"洗心如秋天,六合无尘滓"的光亮澄澈,又有"吾欲超万古"、"九万里风斯在下"的昂扬高举,充溢着自重自信、戛戛独造的主体精神,颇有一种雄健硬朗的禅者气质。

山谷的超然是在与世俗对比中完成的,他常在开阔的时空内观照人生,视角有一种"以道观之"的俯视感。这一点他受寒山禅诗的影响较大。寒山的诗每每有山上俯望山下的角度,在时空的迁流中进行价值的对比与选择①。黄庭坚往往在比较中摒弃了世俗的名利思想、生死态度,显示出"世态已更千变尽,心源不受一尘侵"②的澄澈心态。前文已论,黄庭坚在禅修中追求的最高境界是"毕竟空",无我无人,心性本净,要做"八面风中不动尊"③,他的诗歌也屡屡流露着"黄流不解浣明月,碧树为我生凉秋"④、"人间荣辱无来路,万顷风烟一草堂"⑤式的豪迈,彰显着"声名九鼎重,冠盖万夫望。老禅不挂眼,看蜗书屋梁。韵与境俱胜,意将言两忘"⑥式的超然。其《题胡逸老致虚庵》云:

> 藏书万卷可教子,遗金满籯常作灾。能与贫人共年谷,必有明月生蚌胎。
>
> 山随宴坐图画出,水作夜窗风雨来。观水观山皆得妙,更将何物污灵台。⑦

他认为,心灵清净,无物可染,观水观山皆得妙处。

---

①如:"余曾昔睹聪明士,博达英灵无比伦。一选嘉名喧宇宙,五言诗句越诸人。为官治化超先辈,直为无能继后尘。忽然富贵贪财色,瓦解冰消不可陈。""璨璨卢家女,旧来名莫愁。贪乘摘花马,乐捧采莲舟。　膝坐绿熊席,身披青凤裘。哀伤百年内,不免归山丘。"(〔唐〕寒山:《诗三百三首》,《全唐诗》卷八〇六,第9063页)。

②《山谷诗集注》,第657页。

③《黄庭坚全集》,第600页。

④《山谷诗集注》,第724页。

⑤《山谷诗集注》,第1309页。

⑥《山谷诗集注》,第714页。

⑦《山谷诗集注》,第405页。

崇宁二年,在辞世的前一年,山谷梦见东坡先生,并与之讨论诗艺,在梦中作了一首诗:

　　　　天教兄弟各异方,不使新年对举觞。作云作雨手翻覆,得马失马心清凉。

　　　　何处胡椒八百斛,谁家金钗十二行。一邱一壑可曳尾,三沐三釁取刳肠。①

总结一生,虽然屡遭打击,贬谪异乡,但他还是抱着一颗无谓得失的清凉之心。

　　摒除了个人的得失喜嗔、虚妄情见,就将小我转成大我,使个体生命与宇宙生命合而为一,体验到"万物一家"的喜悦,"欲与天地为友,欲与日月并行"②,这是对诗人主体性的积极开拓。即使在被贬黔南,在"撑崖挂谷蝮蛇愁,入箐攀天猿掉头"的情形下险攀鬼门关之时,他仍然能写出"浮云一百八盘萦,落日四十八渡明。鬼门关外莫言远,四海一家皆弟兄"③这样豪迈的诗句。在这种"道机禅观转万物"的状态下,宇宙间的一切也似乎围绕着我,与我同在,相互呼应:"寒藤老木被光景,深山大泽皆龙蛇。西风为我奏万籁,落叶起舞惊栖鸦。"④"黄流不解涴明月,碧树为我生凉秋。""泉枯石燥复潺湲,山川光辉为我妍。"⑤脱去小我的遮蔽,大我的精神便能与宇宙万物息息相通,翩翩共舞,演绎出生命的大美。

第三节　茶韵·禅心·诗情——黄庭坚茶诗中的禅思

　　佛教传入中国后,佛教徒经常以茶助禅修,清心醒神。尤其是唐代禅宗兴起之后,茶广泛地进入了禅师们的日常生活,于是乃有赵州禅师"吃茶去"的著名公案,指点禅人由茶而悟禅,茶与禅的关系就更紧密了,它由助禅之饮变成了寄寓禅思之物。宋代朝廷提倡饮茶,贡茶、斗茶之风大兴,朝野上下,茶事更盛,可以说,宋代亦是禅茶文化发展的高峰期。比黄庭坚略

---

①《梦中和觞字韵》,《山谷诗集注》,第 430 页。
②《杂言赠罗茂衡》,《山谷诗集注》,第 868 页。
③《竹枝词二首》,《山谷诗集注》,第 1349 页。
④《八月十四日夜刀坑口对月奉寄王子难兄闻适用》,《山谷诗集注》,第 842 页。
⑤《武昌松风阁》,《山谷诗集注》,第 420 页。

晚的圆悟克勤禅师(1063—1135)提出的"茶禅一味",实际上是对唐宋以来风行的禅茶文化的总结。同时,由于出现了"文字禅"的现象,各宗禅师经常以诗说禅,一些文人又以禅入诗。在生活中,茶又是禅师与文人士大夫交往的重要媒介,由此成为禅诗的重点题材,所以形成了茶韵、禅心、诗情相互交融的独特景象。宋代的茶诗有一千多首,相当一部分诗作浸润着浓郁的禅思。宋代的禅茶文化,既显发于禅师们的语录偈颂里,也保留在文士们的诗作之中,是今天我们研究禅茶文化的宝贵资料。

黄庭坚的茶诗集中地体现了茶、禅、诗结合的特点。由于黄山谷的家乡分宁出产著名的双井茶,他从年青时代便与茶结下了不解之缘。发愿戒酒之后,他对茶就更加倾心了,常常是"煮茗当酒倾",有"分宁一茶客"之称。他不仅善品茶,而且爱咏茶,他的诗词和文赋中屡有对茶的吟颂佳作。清王士禛《花草蒙拾》云:"黄集咏茶诗最多,最工。"

一、以茶会友,广结佛禅之缘

黄庭坚佛教交游非常广泛,"因行访幽禅,头陀烟雨外"[1],"喜与禅僧语",与当时的著名大禅师如云门宗法秀、慧林若冲,黄龙派祖心、悟新、惟清等皆有深入的交往,屡向他们叩问佛禅义理。在游宦所到之处,他也经常寻寺问禅。在与僧人来往的过程中,茶常常是一个传递道侣情谊的重要媒介。在《次韵伯氏长芦寺下》一诗中,黄庭坚描写了自己与长芦寺僧人以茶会友的情境:"风从落帆休,天与大江平。僧坊昼亦静,钟磬寒逾清。淹留属暇日,植杖数连甍。颇与幽子逢,煮茗当酒倾。携手霜木末,朱栏见潮生。"[2]其《题默轩和遵老》也描述了他与僧人共同煮茶的情形:"松风佳客共,茶梦小僧圆。"[3]他在困于官场,深受排挤时就更为向往禅门的清净,其《奉和王世弼寄上七兄先生用其韵》诗云:"思伯卧江南,无心趣轩冕。庞翁迹颇亲,黄蘗门屡款。斋余佛饭香,茶沸甘露满。逢人问进退,余事寄一莞。"[4]七兄显然是一名生活清雅的佛教徒,与大居士和禅师交往密切。庞翁指庞蕴,唐代著名的大居士,黄蘗指希运禅师,此地代指禅门。"斋余"二

---

[1]《次韵叔父夷仲送夏君玉赴零陵主簿》,《山谷诗集注》,第722页。

[2]《山谷诗集注》,第732页。

[3]《黄庭坚全集》,第139页。

[4]《山谷诗集注》,第553页。

句是想象七兄游于禅寺，享受清茶斋食、自足悠闲的生活。

黄庭坚对禅师们的情谊也通过分享佳茗来表达，其《寄新茶与南禅师》云：

> 筠焙熟香茶，能医病眼花。因甘野夫食，聊寄法王家。
>
> 石钵收云液，铜铫煮露华。一瓯资舌本，吾欲问三车。①

诗中咏赞饮茶助明目之功效，并且能够润泽喉舌，帮助禅师说法。"因甘野夫食"二句写出了茶不慕荣华富贵、寄于僧人之所的淡泊精神。

他在《题落星寺》一诗中更是生动刻画了僧人处处煮茶的盛况：

> 落星开士深结屋，龙阁老翁来赋诗。小雨藏山客坐久，长江接天帆到迟。燕寝清香与世隔，画图妙绝无人知。蜂房各自开户牖，处处煮茶藤一枝。②

由此可见，茶在宋代已经成为禅师们日常生活的必需品，茶鼎与蒲团、禅板、熏炉一起成为禅寺的代表性器物，请人吃茶也成为禅师们接引学人的一种手段。黄庭坚《题息轩》里写道：

> 僧开小槛笼沙界，郁郁参天翠竹丛。万籁参差写明月，一家寥落共清风。
>
> 蒲团禅板无人付，茶鼎熏炉与客同。万水千山寻祖意，归来笑杀旧时翁。③

"蒲团"、"禅板"是僧家坐禅之具，在有的公案中，"蒲团"、"禅板"又是师徒斗机锋时所用的道具。所以山谷诗中"无人付"之意是指无人可以传法。但是，禅师却遇人即奉茶，不生分别。

有的寺庙里专门建有"茶堂"，还有专职的"茶头"。士大夫文人也经常相约于寺庙里雅集，吟诗作画，饮茶论禅，黄庭坚《次韵答曹子方杂言》中的

---

① 《山谷诗集注》，第 1243 页。

② 《山谷诗集注》，第 757 页。

③ 《山谷诗集注》，第 928 页。这里还有一段公案：龙牙问：如何是祖师西来意？师云：与我过禅板来。牙便过禅板与师，师接得便打。牙云：打即任打，要且无祖师意。牙后到翠微问：如何是祖师西来意。微云：与我过蒲团来。牙便过蒲团与翠微，翠微接得便打。牙云：打即任打，要且无祖师意。

诗句"唤取张侯来平章,烹茶煮饼坐僧房"①就描绘了这一情景。《同谢公定携书浴室院汶师置饭作此》中的"竹林风与日俱斜,细草犹开一两花。天上归来对书客,愧勤僧饭更煎茶"②,同样记载了他与朋友在寺院里读书、用斋、品茶的雅致生活。江西庐山的归宗寺是禅宗的大道场,黄庭坚曾为其茶堂撰写了充满禅意的《归宗茶堂森明轩颂》③。他在《送慧林明茶头颂》里写道:

> 慧林有一老人,恰似银瓮盛雪。彻底元无渗漏,旁观但知皎洁。有徒三百二百,木钻漫钻磐石。或遇东海鲤鱼,一棒令生羽翼。其余两两三三,归堂又要茶吃。……④

明禅师是当时洛阳大禅寺慧林院的茶头,黄庭坚以"银瓮盛雪"、"元无渗漏"形容他已经达到了"能所俱泯"、无所执着的高妙悟境,并且以茶事接引学人,令其开悟:"或遇东海鲤鱼,一棒令生羽翼。"

黄庭坚的诗句"谈余天雨花,茶罢风生腋"(《次韵稚川》),高度概括了禅师和文人们以茶会友、借茶论禅的高雅情趣。

二、以禅心品茶,深解茶中之趣

禅宗主张开悟之后繁兴大用,反对死守空寂,摒弃对持戒、禅坐形式上的执着,提倡在生活中体道,"举足下足皆在道场"。禅宗,尤其是到中唐的洪州禅之后,讲求"平常心是道","道在日用",禅的精神就体现在担水、劈柴、饮茶、种地这些日常生活之中。黄龙派的创始人慧南禅师有《赵州吃茶》两首诗偈,对赵州和尚"吃茶去"的公案提出了自己的理解,其第二首云:

> 相逢相问知来历,不拣亲疏便与茶。翻忆憧憧往来者,忙忙谁辨满瓯花。⑤

---

①《山谷诗集注》,第242页。
②《山谷诗集注》,第989页。
③其词曰:万竹森然,莫非自己。作如是观,可谓明矣。菁菁翠竹,来者得眼。其不得者,我亦无简。助发此观,亦有风雨。若问轩名,请与竹语。
④《黄庭坚全集》,第1523页。
⑤《大正藏》卷四七。

他认为来参禅的人求悟心切,行为忙乱,缺乏平常心,所以无法静下心来真正品尝茶的滋味,实际上,禅不正在那茶碗里翻滚生灭的茶花上吗? 除了自己的心,还到哪里去求禅呢?

这些观点对士大夫的生活态度影响颇深,他们不用到远离人群的山林去过苦修的生活,而是在日常生活中就能获得解脱。于是,他们以超脱、轻松甚至带一点戏谑的心对日常生活进行了审美观照,以俗为雅,过着艺术化、审美化的生活。正如黄庭坚所说的:"若以法眼观,无俗不真;若以世眼观,无真不俗。"[1]他希望过一种自在潇洒的生活,但这种生活方式不是坐等外在环境的赐予,而是在清净心的映照下,从心所欲不逾矩,面对逆境而不受干扰,能够"八风吹得行,处处是日用"[2]。

成为一名佛弟子之后,山谷学佛的着重点不是"八方去求道"、遍参丛林,而是在日常生活中贯穿觉悟的境界与禅的精神,学习维摩诘大居士,随俗婵娟,将佛禅的理念和精髓融于诗、茶、香、书、画之中,追求心灵的自由,情趣的高雅,意态的风流,"俗里光尘合,胸中泾渭分",不是远离世俗,而是"超世而不避世"[3],从平常心中体会道的滋味。

以日常生活入诗。黄庭坚诗中出现得最多的题材就是茶了,他以茶为主题和叙及茶事的诗歌,约有数十首之多,还作有《煎茶赋》和茶词。在这些茶诗中,他把茶饼、茶具、茶花之形、煮水之声、茶之香味与口感都描写得细致入微,可谓声色香味俱全,赏形、碾茶、煮水、闻香、品味,每一个阶段都是不可分割的让人享受的瞬间。从诗中我们可以体会到诗人专注于当下的细腻感觉,以及充满着珍惜和喜悦的心情。或许,这就是赵州和尚要人"吃茶去"的真味吧! 他在《以小团龙及半挺赠无咎并诗用前韵为戏》中写道:

> 我持玄圭与苍璧,以暗投人渠不识。城南穷巷有佳人,不索宾郎常晏食。赤铜茗椀雨斑斑,银粟翻光解破颜。上有龙文下棋局,探囊赠君诺已宿。此物已是元丰春,先皇圣功调玉烛。晁子胸中开典礼,平生自期莘与渭。故用浇君磊隗胸,莫令鬓毛雪相似。曲几团蒲听煮汤,煎成车声绕羊肠。鸡苏胡麻留渴羌,不应乱我官焙香。肥如瓠壶

---

①《黄庭坚全集》,第 665 页。
②《山谷诗集注》,第 487 页。
③《寄老庵赋》:"吾谁亲疏兮,行天下以虚舟。无地以受人之徽纆,故超世而不避世。"(《黄庭坚全集》,第 294 页)

鼻雷吼,幸君饮此勿饮酒。①

把两种茶的历史、特点与泡法交待得清清楚楚,把知音般的珍惜感与生怕明珠暗投的心情也写得非常生动。

他诗中的"山芽落硙风回雪,曾为尚书破睡来"②,将碾茶的情形写得非常美;"风炉小鼎不须催,鱼眼长随蟹眼来。深注寒泉收第一,亦防枵腹爆乾雷"③,观看水花也是一种享受;"思公煮茗共汤鼎,蚯蚓窍生鱼眼珠"④,细致入微地记录了水花的变化;"乳粥琼糜雾脚回,色香味触映根来"⑤是写冲茶瞬间茶花在茗椀里翻转的情景。而"心知韵胜舌知腴,何似宝云与真如"⑥把喝茶时舌尖品味,心中知味、身心合一的美妙感觉与通过读经体会真如佛性相提并论,真是"茶禅一味"了!

黄庭坚佛禅思想的核心是般若思想,而他常用的思维方式是"观照"。观照的对象既可以是景物、社会、人生等外部事物,也可以是自己的内心。观照的目的是调整错误的想法和情绪,深化对"毕竟空"法性的认识,生起平静淡泊、清净超然的心境。黄庭坚"观照"的视角,不仅是向高远开阔处开拓,同时也向幽微处深入,甚至把观照的外境细化为色、声、香、味等感官层面,对物性之理进行深入观照,在品茶这一审美化的过程中,他也灌注了细致观照、念念不住的禅心。

黄庭坚在《祝晁深道冠字词》中说:

> 咨尔深道,圣学无蚤。与其闻于门,不如观于奥。昔在圣人,行深道时,照蕴处空,万物君之。

此处的深道即是指"般若",照见的是"五蕴皆空",是在所有一切物质与精神现象中所体现的"空性"。佛教把一切众生,内外心境根尘,以十八界括之,即六根、六尘、六识,并认为不论从哪个方面进行智慧观照,都可以通达真如实相之理。《楞严经》就详细记载了二十五位菩萨从六尘、六根、六识、

---

① 《黄庭坚全集》,第 93 页。
② 《又戏为双井解嘲》,《山谷诗集注》,第 976 页。
③ 《奉同六舅尚书咏茶碾煎烹三首》,《山谷诗集注》,第 976 页。
④ 《省中烹茶怀子瞻用前韵》。《山谷诗集注》,第 140 页。
⑤ 《奉同六舅尚书咏茶碾煎烹三首》,《山谷诗集注》,第 976 页。
⑥ 《以双井茶送孔常父》,《山谷诗集注》,第 141 页。"宝云"指《宝云经》,凡七卷,梁代曼陀罗仙译,收于《大正藏》卷一六,其内容细说菩萨所具备之德行。

七大等二十五个方面入手修行,获得解脱的故事。禅宗认为,体证到六根、六尘、六识的空性,就能透过声色纷纭的感官世界,彻见本来面目,此时通过清明通脱的心灵,就可以对自然物象作即物即真的感悟。其《又答斌老病愈遣闷二首》中"鸟语入禅味"①,是从声音当中悟出禅味;《春游》"把酒忘味著,看花了香寂"②,是在面对酒味与花香时提起观照之心,享受而不沉溺的一种心态。

山谷嗜茶,作有多首茶诗,但是,在观看茶艺、品味佳茗时,也还是保持着理性的观照。山谷的六舅李公择,少时读书于庐山五老峰下白石庵之僧舍。出仕后虽以儒者的身份名列学案,但是也喜好禅宗,山谷说他"学古之余复味禅悦",所以与他诗歌赠答之间颇涉佛理禅趣。其《奉同六舅尚书咏茶碾煎烹三首》之三云:

> 乳粥琼糜雾脚回,色香味触映根来。睡魔有耳不及掩,直拂绳床过疾雷。③

"色香味触"是"色声香味触法"六境中的四种,是眼、耳、鼻、舌、身、意——六根所对的认识境界。《送张子列茶》:"斋余一椀是常珍,味触色香当几尘。借问深禅长不卧,何如官路醉眠人?"④这两首诗都表达了在品茶的过程中,自己面对色香味触等外尘时要保持观照的清净心态。如此,既能仔细品尝茶的真味,亦能享受念念不住的清净。

但是,茶的滋味果真能说吗?茶如禅,又是不可传达,需要品茶的人各自去体验的,"知味者谁心已许,维摩虽默语如雷",他在《今岁官茶极妙而难为赏音者戏作两诗用前韵》⑤中如是说。

通过以上分析我们可以看出,黄庭坚非常善于以一种禅者的心态去品尝茶的滋味,他把"喝茶"当作一个完整的过程,采茶、汲泉、碾茶、煮水、煎茶、倒茶,步步流转、不可分割,展示了茶乃因缘所生的真谛;同时,他又全身心地投入到喝茶的每一个步骤中,眼观色、耳听声、鼻闻香、舌尝味、意致远,每一次根尘的触合都是一次完美的相遇,但又不忘在外境的变化中观

---

① 《山谷诗集注》,第 318 页。
② 《山谷诗集注》,第 649 页。
③ 《山谷诗集注》,第 976 页。
④ 《山谷诗集注》,第 1300 页。
⑤ 《山谷诗集注》,第 974 页。

照色即是空的法义,既真切地享受到茶之美,又不粘着于任何一个境界,从茶中悟出了真正的禅意,是一位禅茶文化的真实践履者。他的这些饱含禅意的茶诗,让人品味不尽,常读常新。

第四节　以禅入词——黄庭坚词创作的新尝试

北宋时期,禅风炽盛,许多士大夫皆有参禅学佛的爱好。禅悦法喜,给他们带来了心灵上的解脱,在诗词创作上,禅宗典籍和语录也给他们带来了遣词的丰富与造意的突破。在文学写作上特别注重创新,强调要"不作牛后人"的黄庭坚,在"以禅入词"上作了多方面的尝试,别开生面。这些尝试有:

一、隐括禅偈

词在晚唐和宋初表现的内容很有限,大部分的时候都是在歌咏男女情事,柳永开拓了词的创作境界,开始把文人作为抒情主人公,描写他们的羁旅愁思和沉沦郁志。从苏轼开始,以诗为词,创作主体的精神世界更加阔大高远,词的表现内容也更丰富了。这时候词作家们的创作上产生了一种新的方法——隐括,王兆鹏、刘尊明等主编的《宋词大辞典》对"隐括体"作了概括:"隐括体,指根据前人诗文内容或名句意境改写而成的一种特殊的词体。"隐括,是词作家们扩大词的表现内容而作的一种尝试,比如苏轼改写了陶渊明的《归去来兮辞》,也改写过自己的诗。黄庭坚则改写了华亭船子和尚的悟道偈,把一首七言绝句改写成《诉衷情》,词作内容为:

> 一波才动万波随,蓑笠一钩丝。锦鳞政在深处,千尺也须垂。
> 吞又吐,信还疑,上钩迟。水寒江静,满目青山,载月明归。[1]

词有小序:"在戎州,登临胜景,未尝不歌渔父家风,以谢江山。门生请问先生家风如何,为拟金华道人,作此章。"家风,在禅宗里专门指代宗派作风,说明黄庭坚写作这首词的本意是为了阐述自己独持的处世风范。船子和尚是唐代的禅僧,有《拨棹歌》三十余首传世,其悟道偈云:

---

[1]《黄庭坚全集》,第406页。

　　　　千尺丝纶直下垂,一波才动万波随。夜静水寒鱼不食,满船空载
月明归。①

这首诗偈描写月夜独钓情景,勾画了一个充满禅意的空灵意境。

　　我们来看黄庭坚的《诉衷情》。首两句表明作者稳坐钓台,居高临下,
钓丝入水,波纹层层荡开,仿佛电影里美妙的特写慢镜头——这是静心处
方可以体察得到的境象。"一波才动万波随",是生动的实景,又富有禅机,
它既可以指人的心念(妄念)一起,攀缘开去而波涌潮生,辗转相续,很难重
返平静;也可以说明佛教的缘起法,一件事发生了,因果相继,接下来周遭
会产生无穷的变化。所以在当时及后世经常被禅师引用,比如圆悟克勤禅
师语录中就记载了他用此来启悟弟子的话语:"示泉禅人参问:'要见性悟
理,直下忘情绝照,胸襟荡然如痴似兀,不校得失、不争胜劣。凡有顺违悉
皆截断令不相续,悠久自然到无为无事处。才毫发要无事,早是事生也,一
波才动万波随,岂有了期? 他时生死到来,脚忙手乱,只为不脱洒。但以此
为确实,自然闹市里亦净如水,岂有己事不办耶? 才有是非,纷然失心,直
这一句惊动多少人。'"②

　　"锦鳞"指有金色鳞之鱼,比喻根机上乘的、可以传法的弟子,但是这样
的弟子十分难得,所以说"政在深处"。据《景德传灯录》记录,华亭船子和
尚名德诚,随侍药山惟俨三十年,尝于华亭吴江泛一小舟,时谓之船子和
尚。他虽得药山之法,然以性好山水,而致日久仍无嗣法之弟子以报师恩,
后因道吾而得夹山善会,善会并从师之问答教示而得开悟,后蒙印可,成为
嗣法弟子。他传法予夹山善会禅师后,当下弃舟而逝,人莫知其终。禅林
中将船子和尚传法善会这段因缘称为"船子得鳞"。"千尺也须垂",比喻禅
师需要想尽各种手段来接引有缘弟子。禅宗特别重视师徒之间的心灵印
契,把老师对弟子的接引比喻为"钓鱼",并有钓钩直与曲之分。如《万松老
人评唱天童觉和尚颂古》评价临济宗著名禅师赵州和尚的接引手段,就用
了"直钩钓鱼"的比喻,其文曰:"赵州心真语直,便是直钓,元求负命鱼。周
文王出猎,见姜子牙磻溪之谷,去水三尺,直钩钓鱼。王异之曰:直钩如何

---

① 《船子和尚拨棹歌》,第 21 页。
② 《圆悟佛果禅师语录》卷一五,《大正藏》卷四七。

得鱼？子牙曰：但求负命之鱼。"①《续传灯录》卷四也记载了润州金山昙颖达观禅师的开示："上堂，诸方钩又曲饵又香，奔凑犹如蜂，抱王因圣。这里钩又直饵又无，犹如水底捺葫芦。举拄杖作钓鱼势曰：深水取鱼长信命，不曾将酒祭江神。掷拄杖下座。"②钩直饵无代表禅师接引的是最上乘的佛教义理——"空性"，但是很多人不明白这一点，喜欢有形有相的追求，而达不到无所求的境地，所以对最上乘法义的接引无法领会，甚至产生怀疑。"吞又吐，信还疑，上钩迟"就生动地描写了这种情状。船子和尚的另一首《拨棹歌》也描绘了同样的情景："独倚兰桡入远滩，江花漠漠水漫漫。空钓线，没腥膻，那得凡鱼总上竿。"③

"水寒江静，满目青山，载月明归"，似一幅淡远的水墨画，渔父潇洒任运的丰神与青山、明月、静江和谐地融为一体，他虽没有收获，但无所挂碍于心，自得地吟唱于天地之间，这正是黄庭坚所特别欣赏的"无心道人"的形象。

黄庭坚用词来隐括禅偈，做得还是比较成功的，虽然只是增加了几个字，但是极大地增强了形象性，舟子垂钓，鱼儿迟疑，不得而归的几幅画面都历历在目，充分发挥了词这种体裁"善于铺陈"的特点。山谷的多首诗作里多次写到了"无心"，如"无心万事禅，一月千江水"（《五祖演禅师真赞》）④，"无心以触物，爱子如虚舟"（《戏赠陈季张》）⑤，"读书凿井欲深，学道却要无心"（《效孔文举赠柳圣功三首》）⑥，这些诗里的"无心"是概念，而这首词作却透过船子和尚的形象将"无心"的内涵生动地表述出来，黄庭坚用这首词来说明自己的"家风"，家风正在无心处。

当然，山谷该词并未见高出原诗意境，然谓之一时游戏之作则不可。金王若虚《滹南诗话》曰："山谷又取船子和尚诗为《诉衷情》，而《冷斋》亦载之，予谓此皆为蛇画足耳，不作可也。"笔者认为，随着大量文人士大夫加入到词的创作主体队伍中来，他们必然会突破词原有的狭小的表现范围，这是一种趋势，黄庭坚以禅入词，用词来表达禅韵，正是一种有益的尝试。

---

① 《大正藏》卷四八。
② 《大正藏》卷五一。
③ 《船子和尚拨棹歌》，第 23 页。
④ 《黄庭坚全集》，第 583 页。
⑤ 《山谷诗集注》，第 1171 页。
⑥ 《山谷诗集注》，第 1225 页。

二、歌咏禅宗故事

黄庭坚还有五首《渔家傲》①，专门用来描写禅宗初祖达摩和其他禅师悟道、传法的故事，词前小序云："江宁江口阻风，戏效宁勇禅师作古《渔家傲》。"宁勇禅师，即金陵保宁仁勇禅师，临济宗南岳下十二世杨岐方会禅师法嗣，曾作述古德《渔家傲》分咏禅门大德八人。黄庭坚的这组词中，比较有名的是第三首：

> 三十年来无孔窍，几回得眼还迷照。
> 一见桃花参学了。
> 呈法要，无弦琴上单于调。
> 摘叶寻枝虚半老，看花特地重年少。
> 今后水云人欲晓。
> 非玄妙，灵云合被桃花笑。

这首词所演绎的是南岳临济宗福州灵云和尚的故事。据记载，灵云在沩山见桃花而悟道，作偈云："三十年来寻剑客，几回落叶又抽枝。自从一见桃花后，直至如今更不疑。"②首三句，讲灵云三十年蒙昧混沌，几番出入于迷悟之间。最后一见桃花，终于参悟。"无孔窍"，典出《庄子》，亦即"倏忽凿窍"之寓言。据《淮南子》："夫孔窍者，精神之户牖也。"此用来比喻灵云三十年来的不彻不悟。"得眼迷照"，是说灵云几次将悟还迷。佛家有"五眼"之说，即肉眼、天眼、慧眼、法眼和佛眼。其中肉眼和天眼只能看见世间虚妄的幻象，慧眼和法眼才能看清事物的实相。因此，此处的"眼"，当指慧眼或法眼。"参学了"的"了"，作"完成"讲。下面两句讲灵云参悟的境界。"呈法要"即是得佛法的意思。灵云为求"悟"的境界，历经曲折，虚度了半生。我们应以此为效，趁着年少及早悟道。最后三句的意思又做了翻案文章，理境又提高一层，意思是，其实道不远人，触事皆真，青青翠竹，郁郁法身，大自然的一切无不在演绎着佛法的真义，并不玄妙，有心之人自可悟入。因此，参禅学佛实非高不可攀之事，灵云三十年方悟道，真该见笑于桃花了。灵云作悟道偈时，得到了他的老师的首肯，唯玄沙禅师认为悟得还

---

① 《黄庭坚全集》，第 401 页。
② 《五灯会元》卷四，《续藏经》第 80 册。

不够彻底。山谷此处将其未彻悟处点了出来。整首词以灵云悟道的故事为主线，又穿插了许多禅宗的经典用语，如晋释法显禅师的"得眼"、江西马祖道一禅师的"无弦琴"、金陵保宁仁勇禅师的"摘叶寻枝"、释迦牟尼佛的"拈花微笑"等等。

借一个公案故事来阐述禅义精髓，这本是当时禅宗中所流行的文体——"颂古"的特色。"颂古"乃是禅师将古人指导弟子所开示之公案（古则），以简洁的偈颂表示之，本意即在讽咏吟颂之间体会古则之意，本为一种禅文学，以汾阳善昭（947—1024）语录中所收颂古为始例，盛行于宋代以降之丛林，例如雪窦重显、宏智正觉、无门慧开等禅师均以颂古集而名重天下。灵云见桃花而悟道的故事被很多禅宗大德引用，汾阳无德禅师就曾用"颂古"形式引用这个故事启悟徒众："灵云见桃花悟道。有颂：三十年来寻剑客，几回叶落又抽枝。自从一见桃花后，直至如今更不疑。举似玄沙，沙云：谛当甚谛当，敢保老兄未彻在。"禅师的颂古内容为："昔日灵云自有知，桃花已落布华夷。寰中拔剑当锋者，未彻横身斩万机。"①

只不过，"颂古"用的是韵语，而黄庭坚用的是词这种体裁，用意一致，形式相异而已。这是黄庭坚援禅入词的另一尝试。明代毛晋评论山谷词曰："鲁直少时使酒玩世，喜造纤淫之句。法秀道人诚云：'笔墨劝淫，应堕犁舌地狱。'鲁直答曰：'空中语耳。'晚年来亦间作小词，往往借题棒喝，拈示后人。如效宝宁勇禅师《渔家傲》几阙，岂其与《桃叶》《团扇》斗娇艳耶？"②点出了山谷《渔家傲》"借题棒喝"的禅风。

由此可见，在研究佛教对文人创作影响之时，我们不能忽视佛教人士利用文学体裁进行传法布道的现象，这是佛学与文学双向渗透的两个方面。有些文体恰恰是佛教人士创造和先行使用，再推广为文人大量创作的，比如唐代的《梁州八相》《太常引》《三归依》《柳含烟》等词体，宋代吴曾《能改斋漫录》卷二《八相太常引》云："京师僧念《梁州八相》《太常引》《三归依》《柳含烟》等，号'唐赞'。又南方禅人作《渔夫》《拨掉子》《渔家傲》《千秋岁》唱道之辞，皆此遗风也。"③到了宋代，由于"文字禅"的兴盛，禅师和文人们创作了非常丰富的"禅文学"，语录、公案、偈语、颂古、赞铭，从体裁、创

---

① 《汾阳无德禅师颂古》代别卷中，《大正藏》卷四七。
② 见傅璇琮编：《黄庭坚和江西诗派资料汇编》，中华书局，2004年，第244页。
③ 〔宋〕吴曾：《能改斋漫录》，上海古籍出版社，1979年。

作手法到内容都给予当时的文学创作以深刻的影响。目前,我们对这一方面研究得还很不够。

三、禅意入词

山谷与东坡一样,在词的创作中,也经常引禅意理趣入词,塑造了超轶绝尘的抒情主人公形象。如其两首《点绛唇》:

> 浊酒黄花,画帘十日无秋燕。梦中相见,似作枯禅观①。
> 镜里朱颜,又减心情半。江山远,登高人健,寄语东飞雁。
> 几日无书,举头欲问西来燕。世情梦幻,复作如斯观。
> 自叹人生,分合常相半。戎虽远,念中相见,不托鱼和雁。②

这是山谷想念弟弟知命而作,词前小序云:"重九日寄怀嗣直弟,时在涪陵。用东坡余杭九日《点绛唇》旧韵二首。""枯禅"指枯槁禅坐,知命喜欢禅修,所以山谷梦见他也是禅坐的样子。黄庭坚兄弟情深,但长期分离,这种思亲之情很难排解,所以只能借助佛禅的义理了——"世情梦幻,复作如斯观"。

再看他的两首《南歌子》(东坡过楚州,见净慈法师,作《南歌子》。用其韵赠郭诗翁二首):

> 郭大曾名我,刘翁复是谁。入尘能作和锣椎,特地干戈相待使人疑。
> 秋浦横波眼,春窗远岫眉,补陀岩畔夕阳迟,何似金沙滩上放憨时。
>
> 万里沧江月,清波说向谁。顶门更须下金椎,只恐风惊草动又生疑。
> 金雁斜妆颊,青螺浅画眉。庖丁有底下刀迟,直要人牛无际是休时!③

东坡《南歌子》,有一段故事,其词题为"《冷斋夜话》云'东坡守钱塘,无日不

---

① "似作枯禅观",《宋本山谷琴趣外篇》卷三作"起作南柯观"。
②《黄庭坚全集》,第385页。
③《黄庭坚全集》,第390页。

在西湖。尝携妓谒大通禅师,大通愠形于色。东坡作长短句,令妓歌之'"。明代吴之鲸《武林梵志》卷八记载此词本事为:"苏长公在钱塘,无日不游西湖,尝携妓谒大通禅师。大通愠形于色,公乃作《南歌子》一首,令妓歌之。大通亦为解颐。公曰:'我已今日勘破老禅矣。'其词云:'师唱谁家曲,宗风嗣阿谁。借君拍板与门槌。我也逢场作戏、莫相疑。溪女方偷眼,山僧莫眨眉。却愁弥勒下生迟。不见老婆三五、少年时。'仲殊闻而和之曰:'解舞清平乐,而今说向谁。红炉片雪上钳槌,打就金毛狮子、也堪疑。已信身如梦,何知眼共眉。蟠桃因甚结花迟,不向风前一笑、待何时。'黄涪翁一见大赏。"

小序中"郭诗翁"即郭祥正,山谷《虞美人》(至当涂呈郭功甫)有"诗翁清些与招魂"句。"诗翁"系唐宋时对有诗名且年老者之尊称。《宋史》卷四四四本传云:"郭祥正字功父,太平州当涂人。母梦李白而生。少有诗声,梅尧臣方擅名一时,见而叹曰:'天才如此,真太白后身也!'"

郭泰(太)乃东汉名士。山谷《江南祝林宗字说》云:"汉东国士,惟郭有道。"山谷之所以以郭泰自许,在于郭泰善于论士。山谷《书缯卷后》云:"余尝为少年言,士大夫处世可以百为,唯不可俗,俗便不可医也。或问不俗之状。老夫曰:'难言也,视其平居无以异于俗人,临大节而不可夺,此不俗人也。平居终日如含瓦石,临事一筹不画,此俗人也。虽使郭林宗、山巨源复生,不易吾言也。'"山谷此词正是抒发不妨随俗的人生感受,这从"和锣椎"和"金沙滩"两个典故可以看出来。宋代阳枋《字溪集》卷九《辨惑》云:"俗言某人甚圆,余谓圆熟不如鲠介之人。圆熟乃是无是无非、无可无否、乡愿之徒,此等阿媚容悦、窃富贵、盗声名,无益于国家之盛衰存亡,今所谓'和锣槌'者是也。"

"补陀岩"二句用观世音化身"金沙滩头马郎妇"的典故,寄寓随俗之意。《山谷内集诗注》卷九《戏答陈季常寄黄州山中连理松枝二首》云:"金沙滩头锁子骨,不妨随俗暂婵娟。"第二首末句"庖丁有底下刀迟,直要人牛无际是休时",庖丁解牛,凝心静气,技进于道,是庄子的境界,而"人牛无迹",则是禅的境界了,解牛之人,非但无我,也无对象,人境两空,当然也就不会被现实所累。随俗婵娟,而阅世如梦幻,不起情累,这正是黄庭坚一以贯之的信念。崇宁元年(1102)六月初九日,山谷领太平州(治所在今安徽当涂)事,九日而罢,这一事件加重了山谷对世事的感悟。

这些词,以禅境作为自我的解脱,风格清刚峭拔,正如《四库全书总目提要》

所指出的,黄词"佳者则妙脱蹊径,迥出慧心"。钱锺书先生有语:"唯禅宗公案偈语,句不停意,用不停机,口角灵活,远迈道士之金丹诗诀。词章家隽语,每本禅人话头。"①黄庭坚"以禅入词",是这一风气的生动体现与成功尝试。

①钱锺书:《谈艺录》,中华书局,1983 年,第 233 页。

主要参考文献

一、古籍文献

《大正新修大藏经》,〔日〕高楠顺次郎等编,日本大正一切经刊行会,昭和五十四年(1979)再版。

《寒山诗注》,项楚著,中华书局,2000年。

《黄庭坚全集(辑校编年)》,郑永晓整理,江西人民出版社,2008年。

《黄庭坚全集》,刘琳、李勇先、王蓉贵校点,四川大学出版社,2001年。

《黄庭坚诗集注》,刘尚荣校点,中华书局,2003年。

《黄庭坚诗选》,潘伯鹰选注,古典文学出版社1957年。

《黄庭坚选集》,黄宝华选注,上海古籍出版社,1991年。

《冷斋夜话》,〔宋〕惠洪撰,中华书局,1988年。

《历代诗话》,〔清〕何文焕辑,中华书局,1980年。

《历代诗话续编》,丁福保辑,中华书局,1983年。

《论语译注》,杨伯峻译注,中华书局,1980年。

《孟子译注》,杨伯峻译注,中华书局,1960年。

《全宋诗》,孙钦善等编,北京大学出版社,1991年。

《全唐诗》,〔清〕彭定求编,中华书局,2003年。

《山谷诗集注》,〔宋〕黄庭坚著,〔宋〕任渊、〔宋〕史容、〔宋〕史季温注,黄宝华点校,上海古籍出版社,2003年。

《山谷诗注续补》,〔宋〕黄庭坚著,陈永正、何泽棠注,上海古籍出版社,2012年。

《宋诗话全编》,吴文治主编,江苏古籍出版社,1998年。

《宋元学案》,〔清〕黄宗羲原著,全祖望补修,陈金生、梁运华点校,中华书局,1986年。

《苏轼诗集》,〔清〕王文诰辑注,孔凡礼点校,中华书局,1982年。

《苏轼文集》,顾之川校点,岳麓书社,2000年。

《苏辙集》,陈宏天、高秀芳点校,中华书局,1990年。

《卍新纂大日本续藏经》,〔宋〕释晓莹著,〔日〕前田慧云、中野达慧等编,日
　本京都藏经书院,明治三十八年至大正元年(1905—1912)。

《庄子集释》,〔清〕郭庆藩撰,王孝鱼点校,中华书局,1961年。

二、今人著作

白政民:《黄庭坚诗歌研究》,宁夏人民出版社,2001年。

曹刚华:《宋代佛教史籍研究》,华东师范大学出版社,2006年。

陈允吉编:《佛经文学研究论集》,复旦大学出版社,2004年。

陈运宁:《中国佛教与宋明佛学》,湖南人民出版社,2002年。

杜继文、魏道儒:《中国禅宗通史》,江苏古籍出版社,1993年。

方立天:《中国佛教哲学要义》,中国人民大学出版社,2002年。

傅璇琮编:《黄庭坚与江西诗派资料汇编》,中华书局,1978年。

葛兆光:《中国禅思想史》,北京大学出版社,1995年。

韩经太:《理学文化与文学思潮》,中华书局,1997年。

韩经太:《宋代诗歌史论》,吉林教育出版社,1995年。

洪修平:《中国禅学思想史纲》,南京大学,1994年。

黄宝华:《黄庭坚评传》,南京大学出版社,1998年。

江西省文学艺术研究所编:《黄庭坚研究论文集》,江西人民出版社,
　1989年。

李春青:《宋学与宋代文学观念》,北京师范大学出版社,2001年。

刘长东:《宋代佛教政策论稿》,巴蜀书社,2005年。

龙延:《黄庭坚与禅宗》,群言出版社,2005年。

钱志熙:《黄庭坚诗学体系研究》,北京大学出版社,2003年。

钱志熙:《活法为诗》,吉林文史出版社,1997年。

钱锺书:《谈艺录》,中华书局,1983年。

邱美琼:《黄庭坚诗歌传播与接受研究》,江西人民出版社,2009年。

孙昌武:《禅思与诗情》,中华书局,1997年。

王宇根:《万卷》,三联书店,2015年。

魏道儒:《宋代禅宗文化》,中州古籍出版社,1993 年。

吴晟:《黄庭坚诗歌创作论》,江西人民出版社,1998 年。

吴言生:《禅宗诗歌境界》,中华书局,2001 年。

吴言生:《禅宗思想渊源》,中华书局,2001 年。

吴言生:《禅宗哲学象征》,中华书局,2001 年。

萧驰:《佛法与诗境》,中华书局,2005 年。

萧庆伟:《北宋新旧党争与文学》,人民文学出版社,2001 年。

杨曾文:《宋元禅宗史》,中国社会科学出版社,2006 年。

杨庆存:《黄庭坚与宋代文化》,河南大学出版社,2002 年。

张节末:《禅宗美学》,北京大学出版社,2006 年。

张培锋:《宋代士大夫佛学与文学》,宗教文化出版社,2007 年。

张岂之主编:《中国思想史》,西北大学出版社,1989 年。

郑永晓:《黄庭坚年谱新编》,社会科学文献出版社,1997 年。

周裕锴:《禅宗语言》,浙江人民出版社,1999 年。

周裕锴:《宋代诗学通论》,巴蜀书社,1997 年。

周裕锴:《文字禅与宋代诗学》,高等教育出版社,1998 年。

朱刚:《唐宋四大家的道论与文学》,东方出版社,1997 年。